天にまします全能神と、
炎と浄化の神よ。
この一矢に
御力を宿らせたまえ。
何物をも焼き尽くし、
何物をも浄化する
炎の御力をもって、
我に勝利を与えたまえ！

CONTENTS

BINBOU KISHI NI
YOMEIRI SHITA HAZUGA!?
VOL.2

貧乏騎士に嫁入りしたはずが!?2

野人令嬢は皇妃になっても竜を狩りたい

【第17話】バイリンガルな皇太子妃

私が皇太子妃となった帝国は、この大陸の中央過半を征服している国である。帝都はその帝国のほぼ中央にあり、帝都から周辺に向けてジワジワと勢力を広げていったことが地図を見ただけでなんとなく分かる。

初代皇帝が全能神と契約して魔力を授かり、それを神に奉納して地を肥やすことで帝国はほかに抜きん出た豊さを得られるようになった。そのため、周辺の人々は率先して皇帝に従い、帝国は発展していったらしい。

とは言っても、もちろん世の中には理屈が通じない連中もいる。帝国の豊かさに嫉妬した者、単に豊かさを劫掠《ごうりゃく》したいと考える連中は帝国に戦いを挑んできた。

しかし、魔力には身体機能を増幅する効果もある。皇帝とその血を引く家臣達は攻め込んできた敵を返り討ちにし、その勢力を服従させるか滅ぼすかして逆に領土を拡大した。

皇帝は自らの血を分けた家臣達を広げた領地に封じ、魔力を奉納させて領地を富ませたので、服従した民族も帝国に感謝して従うようになった。

そうやって数百年。少しずつ国土を拡大して今に至った帝国は、現在では積極的な拡大は行っておらず、攻め込まれても撃退して賠償金を取ることで済ませている。国土が拡大し過ぎて魔力の奉納が追いつかなくなると困るからだそうだ。

現在では帝国の国土は大陸を縦断していて、北と南には隣国はない。西には小さな国がいくつもあり、概《おおむ》ね友好的な関係を築いている。特に近接している国は属国と言ってもいいほどであり、帝国に貢納《こうのう》して臣従《しんじゅう》している。

東には大きな国があって、これが帝国のライバルである。

宗教指導者が率いる国で、帝国では『法主国《ほうしゅこく》』と呼び習わしている。どうやら全能神とは違う神を奉じているようで、帝国の全能神信仰のことを邪教と呼んでいるそうだ。

ただ、魔力はなく魔力で地を肥やす方法を知らないため、領域の割に国力は低く、帝国とは比べ物にならないほど貧しいらしい。どう考えても全能神を信じたほうがご利益《りやく》がありそうよね。

このほかに海の向こうにもほかの国があるかもしれないとは言われているが、現在まで確認されたことはないらしい。ちなみに私は海を見たことがない。故郷に小さな湖はあったが、あれの何千倍も大きな水溜《みずた》まりで、その水が塩水だとか言われても全然想像もつかないわね。

周辺国からは年中使節が送られてくる。友好国、臣従国からは貢物を携えてのご機嫌伺いが。

東の法主国とその衛星国からは年に二度の挨拶兼偵察のための使節が。

そういう使節は皇帝陛下自ら接待する場合もあるが（法主国の使節はデリケートな存在故に両陛下が接見、接待することが多い）ほとんどの場合は皇太子夫妻が接待を任される。

中でも重要性が高くない国の、ただのご機嫌伺いの場合は、私だけが会って終わりの場合も少なくない。帝宮本館のサロンで軽いお茶会か昼食会をしてもてなすのだ。一応他国の使節なので緊張はするが、相手は友好国だし帝国のほうが優位なので、よほど礼を失しない限り相手が怒るようなことはない。


そんな訳で私はある日、離宮区画で西方の友好国からの使節を迎えてお茶会を開いていた。

こういうお茶会は高位貴族婦人を招く時のように趣向に凝らないでいいから、私にも容易に開催できるのがいい。形式さえ整っていればいいのだ。

西方はあまり大きくない国が多いが、それは西方に少数民族が多いからだという。言語、文化が大きく異なる民族は帝国の強さ、豊かさは認めても、文化的な違いが大き過ぎるために編入されるのには抵抗があるらしいのだ。

ただ、先に帝国に加わった民族が明らかに豊かになっているので、それに続きたいと思っている民族も多いとか。あとは心理的な抵抗感の問題なのだろう。

帝国としては「どっちでもいい」が本音で、帝国に害を成さないなら別に積極的に編入したいとも思っていないが、帝国に加わりたいのなら面倒は見る方針である。

その日来ていたのも少数民族の国家の使節で、帝国とは違った、襟を前で重ねる様式の服を着ていた。色合いも紋様も変わっている。ただ、私にとっては懐《なつ》かしくもある衣装だった。

十人いる使者の中の一人が座ったまま頭を下げる。

「フォルエバーより、まいるまして、帝国の皇妃、様にお喜びを申す」

片言で間違いまくりの帝国公用語だが、一年に何度も使わないのだろうから仕方がない。私は社交的な微笑《ほほえ》みを浮かべて言った。

「フォルエバーのご使者様のお言葉に感謝申し上げます。遠き西の果てよりようこそいらっしゃいました。帝国皇太子妃ラルフシーヌが、偉大なる皇帝陛下よりあなた方のお相手を仰《おお》せつかりました」

私は悠然と顔を上げたまま言った。帝国皇太子妃がお相手をしてやっているんだぞ、という態度である。帝国のほうが完全に優位だからこれが通る。私自身は偉ぶりたい訳ではないが、帝国とフォルエバーの上下を態度で示さないといけないのだ。これも作法の一つなのである。

「皇帝陛下はあなた方のご来訪を喜んでおられました。あなた方に感謝をと」

フォルエバーの使者達は椅子を降り、跪《ひざまず》く。これは私ではなく皇帝陛下の感謝に対しての敬意である。

使者達が座り直すと私は表情を和らげた。

「さて、堅苦しい挨拶は終わりました。楽にしてくださいませ。遠いところをご苦労様でした。是非、旅の話など聞かせてください」

私が言うと。使者達は驚いた顔をした。皇妃陛下か前皇太子殿下が接待していた頃はそんなふうに言われたことがなかったのだろう。戸惑ったように顔を見合わせている。私はニッコリ笑って言った。

『帝国公用語が難しいのなら、あなた方の言葉でお話ししましょうか』

私がフォルエバーの言葉で話すと、フォルエバーの使者達はおろか私の侍女達もが全員驚《きょう》愕《がく》の表情を浮かべた。

『皇太子妃殿下は我々の言葉が話せるのですか？』

『少しね』

そう。私はフォルエバーの言葉が話せる。なぜかというと、フォルエバーの領土はカリエンテ侯爵領に近接しているからだ。カリエンテ侯爵領から二日ほど馬車を走らせればフォルエバーの一族が住む町があるらしい。さすがに行ったことはないが。

なのでフォルエバーとカリエンテ侯爵領は交易を行っている。その関係でフォルエバーの商人達を領都でよく見かけたのだ。彼らの服装に馴《な》染《じ》みがあるのはそのためだ。

そして私はその交易商人に毛皮や薬草を売りつけるためにフォルエバーの言葉を覚えたのである。だってあいつら、都合の悪いことは帝国公用語がしゃべれないふりをしてごまかしたりしやがるんだもの。

そのおかげで私はかなり彼らの言葉が分かるようになり、薬草によく似たただの野草を言葉巧みに売りつけて大儲《おおもう》けできたのだった。いや、真っ当な取引もしたよ？　本当よ？

『道中でカリエンテ侯爵領を通ったでしょう？　話を聞かせてくれる？』

私はウキウキしながら尋ねた。フォルエバーから来るのなら絶対にカリエンテ侯爵領を通る。半月ほど前にフォルエバーの使節の接待を頼まれてから、懐かしい故郷の近況が聞けるとずっと楽しみにしていたのだ。


フォルエバーの使者達は喜んでカリエンテ侯爵領の話を聞かせてくれた。

聞くところによれば今年も豊作らしく、食料品とフォルエバー特産の毛織物・宝石類と食料品や木材との交換取引も上手く行っているらしい。聞いていると、あ、あいつかな？　というような商人や農民が話の中に登場する。ああ、懐かしいなぁと思わず頬が緩んだ。

フォルエバーの習俗の話も聞く。知っていることも多かったが、知らないことも多かった。

フォルエバーの領土の大半は乾燥した山岳地帯で、基本的に遊牧を生業《なりわい》としていて、副業で川に流れ着く宝石を見つけるのだとか。そのため、食料生産能力が低く、帝国との取引は非常に重要なのだそうだ。

私は懐かしい故郷の話やフォルエバーの話が聞けてご満悦だったが、フォルエバーの使節の面々もなんだかとても嬉しそうであった。お別れの挨拶では私の前に跪き、感激の面持ちで感謝の言葉を述べたほどである。

離宮に帰るとエステシアが私に苦言を呈した。

「妃殿下。帝国の皇太子妃ともあろうものが、異国の卑《いや》しい言葉を口になさってはなりません」

私を帝国の皇太子妃たらしめんといつも気を配ってくれているエステシアの有難い忠言だが、今回ばかりは私はエステシアを真っすぐに見つめて反論した。

「エステシア。異国の言葉は卑しくなどありません。あの言葉は彼らにとっては大事な文化なのです。それを卑しめては彼らの反感を買い、お互いに素直に相手を理解できなくなります」

「小国のことを理解する必要があるのでしょうか？」

「フォルエバーは帝国貴族にも人気の毛織物の産地ですよ。何種類かあそこでしか採れない宝石もあるはずです。彼らの反感が高まってそれらが入って来なくなったら困るでしょう？」

エステシアはまだ納得がいかない顔をしていた。私は彼女をジッと見つめながら言った。

「エステシア。理由もなく人を蔑んではなりません。誇りを傷つけられた者は命懸けで強者に立ち向かいます。フォルエバーが命懸けで反帝国の勢力として立ち上がるような事態になれば、帝国も被害を避けられません。そしてその矢面に立つのは隣接するカリエンテ侯爵領です」

エステシアはハッとしたような顔をした。彼女はカリエンテ侯爵一族の人間である。彼女は納得した顔をして頭を下げた。

「申し訳ございませんでした。私が浅慮《せんりょ》でございました。お許しください」

「分かってくれればいいのです。隣国とは仲良くするに越したことはありません。それに、仲良くなればそのフォルエバーも帝国に加わりたいと言い出すかもしれませんでしょう？」

……いや、予言したつもりはなかったんだけどね。

フォルエバーの使節と面会してから数ヶ月後、離宮に帰ってきたセルミアーネが首を傾《かし》げながら私に言った。

「……君はフォルエバーの使節に何をした？」

「は？　別に何もしてないけど……」

「フォルエバーの族長が帝国に併合してほしいと申し出てきた」

「はい？」

なんでも、先日訪れた使者の面々が帰国後に族長に「帝国には我々の言葉を話し、我々の文化を理解してくれる皇太子妃がいる！」と伝えたらしい。当たり前だがこれまでそんな皇族がいたことはなく、大変興奮する出来事だったようだ。国中で大騒ぎになったのだという。

そして族長は「帝国の次期皇妃が自分達の理解者であれば、併合された後も、差別されたり不当な扱いをされることはあるまい」と、以前から検討していた帝国への帰順を決断して、申し出てきたらしい。なんとまぁ。

実際、あとで会ったフォルエバーの族長は、私に向かってくれぐれも我が民族を頼むとお願いをしてきた。

むぅ、私に頼まれても困るのだが、私の性格上こうやって頼られると無下《むげ》にはできない。

帝国はフォルエバーの併合を決め、皇帝陛下はフォルエバーの族長を一代伯爵に任じた。そして彼の地をフォルエバー伯爵領とした。族長の子息が帝国の高位貴族と結婚して家系を繋《つな》げば、一代伯爵ではなく正式に伯爵として叙爵されることになるだろう。

まぁ、カリエンテ侯爵領と近接しているし、交易の利益を独占したいだろうから、多分私の長兄のカリエンテ侯爵の娘の誰かが嫁に行くことになるだろうね。


フォルエバーは帝国に加わったことにより、国境間で徴収されていた関税がなくなり（領地間にも関税があるが国境税よりは安い）、帝国から緊急時の食料支援が約束され、何より全能神の加護が届くようになって土地が肥えることが期待できるようになった。

ちなみに、併合の儀式というものを行い、全能神に併合の報告をすると、勝手にその領域まで加護が届くようになるらしい。親切設計よね。

その後は領地内に神殿ないし礼拝堂を建て、祭壇と神像を安置し、貴族が魔力の奉納をする必要があるが、それはフォルエバーの族長家に帝国貴族の血が入ってからのことになる。

この併合はもちろんフォルエバーにも利益が大きいのだが、帝国にも大きな利益がある。

フォルエバーの特産品が安く手に入るようになれば、それを今度は他国に輸出することができる。フォルエバーの毛織物は冬それほど寒くならない帝国より、寒さが厳しい法主国に売ったほうが高く売れる。宝石も加工すれば他国に高く売れる。

ほかにも人口が少なく技術もないフォルエバーの民族ではできなかった土地開発ができれば、大きな利益を生むかもしれない。

そういう重大な併合が私がうっかりフォルエバーの言葉を話したことで生じたのだった。びっくりだ。私はただ故郷の話が詳しく聞きたくて、片言の言葉じゃ細かいところが分からないと思っただけなんだけどね。

どこの誰も損する話ではないし、結果的にはよかったのかな？　とか私は呑気《のんき》なことを考えていた。魔力の奉納も特に変わることはなかったし。

しかし、話はそこで終わらなかったのだ。

私はある日、皇帝陛下に呼び出された。皇帝陛下に私だけが呼ばれるなどあまりないことである。私はなんだろうと首を傾げながら皇帝陛下の執務室に向かった。

皇帝陛下は少し悩んだような、というか難しいお顔をなさっていた。

「なんでもフォルエバー語ができるそうだな」

「はい。故郷で必要なので覚えました」

「ふむ。ほかの言葉はできないのか？」

私は目を瞬《しばた》いた。

「できません。カリエンテ侯爵領に接していたのはフォルエバーだけでしたので」

「それでは困るのだ」

皇帝陛下の言葉に私が目を丸くすると、皇帝陛下が説明してくださった。

なんでも、私がフォルエバーの言葉を話したことはフォルエバーの人々の間で大変話題になり、そのことが西方の小国の間でずいぶん広まっているのだという。その小国はどこも言語が違い、その言語に誇りを持っているらしい。まぁ、民族ごとに独立しているという話だからね。

その小国の人々が「もしかしたら私達の言葉も分かるのでは？」と私に期待を持っているということだった。

「……そんな期待をされても困るのですけど」

「だが、そなたがフォルエバー語しか話せないとなると困ったことになる」

「は？」

「帝国の皇太子妃はフォルエバーを特別扱いにした、ということになってしまう」

帝国はこれまで、西方の小国のどこも特別扱いにせず、平等に接してきたのだという。西方諸国は少数民族同士でライバル心が強いためだ。まぁ、仲があんまりよくないからこそ国が分かれているんだろうからね。

そこで私がフォルエバーだけを贔屓《ひいき》したということになると、ほかの国は帝国に反感を持ち、帝国の友好国から離脱するかもしれないのだという。何それ面倒くさい。

「なので私としては帝国は別にほかの民族も蔑《ないがし》ろにしている訳ではないことを示したいのだ」

「……と言いますと？」

私は嫌な予感に後退《あとずさ》りながら陛下に問うた。

「ほかの民族の言葉も話せるようになってもらいたい」

いーやー！　私は思わず叫びかけた。

ちょっと待ってくださいよ。私は別に他国の言葉を覚えるのが趣味でもないし得意でもないんですよ。単に必要に迫られて覚えただけで。それなのにほかの小国の言語だなんて！　いくつ覚えなきゃいけないんですか！　無理ですよ！

……だが、皇帝陛下のお願いにそんなことは言い返せない。私が言えたのはこれだけだった。

「……いつまででしょう」

「二ヶ月後にエブテンスから使者が来るから、できればそれまでに」

できるかー！　と叫びかけて堪《こら》えた私は褒められてもいい。

しかし皇帝陛下のお願いは帝国国民、帝国貴族、皇太子妃としては絶対に叶えなければならないものだ。それに皇帝陛下には私が熊退治に出たいという我儘《わがまま》を聞いてもらった恩もある。

私は泣く泣く西方諸国の言語の習得に取り組む羽目になった。帝都に住んでいる諸国から来ている商人や、接している領地でその言語に詳しい者を招いて教えてもらい、帝宮の大図書館から対訳辞典みたいなものを借りて勉強した。

死ぬ思いだったが、西方諸国の言語は文法が同じで単語も似た所もあり、必死でやっているうちになんとか覚えられた。自分の才能にびっくりだ。二ケ月間は朝の脱走もせず、社交の合間にもメモを読み、寝る前にも本を開く勤勉振りだった。セルミアーネも感心していたわね。

うっかり故郷の話を聞きたいと思ってフォルエバーの言葉を話してしまったがために起こった、この自業自得を絵に描いたような事態に、私は激しく後悔した。もう二度と余計なことはいたしません。本当だぞ！

猛勉強の甲斐《かい》あって、エブテンスという国から来た使節を接待する時には、そこの言葉で応対することができた。彼の国の人々は感激してくれて、帝国への併合を皇帝陛下に即座に願い出てきたそうだ。……え？

結局、エブテンスもフォルエバーと同じく帝国に助けてほしいと思っていたものの、文化の違いや、商人達が帝国で差別された経験などにより帝国に不信感を抱いていたために、帰順に踏み切れなかったものらしい。

しかしながらここに、自分達の言葉をしゃべり文化に理解を示す、慈愛溢《あふ》れる素晴らしい皇太子妃がいる。（誰のことなの？）そんな次期皇妃がいる今なら帰順しても粗略に扱われまい、とどうやら考えたようだ。そんなに期待されても困るのだが。

そんな感じで結局、西方の主要七ヶ国のうち四ヶ国が私と面会するなり皇帝陛下に併合を申し出てくる事態となり、併合された国の扱いを見て、残りの三ヶ国も申し出てきて結局併合されることになった。

帝国の西に残っていた帝国以外の領域は、こうして私がフォルエバーと面会した七年後には全て帝国に組み入れられてしまったのだった。

戦争する訳でもなくただお茶会を開いただけで、頑《かたく》なに帝国に加わらなかった西方諸国が雪崩を打って帰順してきたこの出来事は、「ラルフシーヌの奇跡」などと呼ばれて面白おかしく吟遊詩人に謳《うた》われるようになってしまった。

どうも私が神の秘密の力を使って西方諸国の者達を感動させたとかいう物語らしい。ちょっと待ってほしい。そんな便利な力を使えるなら私があんなに苦労して言葉を学ぶこともなかったのではないか。そんな力があるなら神様にお願いすればよかったわよ。

ちなみに新たに併合されたこの帝国の西の外れとなる地方は、私の功績を讃《たた》えて「ラルフシーヌ地方」と呼ばれることになるのだが、それはずいぶん後の話になる。

さて、私が死ぬ気で西方諸国の言葉を覚えて、西方諸国との接見をなんとか現地の言葉を駆使してこなしてぐったりしていたある日、セルミアーネが言い難《にく》そうに言った。

「あのね。皇帝陛下が『ラルフシーヌは語学の才能があるのだな、どうせなら東の法主国の言葉も覚えてくれぬか』って言ってたんだけど」

私が必死に聞こえないふりをしたことは言うまでもない。

【第18話】騎士と戦う皇太子妃

私がちょっと活発な皇太子妃であることは、帝宮中の侍女や侍従には徐々に知れ渡り始めていた。

社交に慣れて余裕が出てくると、私は離宮にじっとしていることに耐えられなくなり、空き時間に侍女を引き連れて庭園や帝宮を散歩するようになった。特に帝宮の庭園を見ると庭師の娘の血が騒いだ。何しろ立派な庭園だからね。

私は手始めに離宮の庭の手入れをすることにし、離宮の庭師と話をして木の配置や花の種類を私好みに変えていった。

庭師は私の知識に驚いていたけれど、無理のない私の計画に賛成してくれて、庭の改造に付き合ってくれた。本当は私も手ずから自分で植え替え作業や剪定《せんてい》作業をしたかったのだけど、どうしても許されなかった。ちぇ。

そうやって改造した庭を皇妃陛下がお茶会にいらした時に披露すると、陛下は驚くと同時に感心なさって、数ヶ月後に行われる皇妃陛下主催の園遊会で使う予定の庭園を私好みに作り変えてほしいとおっしゃった。

私は喜んで承り、帝宮大庭園の一角に乗り込んで、庭師達と楽しく庭園の改造を行った。自分で手を出せなくても庭師と専門的な話をして、知らない花を教えてもらったり、自分の考えた以上の庭園ができ上がっていったりするのは楽しいことだった。

そうやってでき上がった庭園で行われた園遊会で、皇妃陛下はこの庭が私の趣向で整えられていることを吹聴《ふいちょう》なさった。庭園の評判はよく、私はずいぶんと貴族婦人方に褒められた。

これに味を占めた私は園遊会がある度に庭園の改造に取り組み、さらには庭師集団とはすっかり仲良くなったこともあって、帝宮中の庭園を片っ端から改造して全部私好みにしてしまった。皇帝陛下も皇妃陛下も私と趣味が合ったらしく喜んで任せてくださった。

そうやって外に出歩くようになると、いろいろ欲が出てくる。

私は帝宮に馬場があることを発見し、そこに元の家に預けっぱなしだった自分の馬を連れて来てもらって、乗馬を楽しむようになった。

だが、すぐに狭い馬場で乗るだけでは物足りなくなり、侍女が止めるのも聞かず「視察」と称して広い帝宮中を馬で歩き回るようになった。朝の脱走で帝宮の地理は頭に入っている。馬があれば時間がなくて探索を断念していたところまで行くことができる。

調子に乗って侍女を置き去りにして遊び歩いていたら、さすがにエステシアとエーレウラにしこたま怒られた。護衛もなく出歩くとは皇太子妃の自覚がなさ過ぎるとのことで、以降は出歩く時には護衛の騎士が必ず二人はつけられることになった。

ただこれは逆に、護衛がいればどこへ行ってもいいというお墨つきみたいなものでもあったので、私は護衛を引っ張り回していろいろなところへ行った。さすがに帝宮を出ることは許されなかったが、内城壁を出て外城壁内側の官公庁街を堂々と歩けるようになった。

こういう時の服は熊退治で着た服で、マントを羽織って帽子を被《かぶ》ってはいるが、ドレスよりも遥《はる》かに動きやすい。まさか皇太子妃がそんな格好で歩いているとは誰も思わないので、私は緊張する護衛の騎士を尻目に街の喧騒《けんそう》を楽しむことができた。

そうして動き回るとやはり、私の性分としてはもう少し暴れたくなってくる。暴れるくらいの狩りは無理なので、あとは対人で喧嘩《けんか》や格闘がしたい。しかしながら護衛つきではさすがに喧嘩はできない。うーん。考え込んだ私はセルミアーネに「騎士の訓練に私も参加したい」と言ってみた。

セルミアーネは渋った。皇太子妃が騎士の訓練に参加したことなど今まである訳もないので、許可の取りようがないのだという。それでも私の頼みならば、と各方面に話を持っていってくれた。

皇帝陛下は面白がって許可を出してくれたそうだが、皇妃陛下はあまりいい顔をしなかったそうだ。そして騎士団長は反対したらしい。万が一、大怪我《おおけが》でもさせたら騎士が責任を負わせられてしまうというのだ。

私は「そんなことはさせないから」と直談判《じかだんぱん》したのだが、騎士団長は譲らなかった。彼には結婚の時に世話になったこともあり、セルミアーネもあまり強くは出られない。結局、私に諦めてくれ、と言ってきた。

むーん。私は不満だった。私に言わせれば、私が間違って大怪我をさせてしまう可能性はあっても、怪我させられることは万が一にもないと思うのだ。そう言ったのだがセルミアーネ曰《いわ》く、もし逆に騎士を大怪我させてもそれはそれで大問題なので、結局はダメだ、という話だった。がっかりだ。

そこで私は考えた。私だとバレなければいいのではないかと。変装していけば分からないんじゃないかしら？　私がそう漏らすとエステシアが呆《あき》れて言った。

「殿下はどう見ても女性にしか見えませんし、女性の騎士はいません」

そうなのだ。この国の騎士は男性と決まっている。いくら男装したって私の手足の細さとか身体の曲線は女性にしか見えない。

薄暗い中で酔っ払った相手にならバレなかったが、明るいところでしっかり見られたら一目で分かるだろう。それに当たり前だが騎士達は全員私の顔を知っている。私の護衛をした騎士も多いし、私が訓練の見学によく現れるからだ。

うーん。そうね。全身を鎧《よろい》で完璧に隠して兜《かぶと》を被ればごまかせると思うが、騎士の訓練は鎧を着ないことが多いし、鎧を着る時は格闘よりも集団戦の訓練をすることが多くて、それは一糸乱れぬ行動をするために上官からの命令に即座に反応する練習みたいな、あんまり私が参加したいような訓練ではないのだ。それにそういう時は陣形を組むからよそ者が入ったら一発でバレてしまう。

私が真剣に考え込んでいると、離宮侍女長のエーレウラが珍しく軽いため息を吐くと言った。

「一つだけ方法がありますよ。妃殿下」

え？　私が驚いて見ると、エーレウラはいつもの謹厳《きんげん》な表情で淡々と言った。

「騎士は年一回、皇帝陛下の御前《ごぜん》で試合を行って戦う技術を披露します。その時に、腕自慢の貴族がお忍びで参加することはよくあるそうです。その時に妃殿下も正体を隠して参加なさいませ」

それを聞いてエステシアが慌てて叫んだ。

「エーレウラ！　何を言い出すのですか！」

私もエーレウラが私を焚《た》きつけるようなことを言い出すとは思わなくてびっくりした。エーレウラはエステシアに向けて淡々と言う。

「これ以上妃殿下が悩まれて、とんでもないやり方で目的を達成されるよりは、まだ貴族が正体を隠して飛び入り参加してもおかしくなく、ルールある試合なので危険も少ない御前試合に出て頂いたほうがマシではないですか。ダメだと言われて我慢できるお方ではないのですから」

すっかり私の性格を摑《つか》んでいるわね、エーレウラ。

エステシアも私のことを見つめて諦めたように首を振った。

「確かに、夜中に抜け出して暴れられるよりはいいのかもしれませんね」

ドキ！　朝の脱走はバレてないよね？　ヘマはしていないと思うけど……。


御前試合のことを相談すると、セルミアーネは頭を抱えてしまった。

「どういうつもりでラルにその話を吹き込んだんだ」

「暴走するよりはいいと思ったらしいわよ」

「それは確かにその通りだね」

一瞬で納得した。セルミアーネ曰く、確かに御前試合には騎士ではない貴族がお忍びで参加することがよくあり、お転婆な貴族婦人が鎧を着て参加したことも過去に何度かあったらしい。そのため、私が「あくまでも正体を隠してお忍びで」参加する分には問題にはならないだろう、とのことだった。

よーし！　私は喜んで、この御前試合とやらに参加することにした。御前試合は一ヶ月後に城の練兵所で行われるとのことで、私はとりあえず鎧兜を調達してくれるよう侍女に頼んだ。

実は、皇太子妃になった時に作らされた鎧兜はあるのだが、これは戦役が起こった場合に出陣の儀式や式典で纏《まと》うための金色に輝く装飾過剰な美麗な鎧で、実用性は低い。それにそんな派手な鎧を着て出たら一発で皇太子妃だとバレてしまう。

新たに鎧を作るには時間が足りないので、帝宮の武器庫から小柄な騎士用の鎧を持って来てもらって調整した。侍女達は中古の鎧を私に着せたくないと言ったのだが仕方がない。侍女達は内張りを貼り換え、表面をつやつやに磨いてくれた。

御前試合のルールでは、使える武器は一つだけ。刃は潰したものに限られる。それでも当たれば痛いし怪我をすることも多いようだ。勝ち負けはいい一撃が決まるか相手が降参すれば勝ち。私は狩りでも多用する短槍《たんそう》を使うことにした。

スピードを活かして戦うのが身上である関係上、私は全身鎧を着て戦ったことがない。本当は鎧なしで戦ったほうが自信があるのだが（ルールでは別に鎧は着なくてもいいらしい）正体を隠す以上、どうしても鎧は必須だ。

私は当日まで空き時間に鎧を纏い、身のこなしの練習と確認をした。さすがに重いが、しばらく練習しているうちに慣れ、鎧なしと同じとまではいかなくとも、かなり素早く動けるようになった。これなら戦える。

試合の日まで私は非常にご機嫌で、お忍びでのお出かけも減らして鍛錬に取り組んだため侍女達がホッとした顔をしていた。やはり侍女を置いてお忍びで出かけてしまうのは、侍女の精神衛生上よくないことらしい。それを許してくれるエーレウラとエステシアの寛大さには感謝しなければいけない。

彼女達曰く「妃殿下を我慢させ過ぎないようにと皇太子殿下から指示が出ている」とのことだった。爆発すると困るからと。さすがはセルミアーネである。

試合の日、私は全身鎧に身を包んで兜で完全に顔を隠して練兵所に向かった。練兵所には出場する騎士達が大勢集まっていた。

帝国の騎士団には大体二千人くらい所属しているらしいが、年齢が高くなり戦いにはよほどのことがなければ参加しない者も多く、第一線で戦っている騎士は五百人ほど。その中でも御前試合に出場する騎士は腕自慢の百人ほどらしい。

見ると騎士の正式鎧とは異なる華麗な鎧の者もいて、あれがお忍びで出てきているという貴族なのだろう。

出場を受けつけているところで名前を書かされたので「チェリム・キックス」と記す。思い切り女性の名前だが問題なく受けつけてくれた。

練兵所には観覧席が設けられ、皇帝陛下を筆頭に高位貴族が相当数来ていた。意外なのは女性の姿も多いことで、皇妃陛下こそいなかったが、高位貴族婦人が夫に伴われ、ワクワクした表情でこちらを見つめている。なんだかんだ言って戦いが好きな女性も多いということだ。

くじ引きで左右に分けられ、さらにくじ引きで順番が決められる。左右の同じ番号の同士で対戦するのだ。さっそく試合が始まったが、腕自慢の騎士だけにやはりかなり強く、迫力のある戦いが繰り広げられた。

基本的には正面からの戦いだが、回り込んだり目潰しをしたり足払いをかけたりするのも認められているらしく、剣を捨てて組み合いで勝負がついた試合もあった。結構なんでもありのようだ。

ちなみに、お忍び参加の貴族は騎士に遊ばれた挙句に降参していたが、楽しそうに大笑いしていた。なるほど。日々の貴族生活にストレスを溜めて、たまには大暴れしたいと思っているのは私だけではないのだろう。年に一度ここでストレスを発散しているのに違いない。


さて、私の出番がきた。私が出て行くとシルエットの小ささからか観衆からどよめきが起きた。相手は大柄な騎士。少し困った様子に見えた。

始めの合図と同時に私が突入して短槍を繰り出すと、騎士は驚いて防御した。それでようやく戸惑いを捨てて本気になったらしい。自分の両手剣を握り直し、肩口から振り下ろしてきた。

私は短槍で剣を逸《そ》らすと懐《ふところ》に飛び込み、相手の腕を摑んで脚を払った。

相手はグルンと一回転して地面に叩きつけられる。そのまま相手の首に向けて短槍の穂先を突きつけると、相手は「参った」と降参した。

小柄な私が勝ったためか一際《ひときわ》大きい歓声が起きて、私は手を上げてそれに応える。一回戦突破。

うむ、いい気分だ。

そんな感じでどんどん試合は進んだ。私はその後二回戦ったが楽勝だった。相手は弱くはないが熊よりは弱い。ちょろっと不満が残った。もう少し骨のある相手と戦わないと欲求不満が解消されないなぁ。

そして早くも次の試合が最終試合らしかった。別に最後に勝ち残る一人を決める大会ではないので、最終試合に勝った者が皇帝陛下より褒賞《ほうしょう》を授かって終わりなのだとか。

私が試合場に出て行くと、相手は片手剣と盾を装備したずいぶん大柄な騎士だった。少し細身ではあるが手足は長く、動きは機敏で隙がない。全身鎧と兜で顔は分からないが、こんな強そうな騎士いたかな？　という感じ。こいつは手強《てごわ》そうだ。私はワクワクしながら短槍を構えた。

試合開始の合図と同時に私は相手に向かって突っ込んだ。相手がそれに備えて前に重心を移した瞬間、横にステップして相手の意表を突き、さらに大きくジャンプして上から槍《やり》を叩きつけようとした。

しかし相手は冷静だった。私の一撃を盾で防ぐ。私は打ちつけた反動で後ろに飛んで、おそらく来るだろう片手剣の攻撃を躱《かわ》そうとした。

ところが相手は盾を思い切り押し出してきた。盾に衝突する形となった私は跳ね飛ばされる。バランスを崩した私に相手の片手剣が凄《すさ》まじい勢いで叩きつけられようとする。速い！

私は横に転がってその攻撃を避けるが、地面に打ちつけられた剣は火花を散らしつつそのまま滑って私に襲いかかってくる。くっ！

私は片手を地面に突いて地面から跳ね上がりその攻撃を躱す。躱すだけではなくそのまま短槍で相手を突くが、難なく兜の傾斜を利用して逸らされ、体勢を崩したところを盾で打ちつけられた。痛～！

跳ね飛ばされて転がる私を相手は見逃してくれない。一気に接近してくる。私は跳ね起きて相手の攻撃に備える。騎士は盾を構えたまま急速に接近してきた。そしてそのまま猛牛のように突っ込んできた。てっきり剣を振りかぶるか突いてくると思っていた私は反応が遅れた。

騎士はそのまま盾で私を跳ね飛ばした。熊に跳ね飛ばされるとこんな感じかしら、という感じで私はふっ飛ばされ、背中から地面に落ちる。鎧を着ていなければこんな無様な姿を見せることはなかっただろうが、重い鎧姿ではいつもの体さばきはできなかった。

かろうじて受け身を取り、慌てて立ち上がろうと思ったのだが、その時には騎士が私の上にのしかかって剣を首に当てていた。

「ま、参った……」

完敗である。久しぶりに完璧に負けた。それこそ子供の頃、師匠に負けて以来ではないか？

悔しいと同時に感嘆の思いが強い。騎士は私の手を引いて起き上がらせてくれた。

「ありがとう。強いのね！」

私が言うと、騎士が少し苦笑したような気配がした。


全ての試合が終わると勝ち残った騎士達が試合場に出て整列した。皇帝陛下がいらっしゃって前に立つと、全員が兜を脱いで跪いた。あ、勝ったら兜を脱がなきゃいけなかったんだ。当たり前だよね、不敬になるもの。じゃぁ勝たなくてよかったわ。負け惜しみじゃないわよ！

最前列で皇帝陛下と向かい合っている騎士が私に勝った騎士だった。どれどれ、どんな奴なんだろう。私はしげしげとその男を観察した。紅茶色の艶のある髪に切れ長の青い目。女性的でさえある美貌。


……セルミアーネじゃん。うちの夫ですよ。

強い訳だよ。あの人、熊を投げ飛ばしたんだよ？　考えてみれば納得だ。あんなに強い騎士がそうそういる訳がない。この私に勝てるとしたらセルミアーネしかいないわね、と私は常々考えていたではないか。

く、し、しまった。相手がセルミアーネだと分かっていれば迂闊《うかつ》な攻撃など仕掛けなかったのに！　後悔しても後の祭りである。セルミアーネは私が相手なのは百も承知だったのだろう。道理で力押しな接近戦できた訳だ。わざわざ皇太子仕様ではない普通の騎士の標準鎧を着ているところからして、完全に確信犯だろう。

皇帝陛下は一人一人にお褒めのお言葉をかけ、記念の品を手渡していた。そして最後にセルミアーネのところに行き、彼の肩をポンポンと叩いて言った。

「なかなかやるようになったではないかセルミアーネ。最後の試合など面白かったぞ。……どうだ。ここで一度私と手合わせしてみぬか？」

観衆の貴族達も騎士達もびっくり仰天だ。皇帝陛下は確かに昔猛将として知られた一流の騎士だが、もう齢五十を超える方である。侍従も側近達も戸惑って止めようとしているが、セルミアーネは皇帝陛下のことをじっと見つめ、頷《うなず》いた。

「光栄でございます。是非お願いいたします」

即座に皇帝陛下の鎧が準備されたところを見ると、最初からそのつもりだったとしか思われない。皇妃陛下がいらしていないのも止められないための策略なのではないかと疑ってしまう。

私は大興奮だ。何しろ夫と義父の試合である。元々皇帝陛下に最初にお会いした時から陛下はものすごく強いだろうと予測していたし。こいつは楽しみだ。

だが、周囲の騎士達は青い顔をしている。なんだろうと思って聞いてみると変な答えが返ってきた。

「皇太子殿下は『いつか皇帝陛下に勝つのが目標だ。勝てるようになるまでは皇帝にはなれない』といつもおっしゃっているんです。もしも負けたら皇太子殿下はどうなさるのか……」

あ、大昔に私が言った言葉が思い出される。私は「あなたなら皇帝陛下よりも強い一番の騎士になれるから頑張りなさい」と焚きつけたんではなかったか。あの言葉を未《いま》だにセルミアーネが気にしているなんてことは……。あり得る。セルミアーネは律儀《りちぎ》だから。

そう、そうやって皇帝陛下より強くなるべく鍛えてきたセルミアーネが皇帝陛下に負けたら「自分は皇帝にはなれない」と言い出すかもしれない。そんなことになったら大変だ。私は途端に真剣に夫の勝利を祈り始めた。


皇帝陛下とセルミアーネは装備を確認すると向かい合った。お互い武器は片手剣。もう一方の手には盾である。皇帝陛下の鎧は専用の鎧で華美なものだから、どちらがどちらかは分かりやすい。

皇帝陛下はすっと腰を落とすと重量感のある声で言った。

「来い！」

その言葉に応えてセルミアーネが地面を蹴った。私にやったように盾を翳《かざ》して突進だ。跳ね飛ばして相手の体勢を崩してから攻撃に移るつもりだろう。ところが皇帝陛下は引かなかった。ガツン！　とすごい音がして盾同士がぶつかるが、皇帝陛下は微動だにしない。それどころか自分から押し込んでセルミアーネの動きを崩そうとする。しかしセルミアーネも足を踏ん張ってそれをさせない。と、セルミアーネは力を入れつつ横に回り込もうという動きを見せた。皇帝陛下も押し込む力を抜かないままギリギリと盾同士を合わせてそれに対応する。

今度は皇帝陛下が素早く足をさばいてセルミアーネの力を受け流し、そのまま片手剣を突く。しかしセルミアーネは盾でそれを弾《はじ》くと、そのまま盾を持ったままの手で皇帝陛下を殴りつけた。

皇帝陛下がそれを身体を捻《ひね》って躱すとセルミアーネはそのまま腕を伸ばし、皇帝陛下の首を抱え込んで皇帝陛下を投げ飛ばしにかかる。ところが熊を投げ飛ばしたセルミアーネの投げ技をなんと皇帝陛下は受け止めた。二人は組み合ったまま、しばし均衡し、タイミングを合わせて素早く離れた。

おおおお、っと観衆からため息のようなどよめきが起こる。私もちょっと息が止まってしまった。すごい。セルミアーネもだけど皇帝陛下もやっぱりすごいわ。

二人は睨《にら》み合ったまま円を描くように距離を測っていたが、やがてセルミアーネが決心したように片手剣を握り直す。そしてもう一度盾を翳して一気に突進した。

再び盾同士がぶつかって衝撃音と火花が散るが、それは一瞬。セルミアーネは踏ん張る皇帝陛下の脚に蹴りを飛ばした。意外な動きに皇帝陛下の姿勢が崩れる。その一瞬の隙を突いてセルミアーネの片手剣が突き出され、皇帝陛下の腹を襲う。ガツンと音がして一撃が決まった。

「ぐっ！」と皇帝陛下が痛そうに呻《うめ》いて膝を突いてしまった。明らかにセルミアーネの勝利だ。

「だ、大丈夫ですか！　陛下！」

セルミアーネは大慌てだ。すぐに侍従と医者が呼ばれ、皇帝陛下の鎧が外され、診察された。まぁ、片手剣の突きで、先端は丸めてあるし、鎧の上からの打撃だから心配はないだろうけど。

「申し訳ございません。陛下」

「試合だからな、仕方がない。だがもうちょっと年寄りを労《いたわ》って手加減しろ」

皇帝陛下はすぐに回復なさって、苦笑しながらセルミアーネに言った。

「そんな余裕はありませんよ。必死でした」

「ふん。この年寄りに苦戦するようではまだまだだな。セルミアーネ」

そう言いながら皇帝陛下は満面の笑みだった。息子の強さが本当に嬉しいのだろう。セルミアーネも汗の浮いた顔に笑みを浮かべ、皇帝陛下の前に跪いて頭《こうべ》を垂れた。

「引き続き精進いたします」

観衆から歓声が沸き上がった。もちろん私も鎧のままの手を叩いて夫を讃えたわよ。鎧兜姿でなければ駆け寄ってキスをしてあげる場面だよね。

離宮に戻り、ドレス姿になって、セルミアーネの帰りを待つ。セルミアーネは夕方に帰ってきた。すごく嬉しそうに笑っている。やはり皇帝陛下に勝つという念願が叶って嬉しいのだろう。

「お帰り。セルミアーネ。やったわね！」

とりあえず私は夫を讃え、あの場ではできなかった勝利の祝福のキスをしてあげた。

「まぁ、ね。もしも負けたら陛下に怒られると思って必死だったよ」

勝てる自信はあったということね。それはともかく、私は今度は少し怒りながらセルミアーネに言った。

「ところで、最後の試合、私の対戦相手になったのは偶然じゃないわよね？」

「当たり前だろう？　君を表彰させる訳にはいかないし、でも君に勝てそうな騎士がほかに見当たらなかったから仕方なくだよ」

むぅ。それは確かに仕方がない。私はもう一つ、引っかかっていたことを聞いてみた。

「……皇帝陛下相手より、私相手には手を抜いたんじゃないでしょうね」

セルミアーネは驚いたような顔をした。

「そんな余裕がどこにあるの？　君相手に手なんか抜いたらやられてしまうよ。ただ、君に怪我をさせたくないから、戦い方には気を使ったけどね」

……気を使う余裕はあったということではないか。やはり私のほうが皇帝陛下よりは弱いようだ。……悔しい。私がむむむ、と唸《うな》っていると、セルミアーネが仕方なさそうに言った。

「年に一度のあの御前試合になら出てもいいから、それ以外の訓練への参加は我慢してくれるね？」

むぅ。そうなると私は訓練できず、日常的に訓練しているセルミアーネと差が開く一方になってしまうではないか。ちょっとそれは悔しい。なんとか方法はないものか……。

あ！　私は閃《ひらめ》いてセルミアーネに勢い込んで言った。

「そうよ！　この離宮でミアと訓練すればいいんじゃない！」

「は？」

「あなたと戦うのが一番の訓練になるもの！　それにあなたの訓練にもなるわ！　名案よね！　毎日あなたと手合わせできればお互いもっと強くなれるわよ！」

……残念ながら私の名案はセルミアーネ、侍女達総出で却下された。本当に残念だ。

ちなみに、私がこっそり出場したことと、皇帝陛下が最後にセルミアーネと試合をしたことはすぐに皇妃陛下にバレて、私は注意で済んだが、皇帝陛下は「地位も歳《とし》も弁《わきま》えずに現役騎士と戦うなんて皇帝である自覚が足りな過ぎます！」と、かなり強く怒られたようである。

【第19話】お仕事をする皇太子妃

皇太子妃生活にも慣れ始めて、羽目も外し始めている私だったが、もちろん皇太子妃のお仕事も忘れてはいなかった。いませんよ。というか、忘れさせてくれませんよ。周囲が。

皇太子妃のお仕事のほとんどは社交である。毎日毎日飽きずに社交はある。皇太子妃にとって社交は日常で、お忍びで遊びに行くのはあくまでもその合間だ。御前試合に出る前に鍛錬をしたのだって社交の僅《わず》かな隙間を使ってのことだ。勘違いしないように。いや、結構大変なのだ。

お忍びで出かけるにも日焼けをしないようにつばの広い気取った帽子は必須だし、鍛錬も本当なら庭でやりたくても日焼けしたり汚れたりしたら困るからと屋内でやった。そして動いたあとはすぐにお風呂に入って着替えてお化粧して社交に出かけるのだ。

帝宮で行われるお茶会にはいくつか種類がある。一つは大お茶会と呼ばれる数十人規模のお茶会で、月に一度くらい行われる。大規模なだけに会場もホールか庭園になり、テーブルも複数設けられる。

この場合、主催は私か皇妃陛下だが、準備をするのは帝宮本館の侍女達で、私は出ればいいのだけなので楽だ。出席者もあまり肩肘張らないでいいらしく、比較的気楽なお茶会である。

ただ、人数が多いので挨拶だけでも一仕事だ。私が会場内を歩き回り、テーブルを一つ一つ巡っていく。するとそのテーブルの婦人達が立ち上がって略式の挨拶をする。こうして全員と言葉を交わすのが大お茶会における私の最も重要な仕事である。こうした時でもないと皇太子妃と会話する機会のない婦人もいるので、この挨拶は結構大事なのだ。


大規模お茶会には、帝国は上位貴族の皆さんのご協力によって成り立っているんですよ、けして皇族とその取り巻きだけで動いているのではないんですよ、というアピールの意味がある。同様のアピールとしては女性ではさらに規模が大きく子爵以上の貴族が招かれる園遊会、男性貴族が大規模に集まる狩猟会などがある。

大規模お茶会の次に大きなお茶会は帝宮本館のサロンで行われる、私か皇妃陛下主催のお茶会である。集まる人数は多くて十人だが、最低でも週に二回は行われる。これも主催は私か皇妃陛下だが、準備は侍女任せだ。

ただし、毎回趣向が凝らされていて、主催の私はそれを理解しておくことが求められる。

通例上位貴族が順番に招待されるのだが、一人二人くらいは私か皇妃陛下の意向で呼ぶことができるので、私はお姉様のうちの誰かを毎回代わる代わる召喚している。

こちらのお茶会は完全に政治で、穏やかに話しながら上位貴族からの要求や下位貴族から預かってきた課題が議題に出され、お茶を飲みお菓子を褒め合って食べながら真剣に検討が行われる。

その結果を別の機会に皇妃陛下とお話ししてまとめて、私ならセルミアーネに、皇妃陛下なら皇帝陛下に上げて政治に反映してもらうのだ。非常に疲れるお茶会であるが、一番重要なお茶会でもあるので手も気も抜けない。

それらと異なり離宮区画で行われるお茶会は半プライベートなお茶会で、これに招かれることは上位貴族婦人でも非常に名誉なことと見做《みな》される。私と皇妃陛下が同席することは滅多になく、完全に独自のお茶会となる。

よって開催する時には私独自の趣向を持たせることが必要で、この趣向の良し悪しで私のセンスと教養が測られるという恐ろしいものである。もし私がセンスも教養もないと判断されるとどうなるのかというと「貴族婦人、ひいては皇太子妃失格」の烙印《らくいん》を押されてしまう。なんとも恐ろしい。

当然、私にそんなものは最初から存在しないので、エステシアなりエーレウラなり、お姉様の誰かなりに考えてもらって、それをさも「私が考えました」みたいにして開催した。だって「このお茶会は古典演劇のあのシーンをイメージしました」みたいなことを私に期待されても困るもの。

ただ、何回も何回も開催していればそのうち覚えるし（知ったかぶりするにしてもその趣向の意味するところの勉強は必要だ）、春はこんな感じ、夏はこういう趣向が好まれるというのも分かってくるので、少しずつ自分で提案できるようにはなった。

お姉様方からの合格はなかなか出なかったけどね。なお、庭園で開催する場合には季節に応じて一番綺麗《きれい》な花が咲く庭園を造園しておき、それを披露することで独自色を出すことができた。

このお茶会は政治の話もするが、基本的には楽しく社交界のゴシップについて話す。ただ、こういう噂話《うわさばなし》に重要情報が紛れていることもあったり、貴族婦人の意向が匂わされていることも多いから気を抜いてはいられない。出てくる婦人は政権に関わる上位貴族であるので、ご婦人方の機嫌を損ねるのも避けたいところである。

最後に私の住む離宮で行われるお茶会がある。離宮にまで招くというのは非常に信頼しているということを示すので、これに出席できれば私と非常に近しい人と見做される。

実際、私が呼ぶのはお互いに招待し合って親密さをアピールする皇妃陛下か、本当に親密であるお姉様、姪《めい》、その他一族の婦人か、その紹介を受けた者だけだ。

嫌いな者は基本的には呼ばないが、マルロールド公爵夫人のようにあまりにも政治的に重要な者は好悪《こうお》に関係なく定期的に招待する必要はある。

このお茶会ではかなり突っ込んだ話をすることもあり、親しい人ばかりなので少し素を出して語れる重要な時間でもある。ただしやはり社交は社交で、私の政治的な最終結論を出す機関みたいな役割も持っている。

と、まあ、お茶会だけでもこんな感じでいくつも種類がある。外交でもある外国使節を招いたお茶会など定期的でないお茶会もあるし。昼の社交にはこのほかにも昼食会、美術鑑賞会、音楽会、観劇会、そのほか諸々《もろもろ》の催しがあり、大規模な祭祀《さいし》は上位貴族が大集合するからそれも社交の一面を持つ。

もちろん夜には夜で舞踏会を始めとした各種夜会がある。いや、本当に皇太子妃ともなれば社交は最低でも昼一夜一で二回は確実、下手すると昼に二回か三回行われる場合もあって、本当に社交塗《まみ》れなのだ。

これでよくもまぁお忍びに行く元気がありますね？　とエステシア辺りは呆れるほどの忙しさだが、社交の場ではほとんど動かないし作法に気を使うから精神的に大変なだけである。身体を動かしたいのだ。

まぁ、セルミアーネが即位して皇帝になれば、私は皇妃になって皇妃室と呼ばれる執務室を授かり、政治の執務もしなければならない。元老院議員にもなるから立法にも関わる必要が出て社交だけでなくいろいろ忙しくなるから、お忍びも難しくなるだろう。……それでも隙あらば出かけようと思っているけどね。

皇帝陛下はこの間セルミアーネに試合で敗れてから、譲位をお考えだ、と聞いている。

帝国の皇帝は基本的には終身制で、崩御《ほうぎょ》なさるまで皇帝陛下であるのが普通だ。しかし、セルミアーネは生まれの事情から何も帝王教育を受けていないし、皇太子になってから必死に皇太子業務を勉強したぐらいで、知識も経験も圧倒的に不足している。

この状態で皇帝に即位するのは本人も周囲も不安に思うだろう。そのため皇帝陛下は譲位して上皇になることで、セルミアーネを支えるお立場になってくださろうとしているのだ。

これは私も他人事《ひとごと》ではない。皇太子妃仕事でもギリギリの状態では、皇妃になったら仕事に不具合が出るのは確実だ。今の皇妃陛下が上皇妃になって支えてくださるなら本当に有難い。

ただ、一番の問題は私とセルミアーネに子供がいないことだった。この状態でセルミアーネが即位すると、皇太子がいなくなる。皇帝が次代を定めないのは不安の元なので、セルミアーネが即位したら傍系《ぼうけい》皇族たる公爵家から後継者を指名する必要があり、それは不和の元になるし、後に私達に子が生まれた場合に、後継者争いの火種にもなる。

なので私達に子供が生まれたら譲位、という予定を皇帝陛下は立てられているらしい……。

うう、プレッシャーが。何しろ私達は結婚三年目を迎えても子供ができていない。皇妃陛下に怒られて励むようになってからもできないのだ。

セルミアーネは気にしなくてもいいと言い、皇帝陛下は慌てなくても私はまだ死なないから大丈夫だと言ってくださるが、この問題に関しては皇妃陛下がとにかく厳しかった。

いつもはお優しい皇妃陛下だが、この問題についてお話しの時は別人のように厳しいお顔をされて、私に「早く子供を産みなさい。ダメそうならセルミアーネに愛妾《あいしょう》を娶《めと》らせなさい」とおっしゃるのだ。

皇太子に子供がいないと本当に後々大変なので、とりあえず愛妾に子を産ませて、あなた達の子供はゆっくり作ったらいいかが？　などと平然とおっしゃる。

頭では理解できるが、感情的に無理だ。セルミアーネに浮気させて作ってもらった子供を、養子にして義理の親として後継者にするなんて、私にはどうしても受け入れられない。セルミアーネに浮気されるくらいなら、離縁して故郷に帰るわよ。

だが、今さら私が皇太子妃を辞める訳にはいかないのも事実である。セルミアーネの後ろ盾は私の実家のカリエンテ侯爵家だ。カリエンテ侯爵家一族としてもセルミアーネが皇帝に、私が皇妃になることは権力的に非常に重要なので、今さら私が離縁したいと言ったって許してはくれないだろう。

事実、ヴェルマリアお姉様にこのことを相談したら、あっさりセルミアーネに愛妾を持たせることに賛同された。私の皇太子妃の座は家柄的にもう揺るがないのだから、あとは子供さえいればいい訳で、愛妾の子供を養子にすれば私の立場は盤石《ばんじゃく》になるじゃない、と。

貴族なら普通の考え方なのだろう。私は平民との常識の違いにちょっと頭痛を覚えたほどだった。平民なら夫の浮気がバレたら妻に殺されかねないし、隠し子が発覚したらさらなる大騒動になるだろう。

ヴェルマリアお姉様が説明してくださることには、貴族の家では正妻の子供だけで後継者に不安がない家のほうがむしろ珍しいので、愛妾を持つのは普通のことであるらしい。ご自分の夫にもいると平然とおっしゃった。

ヴェルマリアお姉様には男女一人ずつの子供がいるにも関わらずだ。子供は結構容易に死ぬものだし、自分の身にも何が起こるか分からないのだから、子供は多いほうがいいと言うのだ。つくづく、貴族の婚姻は家を子孫に継ぐためのものである。ただし、実家のように多過ぎても大変だけど。

実家では子供は全て正妻であるお母様の子供だった。実はこれこそが侯爵家が破産しかけた原因で、もしこれが愛妾の子であれば多少粗略に扱っても問題なかったのだ。

正妻の子では貴族界や妻の実家への体裁があるから迂闊な扱いができず、困り果てたお父様が末の娘の私を田舎に隠すようなことが起こったのである。愛妾の子であれば認知だけして騎士にするか侍女にするか、あるいは神殿に入れて神官か巫女《みこ》にするという手があった。

このように愛妾とその子供は貴族の家にとって便利な存在なので、夫婦仲に問題がなくても愛妾を娶るのが普通らしい。単純な浮気とは訳が違うということだ。

ちなみに、愛妾は単純に恋愛関係になり迎える場合や、家同士の関係を強化するためにもう一人の妻として迎える場合、妻が自分の立場の強化のために一族から迎え入れる場合などがあるそうだ。

そんなことを言われたって私には無理。例えばセルミアーネに私の持ち込み侍女のアリエスと子供を作ってもらうなんて無理。セルミアーネに対してもアリエスに対しても普通ではいられなくなってしまうだろう。

ただ、私のように考える貴族婦人も中にはいて、愛妾許さない絶対、という方も多数派ではないが少なくもないとか。

そもそもうちのお母様はお父様が愛妾を作ることを許さなかった（必要がなかったとも言う）ので、どちらかと言うと私の気持ちを理解してくださった。それでも子供がいないのは問題なので、愛妾が嫌なら早く子供を作るようにとおっしゃる。

正直、私はこの問題について考えると憂鬱でつらくなるのだった。終《しま》いには月経が来てしまうとがっくり凹《へこ》むようになってしまい、それを見たセルミアーネがかなり強い調子で皇妃陛下に怒ったようだった。そのせいか皇妃陛下はなるべくこの話題を出さないようにはしてくださっているようだった。

◇◇◇

その頃、貴族界では一つの問題が持ち上がっていた。バルセス伯爵家という家があるのだが、この家で跡目争いが起きていたのである。

単なる跡目争いならあまり大きな問題ではないのだが、この問題の面倒なところは、争っている兄と弟にそれぞれ有力な貴族の後援があることだった。

本来であれば問題なく兄が継ぐはずだったのだが、仲の悪い弟が異議を申し立て、それを弟の妻の実家の侯爵家が支援したのである。兄の妻の実家は伯爵家で、後ろ盾の強力さは弟が勝った。

しかし、当のバルセス伯爵家には長男に跡目を継がせたいという意向があり、しかもその本家である侯爵家も長男を支持していた。このため、二つの侯爵家がこの問題で真っ向から対立してしまったのである。

この場合、本来はバルセス伯爵家の本家筋の侯爵家の意向のほうが強いはずなのだが、家の格としては弟を推している侯爵家のほうが高い上、貴族界での勢力も大きかった。正面から対立してしまうと、長男支持の侯爵家もバルセス伯爵家も後々苦しい立場になるかもしれない。

困ったバルセス伯爵家とその本家の侯爵家は皇帝陛下に仲裁を申し立ててきたのであった。こういう問題は紋章院の仲裁で上手く行かなければ、皇帝裁判所で皇帝陛下が判断することになる。

皇帝裁判所は皇帝陛下がご裁可を下す絶対的な権力を持つ裁判所だが、だからといって皇帝陛下の我儘がなんでも通るという訳ではない。ご裁可を下すまでに皇帝陛下がお互いの言い分を聞き、貴族界の意向も加味してご判断なさるのだ。

この場合、皇族の意見も取り入れられる。社交の場に出る回数が多い女性皇族は貴族界の意見に触れやすいので、その判断は重要視されるのだ。

この問題に関して言えば、皇妃陛下のご意見は弟支持だった。皇妃陛下のご実家が弟を支援している侯爵家だったからである。これはやむをえない。皇妃陛下自身のご意向としてはどっちでもいいとのことなので、消極的支持ではあるが。

皇妃陛下が支持しているのなら、皇帝陛下も特に理由がなければ同じほうを支持する。私もセルミアーネも同様だ。

しかし、この問題に関して、私が社交の場で意見を聞いた限りでは、弟のほうはいろいろ問題のある人物であるらしかった。どうも本来は政治にも領地の統治にも興味がないのに、妻の実家に唆《そそのか》されて跡継ぎに名乗り出たものらしい。対して兄のほうはしっかりした人物で、社交界における人気も弟よりも断然高かった。

さらに私にとって大きかったのは、弟のほうの妻が、マルロールド公爵夫人の取り巻きの一人であることで、何度か公爵夫人と一緒になって私の田舎育ちを馬鹿にしてきた婦人だったのだ。

ということは、弟のほうが継ぐと、バルセス伯爵家はマルロールド公爵家の勢力の傘下《さんか》に入るということになる。エベルツハイ公爵夫人のお姉様が私の有力支持者である以上、対立するマルロールド公爵家の勢力が増すのは私としては好ましくない。

私がセルミアーネにそのことを言うと、彼もマルロールド公爵家の勢力は大きくしたくないということだったので、彼も兄のほうを支持することになった。

さて、ここからが私のお仕事である。私は社交の場に出る度に私とセルミアーネは兄のほうを支持することをそれとなく広めた。「藤の離宮の意向としては、先に咲き始めた花は敬われるべきだと思いますわ」などと遠回しに。

同時に弟を支持する者達にそれとなく圧力をかける。特にマルロールド公爵夫人には「他所《よそ》の庭に植える花の種類に、公爵ともあろうものが口を出すような無粋な真似《まね》はいたしませんでしょう？」と直接の介入をさせないように牽制《けんせい》しておく。

直接支持している侯爵家にはもっとはっきりと「バルセス家の長子には赤い布がかかりました」と皇太子夫妻は長男を支持すると伝える。

こうなると私を支持するカリエンテ侯爵一族が長男側につき、情勢は長男有利に傾いた。同時に私は皇妃陛下に自分の意向を伝える。皇妃陛下も情報で弟が当主に不適格な人物であることは摑んでいたらしいので、ご実家には言い含めておくとおっしゃってくださった。

そういう根回しの結果、皇帝陛下が夜会で関係各人の話し合いを促し、結局は円満に長男が後を継ぐことになったのであった。

社交の役割とはこんな感じに対立を表立たせずに問題を解決することである。これが皇帝裁判所で白黒はっきりつけるとなると、将来に大きな禍根が残る。皇帝陛下への不満も出かねない。

社交で勢力図が確定したら、素直に引くのも上位貴族の処世術で、今回の場合引いてくれた皇妃陛下のご実家の侯爵家には私への貸しができている。この貸し借りは後々侯爵家が譲れない問題に直面した時に効いてくるので、侯爵家もただ転んだ訳ではないのだ。

こういう利害の貸し借りをうまく回して、なるべく円満に政治を運営する。そのために社交に励むのが皇太子妃のお役目である。

ね？　遊んでいるばかりではないでしょう？　バルセス伯爵家の問題程度の話はそれこそ毎月のように起こるのだ。

私は比較的意見がはっきりしているほうだし、私が強い意向を示した場合にはセルミアーネは必ず私の意見を取り入れてくれる。皇太子夫妻が一致して意向を示した場合、両陛下も私達の意見を支持してくれることが多い。つまり、私の意向は帝国においてかなりの重要性を持つようになっていたのである。

これは一見いいことのようだが、私の迂闊な判断が帝国を誤った方向に導く可能性が高くなるということでもあり、私が社交の場で感情的な対応をすれば、相手の貴族界での地位が大きく変動しかねないということでもある。より社交の面倒さが増した訳だ。

なかなか故郷で子分を従えていた頃と同じようにはいかないわね。あの頃は言うことを聞かない子分は殴ればよかったのに。

ただ、私はあの頃と同じく弱いものいじめだけは私の社交の場では絶対に許さなかった。

身分の高い者が故なく下位の者を虐《しいた》げた場合、私は高位の者を窘《たしな》め時には叱責《しっせき》した。下位の者を庇《かば》ったのである。

これは上位貴族には理解されなかったが、庇護《ひご》された下位の者からは非常に感謝された。

実際、何回か潜り込んだ下位貴族の社交の場では「皇太子妃殿下は身分に関わりなく正しいものは評価してくださる」という評判だった。

あの成人のお披露目の大騒ぎの件もあり、私は下位貴族からは希望の星と見られているようだった。そんなに頼りにされると無下にできる性格ではない私は、下位貴族の要望で上位貴族の権益に抵触しないものは積極的に叶えたのだった。

おかげで下位貴族の皆様は実家とは別に私の有力な政治的基盤となったのである。

そんなふうにして私が毎日毎日お仕事をし、皇太子妃になって二年が過ぎた。結婚してから四年、私は二十歳になっていた。

その頑張りを皇帝陛下も皇妃陛下も認めてくださって、だからこそいろいろなアレコレの許可が出たのである。そうアレはご褒美なのだ。

頑張っていた私に、待望していた事件が起こったのは、秋のある日のことであった。

【第20話】子供を産む皇太子妃

どうやら妊娠しているらしい、と医者に告げられて、思わず涙が出てしまった。

ううう、長かった。

「おめでとうございます。妃殿下」

「よかったですね！」

エステシアもアリエスも涙ながらに祝福してくれた。私の間近に仕えるこの二人は私の涙ぐましい努力を知っているのだ。

私はあんなに子供がポコポコ生まれた家の子供だし、セルミアーネも皇帝陛下がフェリアーネ様を愛妾にされてすぐにできた子だ。お互い子を成すのがこんなに難しいとは想像していなかった。

だが、離宮に入る前を含め、これが一向にできない。皇妃陛下に怒られてからは義務だからということでかなり頑張ったのだができない。私は大いに焦《あせ》り始めた。

故郷の父ちゃん母ちゃんには子供がいなかったが、そのことで母ちゃんが陰口を言われているのは知っていた。父ちゃんに離縁を勧めてくる男もいたくらいだ。父ちゃん母ちゃんがそれで悲しい思いをしていたことは私も知っている。子供が産めない嫁はそういう悲しい思いをするのだ、と私は子供心に感じながら育った。

まして皇太子妃となってしまった今、私の子供はお世継ぎになる。その期待のされ方は半端ではない。大袈裟《おおげさ》に言えば帝国の臣民全ての期待が私にかかっていたと言える。私に会う者も会わない者も、誰も口には出さなくても、私に早く子供を産んでほしいと思っているに違いないのだ。

子供が産めない女性だと言われたくないという自分の思いと、皇太子妃として世継ぎを産んでほしいという周囲の期待。この二つの重圧は私をドンドン追い詰めた。

加えて皇妃陛下以下、近しい貴族夫人はセルミアーネに愛妾をあてがうことを勧めてくる。これは私の「世継ぎを産まなければ」という重圧を和らげるための提案だと分かってはいるのだが「あなたには子供は産めないのだから」と言われているようでつらかった。

セルミアーネは一貫して「別に慌てる必要はない」「子供などいなくてもいい」と言ってくれた。これは嬉しかった反面、産まなければという重圧を増幅しもした。これでセルミアーネまで自分が愛妾を娶ることを提案してきたら……悔しく苦しい反面、少しホッとしたかもしれない。

私は、自分を想《おも》ってくれて、皇太子になってからも私を一番に考え、私の我儘のために惜しみなく骨を折ってくれる自分の夫が大好きになっていたから、正直お世継ぎがどうとかを抜きにしても、自分でセルミアーネの子供が産みたかった。

そういうグルグルした思いをずっと抱えて、皇太子妃としての忙しい日々を送っていたのだ。そうしてようやく得た妊娠の知らせである。いろんな気持ちがこみ上げてきて、泣いてしまったとしても誰が私を責められよう。

私は妊娠したくて、ありとあらゆる努力をした。ただ待つのは性に合わないもの。セルミアーネと夫婦生活を頑張るのは当然として、これがいいと聞けばなんでも試してみた。サバクオオヤマネコの肉がいいと聞いて、臭みに顔をしかめながら一生懸命食べたり、牛乳がいいと聞いて毎日飲んでみたこともある。東方の珍味が効くと聞いてとんでもない価格のそれを取り寄せて食べたこともある。

適度な運動はいいが過度な運動はよくないと聞いて「適度ってどのくらい?」と悩んだり、規則的な生活がいいと聞いて一日の予定を毎日完全に同じにしてみたり、睡眠時間が短いほうがいいと聞けば、しばらく二時間しか寝なかったこともある(体調を崩したのでやめた)。

おまじないにもずいぶん頼ったわね。ガチョウの血を額に塗って寝たり、夫と反対向きに寝るとか、片足だけ靴下を履いて寝るとか、願いを書いた紙を燃やした灰を水に溶かして飲むとか。

大図書館からいろいろ本を借りて調べたり、医者から意見を聞いてみたり、ご婦人方から話を聞いたり、果ては平民や異国の商人からも情報を集めたりした。そうした情報を片っ端から試してみたのだが、世の中そう簡単ではない。まったく効果はなかった。

最終的に効果があったのは神頼みだった。いや、最初からやっとけよって？　神様に願いごとをするという発想がそもそも私にはなかったのだ。

ある日、またしても妊娠できずにがっかりしていると、アリエスが私の手を握って私を励ましてくれた。

「大丈夫です。妃殿下。私も全能神に毎日お祈りしています。全能神に毎日魔力を奉納している妃殿下ですもの。きっと全能神は願いを聞き届けてくださいますわ！」

……そういえば、私、全能神にお願いしたことなかったわね。確かに毎日毎日魔力を奉納しているし、そのほかの神様にも毎月お参りしているんだし、たまには私のお願いを聞いてもらってもいいんじゃないかしら？

ただ、普段の奉納ついでにお祈りするのはなんなので、私は空き時間にわざわざ神殿に行った。司祭に話を聞くと、なんとそのものズバリな妊娠出産の神がいらっしゃることが分かった。

全能神にお祈りしても、もちろんその神様にも祈りは届くらしいが、ピンポイントに狙いを定めてお祈り奉納したほうが効きそうな気がする。私は祭壇に進み、すっかり慣れた儀式作法に従って三回跪き、両手を上げて魔力を奉納しつつ祝詞《のりと》を唱えた。

「天にまします全能神。そしてその愛《いと》し子たる妊娠出産の神よ。我が願いを聞き届けたまえ。願いを叶えたまえ。我が捧《ささ》ぐは祈りと命。我と最愛の夫との間に新たなる命を授けたまえ」

そして魔力を奉納する。あんまり奉納してしまうと毎日の奉納に響くので少しだけだが、真剣に奉納した。終わったら天から光の粉が降ってきたので魔力と共に祈りも届いたはずだ。

ただ、私はあんまり期待はしていなかった。私は性格的に誰かにお願いしてお任せする、というのがあまり好きではない。まして会ったこともない神様である。気休め気休め、くらいに思っていたのだった。

ところが、そのお参りから二ヶ月後、私は微熱が続いて身体がだるくなり、あまりに治らないので医者を呼んだのだった。そうしたら「どうやらご懐妊のようです」と言われたのである。

ごめんなさい神様。ご利益舐《な》めててごめんなさい。そしてありがとう！　神様！

私は本当に涙を流して喜んだ。アリエスと思わずダンスを踊ったほどだった。あとで考えればたったの四年だが、当時の私にとっては本当に長かったのだ。だが、喜びに沸く私と侍女に、常に冷静沈着な侍女長エーレウラは言った。

「落ち着かれませ。妃殿下も皆も。まだ妊娠したかもしれないという段階ではありませんか。

妊娠が確定した訳でもありませんし、妊娠初期は流産しやすくもあります。喜ぶにはまだ早いです」

……確かにその通りだ。故郷で妊娠した女性は大勢見たが、妊娠したと思ったのにしていなかったり、すぐに流れてしまったり、死産してしまった者も多かった。そう。産むまでは油断大敵。私はすぐに気を引き締め直した。

ただ、帰ってきたセルミアーネに報告する時にまた涙ぐんでしまったのは無理もないことだろう。私の報告にセルミアーネは一瞬パッと顔を輝かせたが、すぐにいつもの微笑みに戻った。

「そうか。よかった。でも、まだ分からないのだから、ダメでもがっかりしないようにね？」

なんともセルミアーネらしい。セルミアーネは私を抱き寄せてくれたが、少し手が震えているようだった。本当はものすごく嬉しいし、その分不安なのだろう。

なんとしてもセルミアーネの期待に応えたかった私は、しばらくは慎重に生活した。

社交を減らすことはできなかったが、歩く速度を少し落とし、段差などは丁重に上り下りする。座る時もそっと座る。おかげで事情を知らない貴族婦人からは「妃殿下は少しお淑《しと》やかになられましたね？」などと言われた。

もちろん、朝の抜け出しもお忍びも封印だ。そもそも妊娠判明の少し前から、私は眠くて眠くて仕方がなくなり、朝はまったく起きられなくなっていたのだった。毎日社交に出かけるギリギリまで寝ている。それでも眠くて、社交の間に寝そうになって何度かエステシアに背中をつねられた。危ない危ない。

一ヶ月が経《た》ち医者から「もう間違いないでしょう」と言われる頃には、悪阻《つわり》が本格化した。断続的な吐き気。眩暈《めまい》。微熱など。私は子供の頃以来風邪さえひいたことがなかったので、こんなに体調が悪くなったのは本当に久しぶりだった。

それでも社交はお休みできず、頑張って出席していた。体調の悪さは気合で隠せるが、お茶やお菓子に手がつけられない。そのことで私の体調不良、さらに勘のいい婦人の中には妊娠に感づいていた方もいたようだった。

さすがに儀式はお休みになった。毎日の奉納にも来なくていいということで、私は少し慌てた。

「それくらいはできるけど……」

「妊娠期間中はお腹《なか》の子供のために魔力を溜めるのが普通だから気にしなくていいよ。君がこれまで奉納してくれた分で十分帝国の地は肥えているから大丈夫」

セルミアーネはそう言って、まだ全然目立たない私のお腹をそっと撫《な》でた。その表情はものすごく嬉しそうで幸せそうで、私は心底彼の子供を宿すことができてよかったと思った。

「君は子供を無事に産むことだけを考えてくれればいい」

「分かった。必ず元気な男の子を産んで見せるわ！」

そう。妊娠したでもう一つの心配事ができてしまう。この子が男か女か問題だ。

帝国の皇帝は別に男でなければならないと、明確に決まっている訳ではないのだという。だがしかし、帝国数百年の歴史上、女帝が即位したことは一度もない。つまり事実上、帝国の皇帝には皇子しかなれないのだ。

妊娠にこんなに苦労したのである。次の子供がすぐに得られるか分からない。神頼みもいつも有効ではないかも知れない。だからできればこの子は男であってほしい。私がそう思っているのはセルミアーネにはお見通しで、しかも気休めを言ってもダメだとまでバレている。

「子が女子でも問題ない。婿を傍系皇族からもらえばいいだけだ」

と言うのだ。だが、それでは延々と続いてきた皇統の直系が絶えてしまうではないか。セルミアーネは気にしないと言ってくれるが、気にする人はいるし、それでセルミアーネや私を責めたり嘲ったりする人はいるだろう。やはりどうしても男の子が産みたい。

皇帝陛下も皇妃陛下もお喜びで、というかものすごく心配してくださった。社交は私がやるから出なくてもいいと皇妃陛下などはおっしゃるのだが、私はできる範囲で頑張って出続けた。

しかし、悪阻がきつくなるとどうにもならなくなって、結局は皇妃陛下にお任せするしかなくなった。

いや、私の悪阻は吐き気と怠《だる》さだけで、ひどい人に比べれば大したことはなかったらしい。食事もほとんど食べられたし。だが、私はそもそも病気などしたことがなく、寝込んだことなど一度もない。その私が怠くてベッドで横になる以外できないというのが自分的異常事態だったのだ。

これ、子供産んだら治るんだよね。一生このままじゃないよね？　そんな不安に駆られてセルミアーネに慰めてもらったりした。

お腹が少し目立ってくるようになると体調は改善して、私は社交の場に復帰した。ただ、夜会には出られず、せいぜい離宮区画でのお茶会くらいに出るくらいだった。出たくても出してもらえなかったのである。それはそうだ。不測の事態が起こったら大変なことになる。

私の懐妊は既に貴族界に知れ渡っており、どこの社交でもその噂で持ち切りなのだそうだ。男か女かで賭博《とばく》まで始まったらしい。

お茶会に来るお母様・お姉様方は心配というよりは激励してくださった。お母様は十一人、そのほかのお姉様方も複数のお子を問題なく産んでいる妊婦のエキスパートである。

ただ、出産に関してはベテラン過ぎて未産婦の不安は忘れているようで、私の時はこんなだったという思い出話をしてくださるのはいいのだが、何回産んでも痛いのは痛いのよね、などと笑われると未経験者としては内心怯《おび》えてしまうのですよ。

もちろん、貴重な助言もあり、胎児が落ち着いたら歩いたほうが安産になるとか、便秘になりやすいから水分を多く摂《と》ったほうがいいとか経験者ならではのアドバイスは本当に助かった。何より経験者が毎日寄ってたかって面倒を見てくれるのは心強かった。

経験者と言えば、エステシアは男の子二人、エーレウラは女の子と男の子を産んでいるベテランお母さんだった。二人が出産まで面倒を見てくれるなら安心だ。

ただ、この私の上級侍女二人は私の妊娠中ものすごく緊張していて、妊娠後期には殺気立った目をしていた。私が少し変なことをしようとすると怒鳴りつけられたほどだ。無理からぬ話ではある。皇太子妃とその子供を一度に護《まも》らなければならないのだから。

出産は私個人の寝室で行われることになっていて、出産用の器具や保育用の用具が取り揃《そろ》えられ始めた。それを見ると緊張してしまうが、事前にいざという時の段取りを覚えるのは大事だ。陣痛が起こったらこう、もしも早産の気配があったらこう、というふうに決めておけばいよいよと言う時に慌てずに済む。

乳母《うば》については妊娠が分かった段階で選定が進められ、カリエンテ侯爵家一族のフィロッシュ伯爵夫人という方が来てくれることになった。私にとっては少し遠い親戚になる、二つ年上の方である。ちなみに、フィロッシュ伯爵夫人は去年出産しているのだが、そのお子は自分が雇った乳母に面倒を見させている。自分の子を人に任せて私の子の面倒を見てもらうのは気が引けるのだが、そういうものらしい。

私は別に自分で面倒は見られると主張した。故郷では赤ん坊のいる家でお駄賃をもらって留守番して、その間に赤ん坊の面倒を見ていたこともあるので、オムツだろうが夜泣きだろうがなんでもこいだ。お乳だけはやったことがないけども。

するといろんな方面から突っ込みが入った。

「妃殿下には社交のほうが大事です。それに、もっともっと子供を産んでもらわなければなりませんし」

確かに社交をやっていたら子育てなどできない。そして皇太子妃は公人なので子育てより社交のほうが優先される。

それに子供は一人産めばいい訳ではない。できれば男の子が三人は欲しいところだろう。三人いても全員お亡くなりになった皇妃陛下の皇子達の例もある。そのためには始めたら手一杯になる子育てなどさせられないという訳だ。

自分の子供を育てられないなんて寂しいと思うが、確かに皇太子妃としては仕方がないことなのだろう。

乳母になってくれるフィロッシュ伯爵夫人は以前から顔見知りで、穏やかな方だった。本人は子育てはしたことがないので、子育て経験豊富な帝宮の侍女が数名つけられ、実際の子育ては侍女が行うことになる。

乳母はあくまでお乳を与える役目と、仮の母親として優しくし、言葉や基礎のお作法を教えるのが仕事だ。それでも夜にも起きてお乳を与えなければならない過酷な仕事ではある。

そうやって準備を進めていくうちに、私のお腹ははち切れそうに大きくなり、しかもその中で赤子が暴れるようになってきた。こら、ちょっと、もう少しだから大人しくしていなさい！と言いたくなる元気ぶりである。あるいは寝相が悪いだけだろうか。私もセルミアーネも寝相はいいのだけど。

「こんなに元気なら男の子じゃない？」

私が期待を込めて言うと、エーレウラが冷たく言った。

「妃殿下はご自分がお母様のお腹の中で暴れなかったと思われますか？」

……そうですね。きっと大暴れして、お母様は「これ絶対男だ」と思ったよね。あとで聞いたら実際そうだったらしい。女の子でびっくりしたそうだ。そういうこともあるようだから、私はあんまり期待し過ぎないことにした。


そうしてある日、ついにその時がやってきた。

その日のお昼頃、私はヴェルマリアお姉様と離宮でお茶をしていた。

臨月になってからお姉様が昼間は入れ代わり立ち代わりついてくださり、やれ散歩しろだの、やれこれを食べろだの、水を飲め、お腹を冷やすな、椅子に深く腰かけるななどと煩《うるさ》くしてくだったのだ。

楽しく談笑している最中、ふと、お腹に違和感があった。ただ、違和感があったり少し痛かったりは数日前からたまにあり、その度に大騒ぎしてはなんでもなかったので、またか、とあまり気にも留めなかった。

しかし、しばらくするとまた少し痛い。うーん。なんだろうね。ともぞもぞしていると、お姉様が眉を顰《ひそ》めた。

「どうしたのラルフシーヌ」

「いえ、ちょっと、腰が……」

そう言って身体を動かしたらズキっときた。

あいたた……。なんだか今まで経験したことがないところが痛い。

すると、ヴェルマリアお姉様はさっと立ち上がって、エステシアに言った。

「これは多分本番ね。頼んだわよ。エステシア」

「承りました」

え？　本番？　私はエステシアに抱えられるようにして寝室に連れて行かれた。出産用に少し低くされたベッドに横になる。

「……産まれるの？」

「大丈夫ですよ。妃殿下。準備は万全です。妃殿下は神に出産の無事をお祈りください」

そうそう神頼み。妊娠してから何度かお礼と子供の無事を祈って神殿に行って魔力を奉納したのだし、ここでもう一度お祈りしておきましょう。奉納は無理だけど。

「天にまします全能神。そしてその愛し子たる妊娠出産の神よ。我が願いを聞き届けたまえ。願いを叶えたまえ。我は祈りを捧ぐ。我が子の無事の誕生をご加護くださいませ」

私が唱えるとエステシアが少し驚いた顔をした。

「妃殿下の安全もお願いしてくださいませ」

「私は大丈夫よ。それにきっとセルミアーネがお祈りしてくれているわ」

多分帝宮の礼拝堂で、魔力の奉納つきで。

待っててねセルミアーネ。立派な赤ちゃん産んで見せるからね！

◇◇◇

……舐めてました。出産。知りませんでしたよこんなに大変だなんて。

何しろ陣痛が始まってそれが耐えられないくらい、具体的には鹿にお腹蹴られた時の三倍くらいの痛みになって軽く数時間は経過したのに、全然産まれる気配がない。

私はプライドに賭けて苦痛の声など上げるまいと思っていたのだが、時間が進んで痛みが木から落ちて背中から岩に激突した時の五倍くらいの痛みになると、そんなプライドは投げ捨てざるを得なくなった。痛い、ものすごく痛い。

私は呻き、息を止めてしまうが、そうすると医者に怒られる。この医者は女性の出産のみを扱う平民なら産婆《さんば》に当たる女性の医者で、女性の医者は帝国でもこの人だけだ。かなりのお歳でもあるし高位貴族婦人の出産に何度も立ち会った人だから容赦がない。

「ダメです妃殿下！　ちゃんと息を吸って、吐いて。ダメダメ！　そんなに早くでは。もっとゆっくり」

くそう。うるさいぞこの婆《ばばあ》め。でも言うことを聞かないと子供が産まれない。私は必死で言う通りにした。

そして痛みが、大猪《おおいのしし》の体当たりの直撃を受けた挙句に一緒に崖から落ちてそのまま猪に潰された時の十倍くらいという途方もない痛さになり、私が悲鳴を上げた直後――

「おぎゃあああ！」

というものすごく大きな泣き声が聞こえた。あまりの声の大きさにそれまでの苦痛も忘れて目を丸くしたほどだ。

「ご誕生です！　皇子ご誕生！」

あの婆さんが叫んでいた。同時にエーレウラが大変珍しいことに歓喜の声を上げる。

「おめでとうございます！　皇子です、皇子様ご誕生です！　帝国万歳！」

私がまだ現実感なく呆然《ぼうぜん》としていると、アリエスが私の首に飛びついて来て叫んだ。

「おめでとうございます！　妃殿下！」

私はアリエスの身体を支えながらなんとか納得した。……産まれた。産まれたのね。しかも皇子、男の子が……。

だが私は喜ぶ気力もなかった。いや、大変だった。そういう感想しか持てなかった。私はぐったりと頭を枕に落とした。

しばらく休み、医者の診察を受け、問題ないでしょうと言われる頃には少しは気力も復活していた。いや、ほんの少しだけどね。それでも生まれたこの子のことが気になる程度には復活した。それを見越したようにエーレウラが白いおくるみに包まれた赤ん坊を連れてきてくれた。
おおお、これが私の子供か。私はまだ全然動けないので、身体を起こしてもらい、お腹のところで腕で形を作ってそこに赤ん坊を乗せてもらった。
ち、小さい。出産直後の赤ん坊を見るのは初めてだ。顔がしわしわで本当に真っ赤だ。髪の色がセルミアーネとよく似た明るい赤茶色だ。目はどうかしら？　私は覗《のぞ》き込んだのだが、まだ瞼《まぶた》がしっかり閉じられていて分からなかった。（あとで分かったが目は茶色だった）
見ているうちに実感がじわじわ湧いてきて、それと同時にこれまでの苦労だの努力だのが思

い出されて、私は思わず拳を握りしめていた。

やった！　やったぞ！　見たか！　ざまーみろ！　と叫びたい気分だったわよね。ついに子供を、男の子を産んでやったわよ！　これで誰も私は子供が産めないとか、セルミアーネに愛妾をとか言い出さないでしょう！　やったー！　神様ありがとうー！


無茶苦茶嬉しかったが、喜ぶにも結構体力がいる。すぐに疲れてしまい、生まれたのが夜半過ぎだったこともあり、私はそのままその日は寝た。

セルミアーネと会ったのは次の日の朝だった。セルミアーネは部屋に入ってくるなり、作法の範囲では最速の歩みで私の枕元に到達した。

「大丈夫か？　ラル」

私の手を握っている彼の手は、少し震えているようだった。

「大丈夫よ。それより見た？　男の子よ！　やったわよ！」

「ああ、見た。君によく似ていたな」

あれ？　そうだったかな？　私は顔立ちまではよく見なかった。

「よくやってくれた。ありがとう。本当に。そして君が無事でよかった」

セルミアーネはそう言うと私の頭を引き寄せて頬にキスをしてくれた。セルミアーネが喜んでくれてよかったわ。

ちなみに子供は既に乳母のところに行っているのでここにはいない。赤ん坊はあまり動かさないほうがいいので、これからしばらくは乳母の部屋から出ないので会いたければ私でも乳母のところに出向くしかない。

「大変だったろうから、しばらく休むといいよ」

「大丈夫よ。すぐに回復してまた頑張るわ。皇太子妃も、お母さんも、それにほかにもいろいろね！」

私が言うとセルミアーネは苦笑した。

「子供を産んでも変わらないね。ラルは」

「何よ変わってほしい？」

私が唇を尖《とが》らせると、セルミアーネは苦笑してもう一度私の頬にキスをした。

「いや、君は一生そのままでいてくれ」

私達は声を上げて笑い合ったのだった。

結婚五年目、皇太子夫妻になってからも三年の月日が経ったその夏の朝。

私達についに初めての子供ができた喜びの朝のことを、私は一生忘れないだろう。

【第21話】皇太子妃暗殺未遂事件

私は絶好調だった。

何しろここ何年も頭のどこかに居座って常に私を悩ませ続けていた、不妊の問題をついにやっつけたのだ。しかも男の子、皇子を産んでだ。見たか！　もう誰にも文句は言わせないわよ！　と帝宮の城壁の塔で息子を掲げて全帝国臣民に見せながら叫びたい気分だった。

もちろん知っているわよ？　一人じゃ足りないことぐらい。引き続き頑張って二人三人と産まなきゃいけないことぐらい。分かっているわよ？　でも「もしかしたら私は子供が産めない女なんじゃないか」という不安と恐怖が拭い去られたのは大きいのだ。産めると分かれば頑張って作って産めばいいのだから。

息子はセルミアーネによって「カルシェリーネ」と命名された。カルシェリーネはカリエンテ侯爵領に生息する大鷲《おおわし》の古い呼び名だ。強そうなので私もすぐに気に入った。愛称はリーネだ。

産後、二ヶ月ほどは身体を回復させる意味で社交はほとんどお休みだ。離宮に特に親しい婦人を招いてお茶会をするだけ。これには皇妃陛下とお姉様方が駆けつけてくれて、私をおめでとう、おめでとう！　と祝福してくれた。そしてすぐさま子供部屋へ行ってカルシェリーネを愛《め》で始めた。私への祝福なぞついでだというのが見え見えである。

自分にまだ小さい子供がいるお姉様方はともかく、赤子をしばらく見てもいなかったという皇妃陛下の感激ぶりは相当なもので、執務の予定をすっぽかしてひたすらに初孫のことを愛でていらっしゃった。

まぁ、うちの子可愛《かわい》いから仕方ないわよね。私だってカルシェリーネにメロメロだ。リーネはものすごく可愛いのだ。さすが美形のセルミアーネの子供である。

彼によく似たつやつや赤茶色の髪。薄茶色で私の金色と似た色合いの瞳。顔立ちは整っていて、それが赤子特有のぷっくりした頬をしてもにゅもにゅと口が動くのである。ううう、ちょっと、これすごい。ヤバイ。困るほど可愛い。私も社交なんて行かずにカルシェリーネを愛でていたい。

ただ、残念なのはカルシェリーネとずっと一緒にはいられないことだ。カルシェリーネを育てるのはあくまでも乳母である。私も少しはお乳を飲ませ、オムツを替えたりしてあげたが、それ以上は許されなかった。私は皇太子妃。お仕事は社交である。子供の面倒を見る元気があるなら社交をしなければならない。

なので私がカルシェリーネと会えるのは朝と夜寝る前くらい。ううう、私の子供なのに！　と思うのだが、貴族なら育児は乳母任せ、ほとんど会わないのは普通のことであるらしく、私の嘆きはセルミアーネ以外の誰にも理解されなかった。（セルミアーネは帝宮を下がられてから一切の社交を断っていたフェリアーネ様自らに厳しく育てられたのだそうだ）

私が社交の場に復帰すると、お祝いの品を抱えた貴族婦人方のご挨拶で大変なことになった。お祝いの品を置く部屋を一つ帝宮の中に設けたほどだ。

誰もが皇帝の孫、皇太子の第一子の誕生を祝ってくれた。ちなみに、孫と言えばカルシェリーネは私の父母にとっても孫なのであるが、顔を見に来てくださったお父様お母様の態度はものすごく腰が引けていた。何しろ皇孫である。爺婆《じじばば》として可愛がっていいものかと戸惑っているらしかった。

出産を機に、エステシアは私の侍女を辞めた。彼女は伯爵夫人なので彼女自身の社交がある。私のお作法ももう大丈夫だろうとのことで侍女の座を退くことにしたのだった。

私は彼女への感謝を込めて、ライミード伯爵の領地を大幅に加増してくれるよう皇帝陛下にお願いした。何しろエステシアは私にお作法を仕込んでくれた恩人だ。彼女がいなかったら私が皇太子妃として周囲に認められることはなかっただろう。

ライミード伯爵は大領を抱える侯爵に準じた格の伯爵となり、カリエンテ侯爵家の分家ではなく完全に独立した。

エステシアは以降は私の友人として、引き続き頻繁に離宮に来てくれた。

お祝い攻勢が終わるとだんだん日常が戻ってくる。私は毎日毎日社交と儀式に忙しい。

そして、お忍びも復活させた。させなくてもいいのに、という顔をアリエスがしていたが無視だ。これをやらないと私のストレスが大変なことになってしまう。それを理解しているエーレウラはもはや何も言わなかった。

ただし、朝の抜け出しは復活させなかった。朝はカルシェリーネと会える貴重な時間だ。抜け出しよりも大事である。

私がお忍びに行ける条件は、まずその日に複数の社交がないこと。一日に何件も社交や儀式が立て込んでいたらさすがに準備で忙しくて行かれない。離宮区画で開催するお茶会がある日も、あれは私の準備が大変なので難しい。

朝に帝宮本館での軽いお茶会のみがあり、あとは夜の夜会に出ればほかは何もない日、というのがたまにある。というか、意図的にそういう休める日を私とエーレウラで調整して作る。そうでもしないと皇太子妃には休みがなくなってしまう。そうやって得た貴重なお休みの時間を、私はお忍びに当てているのだ。

エーレウラとセルミアーネの厳命で、お忍びには騎士が二人護衛につくことになっている。本当はこれに侍女を一人つけるのが望ましいが、私は馬で出かけるので侍女はついて来られない。護衛は一人で十分だと思うのだが、騎士と二人きりで出かけるなど破廉恥《はれんち》行為で許されないのだそうだ。

出かけていい範囲は帝宮の内部だけ。格好は馬にも乗れる活動的な服でいいが、日焼け防止及び見た目の問題で、必ず大きな帽子とマントを身に着けなければならない。

実はこの頃になるとお忍びと言っても私の正体はバレバレで、官公庁街のお役人の下位貴族は私を見ると拝跪《はいき》するようになってしまった。まぁ、騎士を二人も引き連れて歩いてたらおかしいとすぐ分かるわよね。

一方、商店街の平民は私の気さくな態度にすぐに慣れてしまい、それほど畏《かしこ》まらずに接してくれている。もちろん、護衛の騎士には平民が無礼な態度を取っても怒ってはならないと厳命してある。

街で買い食いや散策を楽しむ以外は、帝宮の中にいくつかある森で狩りをする。熊などの大型獣はいないが、騎士が訓練で使うという鹿や猪が出る森があり、そこで狩りをさせてもらう。本当は聖域の鬱蒼《うっそう》とした森で狩りがしたいのだが、さすがの私もそんなことはしない。

護衛の騎士達と打ち合いの稽古をすることもある。これはセルミアーネや騎士団長には内緒である。妊娠生活で鈍《なま》った身体を引き締めるためと、来年の御前試合でセルミアーネに勝つための秘密特訓だ。

騎士達は私のことに慣れてしまったので、そのくらいのことは普通に付き合ってくれる。むしろトリッキーな戦い方をする私との訓練は役に立つと言って、護衛の時は対戦を楽しみにしている気配さえあった。

ある日、私はまたお忍びで帝宮の森の一つに入って弓矢で狩りをしていた。

森を歩きながら今日は鳥を射ってみようと思っていた。カルシェリーネは綺麗な鳥の羽が好きなのだ。まぁ、カルシェリーネって大きな鷲の名前だしね。名前からして鳥が好きなのかもしれない。

生後半年を迎えた息子はますます可愛く、よく笑いよく泣くようになった。私もセルミアーネも息子の順調な成長が嬉しくて仕方がない。朝は二人して子供部屋からなかなか出られなくて困る。

乳母と子供部屋の侍女曰く、私のお腹の中で暴れた割には大人しいが、早々に寝がえりをうてるようになったので、運動能力には期待が持てるのではないかということだった。

そのうち息子と狩りに来られたら素敵だわね。なんて思いながら森の気配を探っていた私は、ふと、その気配に気がついた。

……覚えがあるわよ。故郷でも感じたことがあるし、セルミアーネと帝都に来る途中に感じた気配でもある。そう。誰かに観察されている視線である。しかも近い。私は何気なく護衛の騎士に近づきながら小声でつぶやいた。

「気がついている？」

「は？　何をでありますか？」

私はずっこけそうになった。こら、護衛！　一体どこを見ているの？　いや、確かに目には入らないかもだけど、気配を感じなさい。気配を。

「囲まれているわよ」

「は？　え⁉　どういうことでしょうか！」

馬鹿、声がでかい。ほら、向こうも気づかれたことに気がついちゃった。周辺の茂みがザザザッと動く。さすがに騎士もそれで気がついた。曲者《くせもの》に気がつけば対処は訓練されているから速い。サッと抜剣して二人の騎士が私の左右に展開する。

「何者か！」

騎士が呼ばわるが、曲者は茂みから出て来ない。だが、私の気配読みはごまかせない。私は騎士に短く命ずる。

「後ろの奴は任せた」

そして言うなりサッと上へ弓を向け、躊躇《ちゅうちょ》なく放った。

「グッ……」

喉元に矢を受けた曲者の一人が木の上でのけぞるのが見えた。同時に私の背後から黒服黒覆面の曲者が音もなく襲いかかってきた。

しかし私が警告してあるのだ。騎士なら造作なく対応できる。私に向かって斬りつけてきた曲刀を騎士の片手剣が跳ね返し、もう一人の騎士が剣でそいつを叩き伏せる。

奇襲に失敗した曲者達は一斉に姿を現し、一気に向かってきた。その数五。誰かが犠牲になっても目的、つまり私の暗殺を達成するという作戦のようだ。命を捨てて目的を達成する、プロの暗殺者集団だ。

ふふん。私は一度に矢を三本取り、バンバンバンと続けざまに放った。それは過《あやま》たず全て暗殺者に突き立つ。私の弓の腕を舐めるなよ？　暗殺者が驚いたような顔をした（目しか見えないけど）。おそらく服の下に鎖帷子《くさりかたびら》なり着ていて矢は通らないと思っていたのだろう。だがしかし、私の弓はかなりの強弓だ。矢も鋭く丈夫。何しろ対熊仕様である。本気で引けば鎖帷子など貫通する。そこへ二人の騎士が襲いかかり、矢が当たった暗殺者は瞬殺された。

残りは二人。黒服黒覆面の暗殺者は矢を避けるためかジグザグなステップを踏んで一気に私に迫った。

「妃殿下！」

騎士が慌てたような声を上げる。敵が残っているのに護衛対象を放置して敵に向かって行ってしまうなんて護衛失格ね。騎士団長に注意しておかなくちゃ。

私は暗殺者が微妙に私の視界からズレるような、一度に二人が見えないような位置関係を保って襲いかかってくるのを感じながらちょっと怒っていた。これが私やセルミアーネならいいが、戦闘能力のない皇妃陛下やこれから出かけることも増えるだろうカルシェリーネの護衛だと困るのだ。

暗殺者が一気に接近し、曲刀を翳して襲いかかってきた瞬間、私は軽く飛び上がった。空中で木の枝を摑んで身体をさらに上に持ち上げる。十分に引きつけてからいきなり飛んだので、暗殺者は私を見失った。襲いかかるべく飛び上がった状態で戸惑っている。その隙を見逃さず、私は空中に浮いたまま手に持った弓でビシ、ビシっと二人の暗殺者の首を叩いた。

繰り返すが私の弓は熊射《くまう》ちにも使える強弓である。当然弓も頑丈に作られていて重量もそれなりにある。それで私の馬鹿力で叩かれたら棍棒《こんぼう》で殴られるのと大して変わらない。

暗殺者はバランスを崩して地面に叩きつけられた。そこへ騎士が襲いかかる。

「殺してはダメよ。取り調べなきゃ」

地上に戻った私は騎士に命じた。気配を探るが、とりあえず近辺にさらなる暗殺者はいないようだった。

お忍びで出かけた皇太子妃である私が襲われたこの事件は、大問題になった。

私が襲われた森は外城壁と内城壁の間にある外苑《がいえん》だとはいえ、帝宮の内部である。そこに計七人もの曲者が入り込んでいたのだ。警備計画の見直しと、入出門時の確認事項の徹底が図られた。騎士団長に私が言っておいたので、騎士達の訓練の見直しも行われたようである。

そして私は——お忍びを禁じられた。

「そ、そんな殺生《せっしょう》な！」

私は愕然としてセルミアーネに詰め寄った。

「どうしてよ！　ちゃんと暗殺者は撃退したじゃない！　お忍びで出かけても大丈夫だってことを証明したじゃない！」

セルミアーネは頭が痛そうな顔をした。

「分かってる？　君は本気で殺されそうになったんだよ？　しかも内城壁からお忍びで出たところを狙い撃ちで。つまり君の行動は完全に把握されている。何しろ普通の貴族ならほぼ入らない森の中で待ち伏せされたんだから」

「あの程度なら大丈夫よ。なんならこれからは短槍も携帯するわ。それなら倍の人数が来ても平気だから！」

「とにかく、ダメなものはダメ！」

そ、そんな……私は崩れ落ちた。

「シクシク。夫が子供が生まれたら私のお願いを聞いてくれなくなった。ひどい。子供を生んでほしくて優しくしていただけなのね！」

「ラル。人聞きの悪いことを言わないで。本当に危険なんだから。情勢的にも」
「……？　どういうこと？」

セルミアーネが言うことには、どうも東の強国である法主国に怪しい動きがあるのだという。いや、法主国は元々我が国を一方的に敵視していて、年中怪しい動きをしているのだが。それに対応するために国境付近にある直轄地には帝国軍が常駐していて、付近の公爵・侯爵領にも貴族の私兵が守備兵として相当数置かれているのである。

しかし今回の不穏な動きはいつもの小競り合いとはちょっと違うらしい。もっと規模の大きな侵攻を企《たくら》んでいる気配があるという。

「法主国は領土の割に貧しく、どうも人口を支え切れていないらしい。それを補うために我が国へ侵入しての略奪を年中行っているんだけど、ついにそれだけでは足りなくなって、我が国の豊かな国土を奪おうと、計画しているという話だ」

私は首を傾げた。

「法主国が奪っても、全能神の加護がなくなればそこは不毛の大地に戻りかねないんじゃないの？」

「そうだけど、法主国は全能神の加護なんてまやかしだと思っているらしいから」

……まぁ、私も故郷で暮らしていた頃は大概不信心だったから、法主国の無知を笑えないのかもしれないけど。

「法主国の動きと今回の暗殺計画には関係があると考えるのが自然だろう。だから、法主国の計画の全容を把握して、対処して、危険がなくなるまではダメ。お忍びは禁止」

うぬぬぬぬ。法主国め余計なことを。私の数少ない楽しみを奪いやがって。許せない！

「暗殺者は何人か生きてたはずよ？　締め上げて吐かせて法主国との関係を立証できないの？」

「ダメだ。全員、仕込んでいた毒で自害した」

何やってんの騎士団！　せっかく捕らえた暗殺者をみすみす死なせてしまうなんて！　と思ったのだが、セルミアーネ曰く、奥歯に仕込んでいた小さな毒薬だったらしく、分からなかったのだそうだ。

その鮮やかな襲撃手順と自害までする覚悟からして、しかるべき国で訓練された暗殺者だろうと予想された。そんな国は法主国のほかにないので、状況証拠的にはやはり法主国が怪しい。

「法主国に攻め込む時は私も行くわよ！」

「ダメに決まっているだろう。絶対ダメ」

瞬時に却下された。うぬぬぬ。

セルミアーネは再度私にお忍び禁止を念押しし、出てもいいのは離宮の庭園までで、帝宮本館の庭園にすら護衛なしで出ないよう厳命した。悲しいが皇太子殿下の命令では従うしかない。

不満を溜め込んで睨む私を見ながら、セルミアーネはため息を吐いた。

「君は平気かも知れないが、カルシェリーネはどうするの？　離宮に侵入されたら守る人がいなくなるだろう？」

は！……そうだった。あれほどの手練《てだ》れがもしも警備の騎士の目を掻《か》い潜《くぐ》ってこの離宮に侵入してきた場合、カルシェリーネを守れる者が誰もいないということになる。

た、大変だ。途端に真っ青になる私にセルミアーネは真面目な顔で言った。

「いざという時のために、君にはあまり離宮を離れてもらいたくないんだよ。分かった？」

「分かったわ！　カルシェリーネは私が護る！」

セルミアーネは満足そうに頷いたが、私が侍女に持ってきてもらった武器や自作の罠《わな》でカルシェリーネの子供部屋を守るべく計画を立て始めると「違う。そうじゃない」と頭を抱えてしまった。

しかし、誰がなんと言おうと、最愛の息子が襲われた時に敵を撃退するのは母の役目である。私は警備の騎士と兵士を集め、朝の抜け出しで見つけていた警備上の穴も塞がせて、離宮の警備計画を再検討した。

離宮を守ると言ったって、私は社交に出なければならない。その社交に出る時にも警備の騎士がつくようになった。ものものしい雰囲気に、上位貴族婦人は微笑んだまま若干表情を引きつらせていた。

ただ、帝国が大規模な戦役を行ったり、法主国の大侵攻を撃退したりしたことは初めてではなく、こういう戦時の雰囲気には覚えがあるご婦人も多いらしい。社交ではその時の話も出た。あるお茶会の席で、法主国との国境に領地を持つ侯爵夫人から法主国についての話を聞いた。法主国は自分達の国を神に護られた楽園という意味を持つものすごく長い名前で呼ぶ。私は皇帝陛下に言われて法主国の言葉を渋々覚えたからそれは知っている。

皇帝陛下に当たる人物は法主といって宗教団体の長《おさ》である。これは帝国も似たようなものだ。法主は世襲ではなく、前の法主が亡くなると会議が行われて選ばれるのだそうだ。歴史の長さは帝国より古いと主張しているらしい。

信じている神様は至高神という唯一絶対の神様で、ほかに神様はいないらしい。神の像を作らないので定かではないがどうやら男神で、帝国の神殿が調べたところ、帝国には該当する神様はいないとのこと。まぁ、神様はたくさんいるので、知られてない神様である可能性はある。全能神に拝めば全ての神様に祈りは通るという話だから、私の祈りもその至高神とやらに届いている可能性はある。

ただ、至高神には土地を肥やすご利益がなく、法主国の人間には魔力がない。そのため、そもそも北寄りかつ乾燥した国土である法主国は食料生産能力が低く、帝国に匹敵する国土面積を持ちながら人口は帝国よりずっと少ない。

ちなみに法主国から戦争で分捕《ぶんど》った土地に全能神の加護が届くようになると、土地は普通に肥えるらしい。なので帝国と法主国の国力の差は信じている神様の加護力の差だと言える。

だが、法主国はそれを認めない。法主国は全能神信仰を邪教と否定し、全能神の加護を邪教の技と断じて非難しているらしい。怪しげな技で法主国の土地の力を吸い上げて帝国を富ませていると主張しているそうだ。

私達が魔力を奉納していることは知らないのか無視しているのか。まぁ、私も神様のことはよく知らないからなんとも言えない。邪教でもなんでも結果がよければなんでもいいじゃないかと思うのだが。

貧しい土地しかない法主国は略奪のためにしばしば帝国に攻め込んでくる。迷惑な話だが連中はこれを『聖討《せいとう》』と呼んでいる。略奪強盗を正当化してくれるとは、やっぱりろくでもない神様なのではないかという気がするが。

何度も行われるそれを、帝国は騎士団を中心として撃退してきた。何年かに一度は万単位の軍勢でもって大規模に侵攻してきているが、帝国軍が大きく敗れたことはないらしい。魔力によって身体機能が強化された騎士の存在は大きいわよね。

今回も私への暗殺計画のせいで侵攻を企んでいることは早々に察知できたので、セルミアーネ達が十分に備えているから問題なく撃退できるだろうとのこと。もちろん油断は禁物だが。

私がほうほうと聞いていると、少し離れたところから声が上がった。

「嫌ですわ。皆様。野蛮な話は優雅ではありませんわ。高貴な者の集うお茶会ですることではありませんでしょう」

見るとマルロールド公爵夫人が美しい顔を歪《ゆが》めながら声を上げていた。

「ですが公爵夫人、公爵領は国境付近にございましょうに。他人事ではないのでは？」

「そういう野蛮な事は殿方に任せておけばいいのです」

マルロールド公爵夫人は言いながら、ちらっと私のことを見た。

なんだよ何か文句があるのかよ。どうもこの夫人とは反りが合わない。夫の侯爵は人当たりがよくていい人なんだけども。

「自ら戦うなど高貴な夫人のやることではございませんわね」

私が自ら暗殺者を撃退したことは貴族の間に知れ渡っている。これはつまり自ら戦った私は野蛮であると言っているに等しい。

むむむ。私が貴族女性としてはちょっぴり野蛮なのはその通りだとしても、この女に言われると腹が立つ。

ただ、私は皇妃陛下から「気に入らない相手であろうとあからさまに対立してはいけません。人の上に立つ者にはそういう、自分に従わぬ者も上手く使う度量が求められます」と諭されていた。

気に入らないがこの女は帝国の重要人物だ。あからさまに排斥すると影響が大き過ぎるのだ。

しかし、言われっぱなしなのもなんなので、私はマルロールド公爵夫人に言ってみた。

「そんなことをおっしゃっていても、公爵夫人とて暗殺者の刃が間近に迫ったら、必死に戦うのではありませんか？」

「そんなことにはなりません。絶対に」

マルロールド公爵夫人はそう断言すると、嫌な感じで殊《こと》さらニッコリと笑って見せた。

彼女はそれ以上は何も言わず、私も彼女とあんまり長話をしたくないので、話はそれで終わったのだが、私はなんとなくその嫌な感じの微笑みが記憶に残って、ちょっと気になった。

私が暗殺されかけてから一ヶ月後、法主国軍が国境の侯爵領に侵入したとの報告が届き、既に編成されていた帝国軍を率いてセルミアーネが帝都を進発した。

【第22話】セルミアーネの出征

帝国と法主国の境には北から順にアリタスク侯爵領、バサリヤ侯爵領、マルロールド公爵領がある。帝国の端っこは必ず公爵領か侯爵領、もしくは皇帝直轄領になるのだそうだ。

国境では帝国と法主国の境が明確に分かるくらい、地力に差があるらしい。

帝国は新しい地域を併合すると、国境沿いに国境の印の杭《くい》を埋める。その上で併合の儀式を行うと、新たな国境まで全能神の加護が届くようになるのだ。

面白いのは海沿いには国境の印が要らないらしく、全能神の加護は基本的には海を越えないらしい。ただ、帝国の海と他国の海では帝国の海のほうが豊かだとは言われている。

私達皇族は帝宮礼拝堂か大神殿で帝国全土の加護を願い、魔力を奉納する。子爵以上の領主は各々の領地の加護を願い魔力を奉納する。

便利なのは帝都からでも領地に魔力が奉納できることで、領主は屋敷の礼拝堂から領地に毎日魔力を奉納しているのだという。ただ、あんまり効率はよくないらしく、年に二回の領地で直接する奉納は大事らしい。

離れた場所から魔力が奉納できるということから、魔力は地に注がれるのではなく神に、天に奉納したものが地に返ってくるのだと言われている。それが神に奉納した全てが地に注がれるのか、神が自分のものにして、まったく違う何か御力を使って地を肥やしているのかは分からない。

ただ、領地に赴いて奉納したほうが効果が高いことから、どうもその地にもその地を護る神様がいらっしゃって、帝都で奉納すると全能神経由になるものが、現地に行けばその地の神に直接奉納できるので効率がよくなるのではないか、と言われている。

神々はとにかく多過ぎるので、大神殿の神官達が日々研究していてもまだまだ分からないことだらけなのだ。

ちなみに大神殿の神官達も毎日お祈りして全能神に魔力を奉納しているが、魔力が少ない者が多いので、よってたかって奉納しても私一人が奉納する分に満たない。上位貴族の魔力はそれくらい多いのだ。この魔力の維持は帝国の礎《いしずえ》を成す重大事項である。

法主国の侵攻の兆《きざ》しは、私が悪阻で唸っていた昨年の冬くらいには帝国に伝わっていたそうだ。法主国と帝国の間には交易が行われており、商人が大勢国境を越えて出入りしている。そういう商人からもたらされた情報である。

法主国は戦争に備えるために兵糧を集めるのだが、馬鹿馬鹿しいことにそれを用意する商人は、帝国で食料を買いつけて法主国軍に売るのだ。なので法主国が戦争に備え始めると帝国の食料の輸出が増えるのですぐに分かってしまうのだ。どれくらい食料を集めているかで軍の規模まで分かってしまう。

　法主国の首都は帝国国境から馬車で十日はかかるらしい。これは以前、帝都に来た法主国の使節が話してくれた。彼らは私が法主国の言葉を少し話せると分かると驚き、かえって警戒したようだった。西の人達みたいに仲良くなれるかと思ったんだけど上手くいかないものね。

　彼らは自分達の神様である至高神こそ唯一絶対の本物の神様なのだから、私達は間違った神様を捨てて自分達に従うべきだ、と主張していた。私は不思議に思って聞いてみた。

「そのあなた達の至高神は何をしてくださるのですか？」

「至高神は私達を愛し慈《いつく》しんでくださり、死後は天の楽園に導いてくださるのだ」

　どうやら生きているうちは何もしてくださらないらしい。

　ちなみに帝国では、死んだらすぐに生まれ変わって違う人間になるとの考えが一般的である。ただ、そうなると聖域にいらっしゃった聖霊は生まれ変わっていらっしゃらないということになるのだが、あの方々がどういう存在なのかは私にはよく分からない。

　死んだら楽園に行かせてくれるより、今豊かにしてくれる神様のほうがいい神様だと思うのだが……。その死んだら幸せになるとの教えからか、法主国の兵は命知らずで面倒なのだとか。異教徒との戦いで死ぬことは特に名誉とされているらしい。

それはともかく、法主国侵攻の兆しは大分前から摑んでいたので、帝国軍は皇帝陛下の命で大動員体制に入った。騎士団が定数の五百から一千に増員される。やや年嵩《としかさ》の騎士や、功績を上げて爵位を子爵や伯爵に上げた者まで招集するのだ。

そして兵士も徴募《ちょうぼ》する。帝都で一万人、国境付近の各領で合計一万人。既に国境にいる部隊を含めて三万人の軍隊が編成された。帝国軍の実力的にはもっと動員できるが、大軍というのは信じられないほど物資を消費する存在である。無駄に大きくしたくないのだ。

軍隊には戦闘部隊と同じくらいの規模の支援部隊が必要だと言われており、それは前線が遠ければ遠いほど増える。

帝国軍は法主国国境沿いにいくつか軍事拠点があり、そこに物資が集積されているのでそれほど支援部隊は必要ないとのことだが、それでも三万人くらいの支援部隊が編成される。合計で六万一千である。大軍勢だ。

そしてその部隊を率いるのは皇太子セルミアーネである。

帝国軍は皇太子が率いるというのが帝国建国以来の伝統なのだそうだ。これほどの軍勢なら皇太子が率いるに相応《ふさわ》しいだろう。しかしながら今回のセルミアーネの出征には反対意見が少なくなかった。

最も強く反対したのは皇妃陛下である。陛下は「皇子が皇太子一人しかいない状況で出征させて、もしものことがあったらどうするのですか！」と皇帝陛下に対して強い反対意見を述べられたらしい。

皇妃陛下にはご長男を戦死させてしまったという心の傷がある。そのため、前皇太子殿下の出征にも常に反対の意見を出されていたそうだ。


しかしながら、帝国を率いる者が、帝国の危機に際して自ら戦う姿勢を示すことは重要な意味を持つ。まったく武芸の心得がない文人皇太子ならともかく、武勇に優れていると評判のセルミアーネが出征を避けたら臆病の謗《そし》りを逸《まぬか》れまい。

他人の子を出征させておいて自分の子は戦わせないのでは、両陛下が出征兵士の親から反感を買うことになるだろう。

結局皇帝陛下はセルミアーネに出征を命じた。

同時に、皇帝陛下は国境に接した各領地にも動員を命じ、物資を帝国軍に供出することや兵員の徴募を行った。そして上位貴族全体に通達を出し、戦闘能力のある上位貴族に騎士団へ加わるよう命じた。

騎士団は方陣を組み、お互いに魔力を通し合うと戦闘能力が高まるのだという。高い魔力がある者が加われば加わるほど戦闘能力が上がるので、多少でも戦える上位貴族を方陣に組み込めば、それだけ戦闘能力の向上が見込める訳だ。

血の気の多い貴族やその子息が何人か立候補したそうだ。血の気の多さなら私も負けていないのだが、私の参戦は言い出す前にセルミアーネに「君は来たらダメだからね」と却下されてしまった。そりゃそうだろうとは思ったが残念だ。

こうして準備は整えられ、法主国が国境付近に集結しているという報告を受けてすぐに、セルミアーネは正式に出撃の辞令を受けた。国境までは十二日の行軍だという。なかなかの遠さだ。

出撃前夜、私とセルミアーネは揃って子供部屋を訪れた。カルシェリーネはゴロゴロと転がりながら、おもちゃを投げたり振ったりして遊んでいた。私が抱き上げるとちょっと不満げな唸り声を上げる。

「さすがに君の子供だけにやんちゃだな」

む、私がやんちゃだというのか。そうだけど。セルミアーネは苦笑しながら続ける。

「でも、泣かないな。我慢強さも君譲りだ」

フォローになっているのかどうなのか。

「それを言ったらおもちゃを手放さないところは執念深いあなたに似ているわ」

「そうかな」

セルミアーネは嬉しそうに笑う。そして、私が抱いているカルシェリーネの目を見ながら言った。

「リーネ。父は戦ってくるからな。いい子で待っているのだぞ」

う、それを聞いて私は少し心が重くなった。セルミアーネの強さはよく知っているし、帝国軍の強さなら万が一のこともないと思う。

しかし、戦争だ。敵がいる話だ。敵だって勝つためにいろいろなことを考え、努力しているはずである。故に戦の勝敗は時の運と言われる。私は国家間の戦争に行ったことはなく、どのような危険があるのかは分からない。山賊退治とは訳が違うはずだ。

そう。心配なのである。私は夫を心配していた。私にとってセルミアーネは実に頼りになる夫で、仕事のし過ぎを心配するくらいがせいぜいで、こんなに深刻な心配をしたことがなかったのである。

私がじっとセルミアーネを見ていると、セルミアーネも私の視線に、私の不安に気がついたようだった。その青い瞳に私の姿を映しながら、ふっと笑った。

「大丈夫だよ。ラル。私は必ず勝って戻る。君には帝都のことを頼むよ」

なんというか、余計なことを言いそうになってしまう。引き止めたり、泣き言を言ったりしたくなる。そういう気持ちが自分の中に生まれたことに自分でも驚く。

私はどうやらこの夫に、いつの間にか自分のいろんな部分を預けてしまっていたようだ。

「……分かっているわよ。私を誰だと思っているの？」

以前なら自信満々に言い切れたその言葉はなんだか強がりのように力がなかった。

そんな私をじっと見つめて、セルミアーネはカルシェリーネを私の腕から抱き取ると、息子に向かって笑いかけた。

「リーネ。男の子は家を守るのが役目だ。お前が母を守りなさい」

う、こんな赤ん坊に守られるようではお終いだわね。だが、セルミアーネが出征するこの時、息子がいてくれて本当に助かった。カルシェリーネがいなければセルミアーネを本当に引き止めてしまったかもしれない。私はセルミアーネを息子ごと抱きしめる。

「全能神と武と勝利の神に武運長久《ぶうんちょうきゅう》を毎日お祈りします。お早いお帰りを。ミア」

「ああ。待っていてくれ。ラル」


翌日、大神殿で出撃の儀式が行われた。皇族は儀式鎧姿、上位貴族は儀式正装で勢揃いする中、皇帝陛下が出撃の詔《みことのり》を発し、続けて上位貴族全員で全能神と武と勝利の神に祈りを捧げる。

「天にまします全能神とその愛し子たる武と勝利の神よ。我の願いを叶えたまえ。帝国の戦士の剣に何物をも貫く鋭さを与えたまえ。帝国の戦士の鎧に何ものをも弾く硬さを与えたまえ。帝国の戦士達に勇気と幸運を与えたまえ。帝国の戦士達に勝利と栄光を与えたまえ。我が捧ぐは祈りと命。神よ、帝国を護りたまえ」

上位貴族全員が一度に祈り、魔力を奉納するのはこの出陣の儀式の時のみだという。

祈りが終わると神殿全体に光の粉が舞い踊る。セルミアーネと騎士団長、そして騎士団に加わっている上位貴族は既に出撃準備が整った鎧姿だ。彼らは祈りが終わるとザッと立ち上がった。

「頼んだぞ。セルミアーネ」

「お任せください」

皇帝陛下の命にセルミアーネが力強く応える。皇帝陛下の横にいる皇妃陛下は見るからに不安そうな顔で瞳を潤ませていた。セルミアーネが私のことを見る。私は自分が皇妃陛下の様な顔になっていなければいいと思いながら、必死に笑顔を作った。

◇◇◇

セルミアーネが出征しても私の日常は社交社交でほとんど変わらない。ただ、皇太子出征中は緊急度の高い案件は皇太子妃に判断が委ねられる場合があり、そのような時には離宮に書類が届けられる場合もある。

最も多いのは害獣や山賊が出たのでどう対処したらいいかという直轄地各所からの相談や要請だった。そういうのは一応私が見て、騎士団の留守を預かる騎士に伝えれば彼が対処してくれる。責任を取る関係上、私が見ることが大事なのだ。

だが、私はそういう報告をいくつも見るうちに、ちょっとおかしいことに気がついた。

私は急いで帝宮本館の皇太子府まで行き、そこで留守を預かっている官僚達にここ最近の害獣と山賊、それ以外の騒乱についての資料を見せてもらった。平時なら越権行為だが、戦時だと私は皇太子代理みたいな形になっているのでギリギリセーフである。

資料を見て考え込む。こう言ってはなんだが、私は故郷で何回も害獣や山賊への対処を経験している、その道のプロである。その経験から考えると、ちょっと最近の害獣と山賊の発生の傾向はおかしい気がするのだ。

もちろん私が知っているのは故郷のことと帝都近郊の森のことだけなので、それが全国的に当てはまるかどうかは分からないのだが、それにしても……。

判断するには情報が足りないかな。私はとある決心をして、とりあえずエーレウラとアリエスに相談した。

二人は頭が痛いというような顔をした。

「……最近は大人しくしていると思ったのに」

「妃殿下が大人になんてなる訳がなかった」

ひどい言われようだが、私の計画には二人の協力が不可欠である。私は頼み込む。

「平民を帝宮には呼べないでしょう？　お忍びで行くにしてもこのご時世じゃ大々的な警備が

必要になってしまって目立つもの。こっそり行くしかないのよ」

「危険すぎます。この間刺客に襲われたのをお忘れですか？」

「だから変装して抜け出すのよ。お願い。もしかしたら大きな問題になるかもしれないのよ」

エーレウラはがっくりと項垂《うなだ》れた。彼女は既に私が言い出したら聞かない女だと知っている。

私に譲る気がないと察したのだろう。禁止しても強引に抜け出す気満々だということまで分かっている。

「……分かりました」

「エーレウラ様⁉」

アリエスが驚く。

「勝手に無理やり抜け出されて危険なことになるより、私達がご協力して差し上げて万全を期したほうがマシだと判断いたしました」

さすがはエーレウラ。よく分かっている。

「ですから勝手に行動してはなりませんよ。いいですね？」

「はい。分かりました！」

私はいつだって、返事だけはいい。

数日後、私は帝都市街を平民服で歩いていた。ブラウスにスカートにボディス。そして木靴。

装飾品は一切なし。髪はひっつめてまとめた上で、スカーフを被っている。どこからどう見ても平民の若奥様だ。久しぶりにポコポコ足音を立てて歩いていた。はー。落ち着く。私やっぱり平民のほうが好き。だが目的は、平民になり切ることではない。

私はある目的のために、今日の社交をお休みして帝都の市街までやってきたのである。

どういう手を使ったのかというと、まずその日のお茶会は離宮で開催する内輪のお茶会にして、出席者を全員お姉様にする。そしてお姉様達に「今日はやめときましょう」とドタキャンするのである。これをお姉様以外にやらかしたら大問題だが、お姉様達なら「まぁ、最近忙しそうだから仕方ないでしょう」で済ませてくれるという寸法だ。上位貴族夫人に身内が多数いることを利用した荒技である。

ヴェルマリアお姉様にだけは事情を話し、協力してもらった。お姉様は呆れていたが、あとでほかのお姉様方から事情を聞かれた時にごまかすことに協力してもらえることになった。新品のドレス一枚と引き換えに。

当日は下級侍女服を着てエーレウラのお使いだと偽って堂々と馬車で帝宮を出て、以前住んでいたお屋敷に行き、そこで置きっぱなしにしていた庶民服に着替えて歩いて市街に出てきたのである。いやー、エーレウラの協力があれば抜け出しも楽ちんだわ。

少しは心配していたが、尾行の気配はない。まぁ、皇太子妃の行動としては常軌を逸している自覚はあるので、さすがに刺客の想定を超えたのだろう、おかげで私は久しぶりに帝都の市街の喧騒を堪能できた。

だが、私は一応遊びにきた訳ではない。一応。私は帝都の狩人《かりゅうど》協会を訪れた。

私の顔を見て協会のマスターであるベックが腰を抜かしてしまった。あ、そういえばここの人にはレッドベアー討伐の時に皇太子妃だってバレてるんだっけ。

「こんにちは。久しぶり。『ラル』ですよ?」

ベックは私の挨拶を聞いてなんとか椅子に座り直してくれた。汗を額に浮かべながら唸るような声で言った。

「今日は、そっちのほうだということなのか?」

「そう」

彼はグッと眉間を押さえて気合いを入れると、どうにか持ち直してくれた。さすがは熊にも立ち向かう狩人の胆力よね。

「で、なんの用なんだ。ラル」

「ちょっとお願いごとがあるの。狩人協会が一番詳しいと思って。報酬は弾むわ」

私はベックに自分の得た情報と仮説を話し、それについて調べてくれるように依頼した。ベックはちょっと困ったような顔をした。

「これは帝都の狩人だけでは無理かもな。近郊の街の協会にも声をかけなきゃならんが」

狩人は狩人同士の仁義があるからほかの狩人協会が管理する地域には立ち入らない。帝国の広い範囲を調査するなら複数の協会が動かなければならない。しかし……

「果たして動いてくれるかな。俺達はほら、ラルのことを『知っている』けども。ほかの協会の連中は知らないから、果たして真面目に動いてくれるかどうか」

もっともだ。帝都の狩人協会は別に帝国の狩人協会の総元締めではないから、命令の権限はない。私は頷いてボディスのポケットから一つの宝石を取り出した。ベックは目を剝《む》いた。

「あ、あんたそりゃあ」

意外と目が利《き》くわね。協会のマスターともなれば当然か。私はその大きなルビーのペンダントをテーブルに置いてベックの前に滑らせた。

「前金です。同時に、金の部分に皇帝の印が入っています。それを見せれば『皇太子妃からの』依頼だとすぐ分かるでしょう」

ベックは真っ青になった。

「こ、こんなもん俺には換金できねぇ！　それにおっかなくて持って歩けねぇ！　違うものにしてくれ！」

あら、そうなの？　私の持っている宝石の中でも一番高いルビーだから仕方がないのか。誠意を示そうと思ったんだけど。

結局、ペンダントからルビーを外して、皇帝の印が入った金の鎖の部分だけを渡すことにした。

「報酬はあとでもっと渡すわ」

「こ、これで十分だ」

「あと、商人だとか吟遊詩人だとかからも情報が欲しいのよね。誰か紹介してくれない？」

私が言うと、ベックは頭を抱えてしまった。

「分かった。あとは俺が全部手配するからラルは早く帰れ。気がついていないかもしれないが、あんたはものすごく目立つんだから」

え？　そうかな。普通の平民の格好だし、お作法も投げ捨ててるから平民そのものだと思うけど。するとベックはそういう意味ではないと言った。

「あんたは平民暮らししている頃からものすごく目立ってたんだよ。なんというか、いるだけでほかとは違ったんだ。だから、ラルが皇太子妃でございって出てきた時は逆に納得したんだぜ」

得た情報は元の家でハマルかケーメラに伝えてもらうことにした。平民は帝宮に入れないから仕方がない。礼を言う私にベックは真剣な、怒ったような顔をしながら言った。

「もう二度とここに来るなよ。ラル。あんたはもう俺達とは住んでる世界も責任も何もかも違うんだからな」

う、そんなことを言われると……私はちょっと悲しく寂しくなった。平民時代は仲良くやっていたじゃない。別に皇太子妃になったからって私の中身が変わる訳じゃないのに。

しかしベックは首を横に振った。

「ラル。あんたが帝都の、いや、帝国のために頑張っていることは知っている。帝都を守るためにあんな化け物みたいなキンググリズリーを倒してくれたんだからな。あんたの力はああいう、俺達の手に負えないことに使うべきだ。こんなお使いは部下にやらせればいいんだ。人を使え。人を」

確かに誰か侍従にお使いさせれば済んだことかも知れない。秘密裏にことを運びたかったのは確かだが、できないことはなかった。自ら動いたのは結局、最近お忍びをしていなかったからしたかったのだ。

「久しぶりに市街を歩いてみたかったのよ」

「こんなところに来て。あんたに何かあったら市街の平民の首がみんな飛んじまうぞ。そのことは考えたのか?」

確かに、自分が襲われた時にどうやって撃退するかは考えたが、影響までは考えなかった。

なるほど。お忍びとはいえ私が今この狩人協会で手傷でも負うようなことがあれば、狩人協会どころか街ごと吹っ飛んでしまうことになるだろう。それくらい皇太子妃の地位は高く、平民の地位は低い。

「ごめん。ちょっと考えが甘かったわね」

私が謝ると、ベックが表情を和らげた。

「いや、いいんだ。俺達は嬉しいんだよ。市街のみんな、狩人のみんなの人気者だったラルが、今や帝国の皇太子妃なんだぜ。みんなこっそり言っているんだ。あのラルなら俺達の生活を、帝都の街をきっとよく考えて、よくしてくれるってな」

私は狩人協会を辞去すると、家で侍女服に着替えて急いで帝宮に帰った。

帰り道、私はちょっと反省すると共に、ベックの言ったことを考えていた。平民の頃に仲が良かった人達でさえ、もう私を別世界に行ってしまった人間だと考えているということ。そしてそれでもなお、私に親しみを覚えて期待してくれているということ。


皇太子妃になって、お披露目のために帝都の塔に上がって歓呼の声を浴びた時に覚えた恐怖を思い出す。しばらく皇太子妃生活をやって、あの時感じた帝国民の運命を左右できてしまう存在になった恐怖を、私はすっかり忘れていたのだ。

忘れてはならない。私はもう平民ではなく、騎士の奥様でもなく、一人の貴族ですらなく、皇族、皇太子妃、次期皇妃なのだ。

私が支えるのは帝国そのものとさえ言える次期皇帝で、共にその肩に担《にな》うのは帝国そのもの。帝国の国土と臣民なのだ。

私はこれ以降、帝宮の外へのお忍びは、二度とやらなかった。いや、帝宮の中で護衛つきのお忍びは続けたけどね。

ベックは各地の狩人協会や商人などに手配してくれて私の頼んだ情報を集めてくれた。私はそれをハマルとケーメラ経由で受け取って分析する。大体私の思った通りだった。

私はセルミアーネに手紙を送った。早馬が前線と帝都を往復しており、それ自体は普通のことである。セルミアーネならこの情報さえあれば対処できるだろう。

そしてセルミアーネが帝都を進発して一ヶ月後、帝国軍と法主国軍は国境近くの平原で激突した。

【第23話】公爵夫人の陰謀

帝国軍が法主国軍と決戦を行う少し前から、帝都近郊では山賊騒ぎが頻発していた。

帝国は地力が豊かなので森が多く、それはいいことだと思うのだが、その分森に隠れて活動する山賊の活動が絶えない。

旅人や隊商を襲うレベルの山賊なら可愛いもので、大規模な山賊になると村を襲って略奪することもある。そこまで行くと帝国としても放置はできず、軍を動かして対処しなければならない。

今回、そういう大規模な山賊が帝都の西部に複数回出たらしい。村が襲われて被害が出ている。

帝国は現在、法主国侵攻の対処のために軍を大動員して東部国境に移動している。特に国境から遠い帝国西部からは普段は街道や村々を巡回警備している騎士や兵士を引き抜いて東部国境に送っていた。山賊どもはその間隙《かんげき》を突いたのではないか？　と皇太子府の官僚や騎士は言っていた。

一見なるほど、と思う話だが、ちょっと引っかかった。平民のことをよく知っている、特に田舎の平民のことをよく知っている私にはちょっと変に思えるのだ。

田舎の平民は帝国全体のことなどさほど興味はなく、普段定期的に巡回している騎士がしばらく来なくても「そう言うこともあるのか」くらいにしか思わないものなのである。多分、平民のほとんどは帝国と法主国が戦争しているなんて知らないんじゃないかしら。

それを帝国が法主国と戦争するからその隙に暴れようぜ！　とは、ずいぶん勘のいい山賊がいたものである。戦争が長引いてからならともかく、帝国軍が進発して一週間くらいしか経たないうちから山賊は動き出していたのだ。これはおかしい。

私がそう言うと、皇帝陛下は目を丸くしていらっしゃった。

「それは気がつかなかったな。言われてみればその通りかもしれぬ」

私は皇帝陛下にここ最近調べていたことを報告していた。テーブルを挟んで私と皇帝陛下が座り、その周囲に皇帝府の閣僚、陛下の側近達が立っている。その中にマルロールド公爵がいた。グレーの髪の細身の男性で、有能で誠実な方である。

私は彼をチラッとだけ見ると、持ってきた絵図面をテーブルに広げて、侍従に頼んで四方に文鎮を置いてもらった。

それは帝国全土の地図だった。あちこちに印がつけられている。

「これは私が『お友達』に調べてもらった山賊の出没箇所と、最近害獣出現の報告があった場所です」

皇帝陛下が怪訝《けげん》な顔をした。

「お友達？」

「はい」

皇帝陛下は首を傾げたが、とりあえず疑問は後回しにしたらしく、大きな身体を乗り出して絵図面を覗き込んだ。

「害獣発生の報告に偏りがあることが分かりますか？」

「ああ、なんだかこの街道沿いにだけやけに多いな」

その街道はマルロールド公爵領から西へ伸びる街道で、帝都と現在大規模な山賊が出ている地域に繋がっている。

「この街道をここで暴れている『山賊』が通ったのです」

「？　どういうことだ？」

私は故郷のことを懐かしく思い出しながら説明する。

「森で大規模な狩りを行うと、獲《と》れる獲物以上の動物が、周辺地域に逃げていきます。おそらくこの街道を移動した武装集団が道中森に隠れながらそこで食料調達の狩りをしたのです。数百人単位だからかなりの食料が必要だったことでしょう。大規模な狩りで、獲り逃しや獲物にしなかった大型の害獣が周辺地域に逃げていき、害獣発生の報告になったのだと思います」

昔、子分を連れて森で大規模な狩りをしたら、そこから逃げた猪の群れが村に下りて畑を荒らしてしまい、父ちゃんからしこたま怒られたことがある。私はそれで狩りは生き物の動きを考えながらやらなければならないと学んだのだ。

皇帝陛下は愕然としていた。さすがに陛下でもそんなことは知らなかっただろう。普通、貴族は知らないよね。

「……ということは、この山賊は……」

「この街道を通って……、マルロールド公爵領の『ほうから』来たのだと思います」

マルロールド公爵領の向こうには法主国がある。私の言いたいことは正確にこの場の皆に伝わったのだろう。全員の目が一斉にマルロールド公爵に向く。

当のマルロールド公爵は顔を赤くして怒っていた。

「ひ、妃殿下！　それはあまりにもひどい侮辱ではありませぬか！」

「そうでしょうか？」

「そうですとも！　わ、私が皇帝陛下を裏切って、法主国の兵を引き入れたかのようではありませぬか！」

「そこまでは言っていません」

今はね。

「落ち着け。公爵。私はそなたの忠誠を疑ってなどおらぬ」

「陛下！　私は誓って……！」

「落ち着け。分かっておる。しかしマルロールド公爵領方面から、つまり法主国方面から山賊がやってきたことは否定できぬ」

「しかし、国境は常に警戒していますし、領地の境には関所もあります。何かあれば領主である私に報告があるはずです！」

マルロールド公爵は必死に反論する。私はその様子を見ながら、どうやら公爵は何も知らないのだな、と見てとる。

「妃殿下のおっしゃる通り、我が公爵領方面から山賊が移動してきたのだとしても、それが法主国からの者とは限らないではありませぬか！」

「いえ、法主国の人間であることは調べがついています」

私が言うと全員が驚いたように顔を向けてきた。

「私の『お友達』が襲われた村の人間に聞いてくれました。意味の分からない言葉を話していたと言っていたそうですが、皆口々に『アルチャーク、ベシャワーヌ！』と叫んでいたそうです。法主国の言葉で『至高神は偉大なり』という意味です」

大臣の一人が驚いたように言う。

「妃殿下は法主国の言葉が分かるのですか？」

「ええ。皇帝陛下の命で覚えましたから」

法主国の言葉は帝国公用語とも西方の言葉とも文法が違って大変だったんですからね。笑っている場合ではありませんよ皇帝陛下。

「そもそも山賊は法主国から略奪に入って来て居着いた連中も多いので、法主国語を話す者はたまにいるそうですが、盗みをやる者は神の名を唱えません。『至高神は偉大なり』と叫ぶのは聖討の時だけ、だそうです」

これは商人からの情報にあったものだ。

その場の全員が沈黙する。私は何か言いたげなマルロールド公爵に向けて言う。

「彼らがなんらかの方法で国境と公爵領を越えて侵入してきたのは間違いありません。問題は、なぜこの者達が帝国の奥深くに入り込み、略奪行為をしているのかということです」

「それは見え透いておる。国境に向かった帝国軍の後背を扼《やく》すためだ。前方の敵に集中できなければ、帝国軍の前進力は半減するだろう」

皇帝陛下がやや厳しい顔をしながら言う。すっかり将軍の、兵を率いる者の顔になっているわね。しかし私は陛下のお言葉を否定した。

「いえ、それは少し違うと思います。帝国軍の後方を脅《おびや》かすのであれば、帝国軍のすぐ背後で騒げばいいのです。移動距離も少なくなりますし、そのほうが効果も大きいでしょう」

私が皇帝陛下の意見を却下したことに大臣達の顔が引きつるが、皇帝陛下はむしろ面白げに髭《ひげ》を撫でながら私を見た。

「なるほど。であるならこの連中の目的はなんだ」

私は位置関係が分かるように指で帝都の位置と帝国軍の現在地を指した。

「ご覧のように、連中はわざわざ帝都の西側にまで来ています。帝国軍より帝都のほうが近いです。帝国軍が駆けつけるよりも帝都に残っている守備兵が駆けつけるほうが近い位置ですね」

私が言うだけで皇帝陛下は意図を了解した。

「なるほど、帝都の守備を手薄にするのが目的か」

「そうです。帝都から守備兵をおびき出し、その隙に帝都を陥落させるのが目的でしょう。目撃された山賊は数十名。残りは帝都をどこかで窺《うかが》っているはずです」

私がそう言うと、大臣の一人が懐疑的な声を出した。

「しかしですな、妃殿下。今の帝都には確かにそれほど多くの兵はいませんが、帝都城壁に加えて帝宮には二重の城壁があるのですぞ。それほど多いとは思えぬ手勢で落とすのは無理ではございませんか」

その通りだ。帝都の守備兵がほとんどいなくなっても、帝宮の二重城壁の守備兵は専任なので動かない。帝都内部で騒乱を起こすことは可能だろうが、すぐに戻ってきた守備兵に鎮圧されるだろう。大した問題にはならない。まぁ、帝都の市街を燃やされでもしたら私が許さないけどね。

「そうですね。ですがそう、手薄な帝都城門を突破し、数百人が上位貴族の手で誘導されて帝宮の城壁を通過したとすれば……どうでしょう」

その場の全員が沈黙する。上位貴族に裏切りの嫌疑をかけるなど、皇太子妃と言えど軽々にしていいことではない。私は当然、分かっていてやっている。

「そうだな。一つの城門を隙を見て突破することは、むしろ少ない手勢のほうが容易だな。門は普通は開いているのだから」

皇帝陛下が沈黙を破る。そして私をジロリと睨みつけた。う、身体がビリビリ震えるような圧力が。さすがは皇帝陛下。セルミアーネのお父様。熊よりも怖いわ。

「だが、上位貴族が賊を帝宮に入れてどうする。私やそなたを殺すのが目的ならあまりにも愚かだろう」

そうですね。皇族がいなければ全能神の加護はなくなり、帝国は不毛の大地になりかねませんからね。普通の上位貴族なら絶対やらない愚か極まりない行為である。しかしながら、ことはもうちょっと複雑だと思う。

「賊の目的はおそらく皇帝陛下ではありません。目的は多分、私。それとカルシェリーネです」

自分で言っておいて私の頭の中は怒りで沸騰しそうになった。

私の大事な大事な大事なカルシェリーネを狙うとは、許せん！　そんなことを企んだ連中は、私が自ら喉笛を掻き斬ってやるわ！

「どういうことだ？」

「皇帝陛下が身罷《みまか》られたら帝国は崩壊します。帝国貴族なら常識です。ですから陛下と皇妃陛下には手を出さないでしょう。ですから私達、そしてエベルツハイ公爵家の皆様が標的です」

「……それはつまり？」

「私とカルシェリーネを殺し、エベルツハイ公爵家を根絶やしにする。もちろん、軍を率いているセルミアーネも殺す。すると、両陛下のほかには皇族はマルロールド公爵家しか残らなくなりますね」

　皇帝陛下が目つきをこれ以上ないくらい厳しくしたが、私も目を赤く光らせて応戦する。私だってカルシェリーネを狙われて怒っているのだ。

「そなた、自分が何を言っているのか分かっておるのか？」

「当然でございましょう。冗談でこんなことは申せませんよ」

　私が言うと、一歩足が踏み出される音がした。見るとマルロールド公爵が私のほうに迫って来ようとしていた。

「お、落ち着かれよ公爵！」

　周囲の者が必死に止める。

「これが落ち着いていられようか！　これほどの侮辱を受けたことは生まれてこの方一度もありませぬぞ！　妃殿下！」

公爵は悔し涙さえ流していた。帝国の高貴なる血の頂点として、皇帝陛下の最側近の一人として誇り高く生きてきた彼にとっては許せないほどの侮辱に思えたことだろう。

だがしかし、事実なのだから仕方がない。私だってなんの根拠もなくこんなことを言っている訳ではないのだ。

私はジロっと公爵を睨んだ。私の赤く光る視線を正面から受けて、公爵が動きを止める。

「そなたの忠誠は疑いません。ですが、そなた以外に領地の関所を通過できる通行証を用意できる方がいるでしょう？」

うっ！　と公爵が呻いた。そう。普通は領地境の通過には領主の許可がいる。これは国境を越えてきた隊商であろうと同様で、カリエンテ侯爵領では隊商が入ってきたら待たせて早馬をお父様のところに走らせたものだ。だから隊商は最低でも一ヶ月は領地に滞在しなければならなかった。

この場合、お父様が許可証を発行し、身分を保証することになるのでそれ以降の境はお金を払うだけでフリーパスだ。国境に最高位貴族である公爵・侯爵を置くのには、そういう理由もある。

ただ、お父様は忙しいので、たまにお母様が代筆された許可証が届く場合もあった。なので、賊が侯爵領の境を越えてきたとしても、公爵本人が承知しているとは限らない。ましてマルロールド公爵は干されていたお父様と違って国家の重鎮だ。領地業務のほとんどを夫人や家臣に丸投げしていても驚かない。

「……妻をお疑いか？」

私は黙っていた。公爵はだが憤然として私に詰め寄った。

「妃殿下と妻の間に諍《いさか》いがあったことは承知しておりますが、それにしても謀反《むほん》の疑いをかけるなど！」

私は公爵を睨んだまま、ゆっくりと言った。

「証拠はあります。いえ、これから証拠を取ります。そうですね。公爵にもお見せいたしましょう」

公爵が驚きに目を見開いた。

「五日後、私の離宮で公爵夫人を交えたお茶会を開く予定があります」

◇◇◇

五日後、私は離宮のサロンの一つでお茶会を開催していた。出席者は私、私の次姉、末姉、ほか二名、そしてマルロールド公爵夫人だ。私とマルロールド公爵夫人の仲の悪さは有名だが、帝国貴族婦人の頂点の一人である公爵夫人を除《の》け者にしてお姉様とばかり離宮のお茶会を訳にはいかない。月一くらいは招くようにしている。

ほかに各々《おのおの》が連れてきた侍女が二人ずつ出席者の背後に立っている。私の侍女はエーレウラとアリエスだ。二人には何も話していない。

挨拶を交わし合い、私が今日の趣向について説明し、お茶とお茶菓子を紹介し、出席者がそれを褒めて、和やかにお茶会は始まった。

だが、私は既にいつもと違う部分に気がついていた。私はカップを置くと私の正面、窓際に座るマルロールド公爵夫人に声をかけた。

「いつもと違う侍女をお連れなのですね」

二人とも少し背が高く、目つきの鋭い侍女だった。

「ええ。最近物騒でしょう？　護衛を兼ねておりますの」

「そうですか。確かに頼もしそうな侍女ですわね」

なるほど、そういう手も使ってくるのか。私一人なら楽勝だけど、お姉様やエーレウラ達もいるのでは、ちょっと一人では手に余るかもね。

だが、そういう可能性も一応は考えてある。そろそろ始めよう。

「そうそう。帝都の西に山賊が出ていたことは知ってらして？」

私が言うと、出席していた伯爵夫人が眉を顰めた。

「まぁ、それは本当ですの？　妃殿下？」

「ええ。本当ですわ。三日前、討伐部隊が帝都を進発いたしました」

マルロールド公爵夫人が気分よさそうにフンフンと頷くのが見えた。計画通りだと安心したのだろう。

「ですが、もう鎮圧されました」

私が言うと僅かに頬を引きつらせて私のことを見た。ふふん。

「強力な鎮圧部隊が向かい、あっという間に全滅させて。今日にはもう戻ってきたそうですわ。ですから帝都の守備隊はいつも通りです」

マルロールド公爵夫人は舌打ちしたそうに口を歪めた。私は見ないふりをする。

「それと、帝都の森に法主国軍の一部隊が隠れていたそうです」

私のその言葉に、マルロールド公爵夫人の顔に驚愕の色がよぎる。

「ずいぶん巧妙に隠れていたそうですが、発見され、討伐されたそうですわ」

膝の上に置かれた公爵夫人の手がわなわなと震えている。出席している私の次姉が言った。

「まぁ、恐ろしい。油断も隙もありませんわね。ほかにも帝国の中に潜り込んでいるのかしら？」

「ご安心を、お姉様。その連中は大分前から追跡していましたし。帝都の森のどこかにいることは分かっていました」

公爵夫人は表情を取り繕うことが難しくなってきたようだった。脂汗を浮かべてしまっている。お化粧が流れちゃうわよ。あんまり汗を掻くと。

「何人もの賊を捕まえましたから、誰の手引きで国境を越え、帝都にまで辿《たど》り着いたかはすぐ分かりますよ。そうそう、連絡をしていたその貴族の手の者も捕まったそうですよ」

私は言うと、マルロールド公爵夫人を、赤く光る眼でジロっと睨んだ。マルロールド公爵夫人はついに微笑みを失ってしまっている。

「よかったですわよね。公爵夫人？」

それでほかの出席者もマルロールド公爵夫人のただならぬ様子に気がついたようだった。

「どうなさいました？　公爵夫人？」

「あら、汗が……」

マルロールド公爵夫人は必死に笑みを浮かべようとしているが、失敗している。ガクガクと震えながら、かろうじて私と視線を結んでいる。私は眼力を強めた。

「何か言うことは？　公爵夫人？」

「……なぜ……」

「私にはあなたがお嫌いな平民の『お友達』が一杯いますからね」

そう。害獣の発生状況や、山賊に襲われた村での調査、山賊の現在位置、さらに帝都近郊の森を捜索して潜んでいた部隊を見つけ出し、そこに書簡や差し入れを届けていたマルロールド公爵夫人の手の者を追跡し、そもそもマルロールド公爵夫人が法主国の金細工・銀細工や宝石が好きで隊商を頻繁に帝都まで招いていたことを調査してくれて、ついでにお金の使い過ぎで帝都の金融商からかなりの借金をしていることまで調べてくれたのは全部、平民の皆様だ。狩人協会のベックが声をかけると「ラルのために」とみんな一肌脱いでくれた。

そこまでやってくれればあとはもう簡単だ。とりあえず面倒なのは森に潜む数百人の部隊だったが、これはなんと皇帝陛下自ら昨日の夜のうちに近衛騎士を率いて夜襲をかけて全滅させたそうだ。血の気の多さで言ったら私に負けていないんじゃないかしら。

捕虜も捕らえ、夜中取り調べて、マルロールド公爵夫人の手引きでまさに今日、帝都帝宮に侵入する手はずだったという調べもついている。

そして、マルロールド公爵夫人が今日、多くの家臣を内城壁の門に向かわせたという話も聞いていた。おそらくこのお茶会をしているタイミングで家臣が帝宮の門を開け、法主国軍が帝宮に乱入する手はずになっていたのだろう。そしてそれ以上のことも考えていたようだが。

マルロールド公爵夫人が戸惑ったように叫ぶ。

「平民？　平民に何ができるというのです！」

私はここぞとばかりに笑顔を作った。私は誇らしかったのだ。平民の『お友達』が、私のために一生懸命頑張ってくれたことが誇らしかった。みんなのために、この平民を蔑視して恥じない女に私は勝利宣言をしなければならない。

「あなたの計画は平民に潰されたのですよ。あなたの考えなど平民にはお見通しだったということです」

マルロールド公爵夫人はなんだか一番ショックを受けたような顔をした。蔑視していた平民に自分の計画を見抜かれたというのが、計画がご破算になったこと自体よりもショックだったようだ。

「あなたの敗因は、平民を侮《あなど》ったことですよ」

私がさらに言うと、ついにマルロールド公爵夫人がキレた。

「お前だけは許せません！　計画は失敗でもお前だけは殺します！　やりなさい！」

貴族婦人とは思えない直接的な台詞《せりふ》を公爵夫人が叫ぶと、彼女の背後の二人の侍女が手を振って何かを投げつけてきた。

私はサッと自分の前にあった金属製のトレーを取ってそれをキン、カンと弾いた。ほかの出席者に当てないように気を使う。一本は高く上がって、落ちて来てテーブルに突き立った。手裏剣か。

「きゃあ！」

「妃殿下！」

出席者がさすがにマナーを忘れて一斉に立ち上がり、エーレウラとアリエスが私を庇って前に出ようとする。

「エーレウラ！　アリエス！　出てはなりません！」

　私は手を出して二人を止める。彼女達は戦闘訓練を受けている訳ではない。おそらくプロの暗殺者であろうあの二人に勝てるはずがない。それに……

「毒ね」

　テーブルに突き立った手裏剣がぬらぬらと濡《ぬ》れて光っていた。毒手裏剣とはやってくれる。

「少しでも傷がつけばそこから身体が腐って死ぬ毒ですよ。妃殿下。お気に召しまして？」

　マルロールド公爵夫人が目をギラギラ光らせて笑っている。うーん。ちょっと怒らせ過ぎちゃったかな。

　動きにくいドレス姿に武器なし、しかもお姉様や侍女など守らないといけない人が多過ぎる。それで手練れの暗殺者二人。手傷でも危ない毒。まぁ、ちょっと悔しいけど手に余るわね。

「お前がいなければ、私の子が皇太子になるはずだった！　お前がいなければ！」

　なるほど、それが動機という訳だ。それで今からでも遅くないと私とカルシェリーネ、できればエベルツハイ公爵家も根絶やしにしようとしたのだろう。

　私は思わずため息をついてしまった。

「あなたには無理です。公爵夫人」

　私は彼女を睨みながら言った。

「あなたには無理です。身分に拘《こだわ》り、平民を蔑むあなたには、帝国の全てを愛し、慈しみ、導くことができなければならない、皇妃は務まりません」

公爵夫人が目を見開いた。そして、禍々《まがまが》しく目じりを吊り上げると、侍女二人に合図をする。

どうやって持ち込んだものか、暗殺者達は匕首《あいくち》まで持っている。帝宮入り口の身体検査を徹底させなきゃいけないわね。

公爵夫人が口角を限界まで吊り上げて笑い、侍女に襲撃を命じようとしたその時――

窓際に座っていた公爵夫人の後ろの窓が音を立てて割れた。

驚く公爵夫人と侍女二人に、騎士が五人、襲いかかる。鎧を着た騎士であるし不意も打てている。騎士は侍女を一瞬で取り押さえ、匕首を取り上げた。私は言った。

「毒が塗ってあるわよ。気をつけなさい。それと、奥歯に毒が仕込んであるそうだから、すぐ猿轡《さるぐつわ》をしなさいね」

騎士は心得ていて、既に侍女に口を閉じさせないようにテーブルナプキンを丸めて突っ込んでいた。優秀ね。

マルロールド公爵夫人は呆然として騎士に押さえつけられていた。本当は彼女が逃げようとしたら取り押さえるための騎士だったのだが、暗殺者を自ら引き連れているとまでは読めなかった。私もまだまだ甘いわね。

「……こ、公爵夫人たる私にこのような無体を！　皇帝陛下が、皇妃陛下がお許しになりませんよ！」

我に返ったのか公爵夫人が叫び始めた。ふんふん。そうですね。その台詞は出ると思っていましたよ。

私は椅子から立ち上がり、エーレウラに合図をしてサロンの入り口のドアを開けさせた。

「!!」

マルロールド公爵夫人が絶句する。そこには皇帝陛下、皇妃陛下、そして彼女の夫である公爵本人が立っていたのだ。皇帝陛下と皇妃陛下は無表情で。そして、公爵は今にも崩れ落ちそうな真っ青な顔で。

「お、おまえ、おまえ……、なんてことを……！」

マルロールド公爵夫人は取り乱した。

「ち、違います違うんですあなた！　その違います。皇妃陛下！　皇帝陛下！」

だが、皇帝陛下も皇妃陛下も冷たい視線でマルロールド公爵夫人を見下ろしているだけだ。

そして、皇帝陛下は平淡な声でマルロールド公爵に告げた。

「公爵。そなたには当面、謹慎を命ず。悪いが、騎士を監視につけさせてもらうぞ」

「は……。わ、分かりました。申し訳、申し訳ございませぬ。皇帝陛下。皇妃陛下。皇太子妃殿下。全能神に誓って私は全ての罪を償います」

公爵はがっくりと膝を突いて、皇帝陛下に宣誓を行った。皇帝陛下は頷いてその頭上に聖印を切る。私は皇帝陛下に声をかけた。

「公爵夫人はいかがいたしましょうか？」

皇帝陛下は離宮を出るべく歩き出しながらボソッと言った。

「そなたのよきように」

「ありがとうございます」

マルロールド公爵夫人の顔が引きつった。私は公爵夫人の元にゆっくり歩み寄る。公爵夫人は恐怖に震えながらも私を睨みつけ、そして叫んだ。

「ふ、ふん！　勝ったつもりでいるのですか？　いい気でいられるのも今のうちですわ！　帝国軍は惨敗《ざんぱい》することになっているのですから！」

「なに！」

驚いたのは彼女の夫である。マルロールド公爵は妻を見下ろしながら問い詰めた。

「なんだ！　これ以上何をしでかした！」

公爵夫人は勝ち誇ったように声を上げて笑いながら言った。

「ほほほほ！　マルロールド公爵領を通って法主国の一軍が迂回して、帝国軍の後背を襲うことになっているのです！　セルミアーネ様が亡くなれば、お前はお役御免。そうすれば私の子が次の皇太子に……！」

カルシェリーネを忘れてますよ公爵夫人。うるさく笑う公爵夫人を見ながら、私はテーブル

に突き立ったままだった手裏剣を引き抜いた。

「皮膚をちょっと傷つけると、そこから腐って死ぬ、毒だったかしら？」

私が手裏剣をシャンデリアに翳して見た後、マルロールド公爵夫人を見下ろすと、さすがに公爵夫人の笑い声が止まった。

「ひっ！」

「そんな毒があるとは初耳ね。法主国の毒ね、きっと。後学のために一度試させてもらおうかしら」

そして私は地面に押さえつけられたままの公爵夫人のところにゆっくり膝を突く。私の目は赤く光ったままだ。

「これで私を殺そうとしたのですもの。よもや文句はおっしゃいませんよね？」

私は手裏剣をゆっくり彼女の首元に近づけて行く。

公爵夫人が背中に騎士を乗せたまま暴れ出した。

「いやー！　ぎゃー！　助けて！　助けてください！　あなた！　いやー！」

公爵はおろおろしているが、私を止めることはできない。何しろ私の行動は皇帝陛下のお墨つきだ。

私は嗜虐的《しぎゃくてき》に見えるようにんまり口を歪めながら、限界まで顔を近づけ、赤い視線で彼女の目を貫く。マルロールド公爵夫人は口からブクブクと泡を吹き始めた。

「死ぬ覚悟ができていない者が、人を殺そうとするな。馬鹿」

私は言うと、手裏剣で彼女の喉にピッと傷をつけた。痕が残らない程度にちょっぴりだ。

「ぎゃー！」

公爵夫人は尋常ではない叫び声を上げて硬直し、悶絶《もんぜつ》、そのまま気を失ってしまった。恐怖のあまり死んでないでしょうね？　そのほうが幸せかもしれないけど。

マルロールド公爵はおろおろしながら私に言った。

「つ、妻は？　殺してしまわれたのですか？」

「大丈夫ですよ。毒はちゃんと拭き取ってあります」

だって私が間違って自分に刺したら危ないじゃないの。


ホッとする公爵に、二人とも屋敷で（帝宮内城壁内にあるからほとんど離宮）謹慎するように命ずる。特に夫人は部屋に閉じ込めて外部との接触を禁じるように厳命した。

公爵は飽きるほどの謝罪と慈悲に対する感謝の言葉を私に奉《たてまつ》って、騎士に囲まれて帰っていった。私はそれを見送りながら独り言をつぶやいた。

「挟み撃ちにするから帝国軍が負けるですって？」

ふん。セルミアーネの強さは私が一番よく知っているんだからね。

「うちの夫がその程度で負ける訳がないじゃないの！」

【第24話】バサリヤ侯爵領での戦い　～セルミアーネ視点～

帝都を進発した帝国軍は十二日がかりでバサリヤ侯爵領に入った。

バサリヤ侯爵領は法主国に接する国境の領地である。帝国最北の地域の一つながら肥沃《ひよく》な耕地を多く持ち、それを狙って法主国が度々攻め込んでくる地域であった。

もちろん、バサリヤ侯爵も十分に警戒しており、国境沿いには多くの砦《とりで》を築き、領都もほかの主要都市も高い城壁で囲って防御を固めていた。こういう部分では西部の国境であるはずのカリエンテ侯爵領が如何《いか》に無防備だったかが分かる。

帝国軍が領都に入ると、バサリヤ侯爵が迎えてくれた。侯爵はいつもはもちろん帝都で暮らしているのだが、自領の一大事に駆けつけて来ていたのだ。北隣のアリタスク侯爵も南隣のマルロールド公爵も同様に国境の警戒警備の関係上領地に来ているはずである。ただ、マルロールド公爵は帝都で皇帝陛下の側近として政務に忙しいので、次期公爵が代理で来ていると聞いている。

侯爵の現地屋敷の広間の一つが帝国軍に提供され、そこが作戦司令部になった。

私と騎士団幹部、一般兵を率いる軍の幹部が集まり、侯爵領に派遣されている部隊や、侯爵の私兵から現地の情報を集める。法主国軍は二方向から国境を侵し、村々を襲いながら進撃してかなり侯爵領の奥まで侵攻しているという。

ただ、侯爵領の民衆は法主国の侵略に慣れていて、早々に近隣の城壁のある都市に避難しているから人的被害は少ないとか。それでもせっかく収穫した実りを略奪されるのだから、農民にとっては許せないことだろう。農民を慈しむことこの上ないラルフシーヌが聞いたら、麦一粒まで取り返すと息巻くところだ。

二万程度と見積もられる法主国軍はある程度侵攻したところで、我が帝国軍がやってきたのを察知したのか、全軍が合流して領地の南寄りの、とある丘に陣を築いて、我が軍を待ち受ける構えだという。以前の侵攻では帝国軍が近づいたら国境を越えて逃げ戻ってしまったこともあると聞いていたので、ちょっと意外だった。

法主国軍には、当たり前だが魔力を持つ騎士がいない。騎士に相当する戦力はあるが単に馬に乗った兵だ（帝国の同様の兵科は騎兵と呼ばれている）。だが、魔力を持たない兵士同士を比べると、法主国軍の兵士のほうが体格がよくてやや強い。

また、法主国は冶金の能力が高い（法主国の宝石加工品や金銀細工は帝国貴族の間でも評価が高く大量に輸入されている）ため、鎧兜、剣や槍などの性能も高い。なので、一般兵士同士の戦いだと帝国軍はやや分が悪い。

魔力を持つ騎士の戦力は圧倒的だが、何しろ人数が千人ほどしかいない。これを集中して使うか、振り分けて魔力のない騎兵と組み合わせるかが悩みの種だ。

帝国の騎士には階級があり、十騎長、百騎長、千騎長、万騎長と上がって行く。騎士は万もいないのだが、伝統的になぜかこうなっており、現在では単なる階級で指揮する員数を意味しない。現在は騎士団には万騎長が三人いて、その上に騎士団長、そして最高司令官として私がいるという布陣である。

千騎長以上が幹部ということになっているのだが、現在は叙爵されて子爵以上になっているが戦時なので呼び戻された者や、物好きにも徴募に応じた貴族がいるのでそういう者も幹部として作戦司令部にいる。

騎士は出世して騎士階級から出世しても皇帝陛下に命じられれば戦地に出なければいけない義務がある（その子息からは適用されなくなる）のだが、それ以外の貴族が出てくるのは個人の趣味だとしか言いようがない。一応、愛国心だとか理由はつけているが、単に血の気が多いだけだろう。ラルフシーヌも許しがあれば喜々として戦場に出てくるだろうな。間違いない。

その幹部達を集めてテーブルに着き、作戦会議を行う。参謀から現状が説明されたが、法主国軍は我が軍を待ち受ける姿勢を崩しておらず、国境の砦からの報告では法主国から新たな援軍が来る気配もないという。歓迎すべき情報ではあるが妙な話でもある。帝国軍と法主国の間で戦われた会戦で、帝国軍が敗れたことは何回かあるが、その多くが詭計《きけい》を用いられたためである。

前々皇太子殿下が討ち死にした戦いなどがそうで、国境を越えて深追いしたところを大規模な罠を仕掛けられたのだとか。

正面から戦えば、帝国軍が負ける要素はない。一千の騎士団ががっちり集中していれば法主国軍の攻撃は一切通じない。攻撃などお構いなしに突撃して蹴散らして、ほかの兵士は残敵を掃討すればいいのだ。騎士の集団というのはそれくらい反則的な戦力なのである。

故に敵としてはこの騎士を如何に分散させ、集中させないか。もしくは騎士の攻撃を回避してほかの一般兵を相手にするかという作戦になるだろう。騎士以外の兵が負けて敗走してしまえば、騎士だけ残っても帝国軍が勝ったとは言えない。

そういうことから考えれば法主国軍が正面から戦おうとするとは考え難い。考えられる可能性は二つ。法主国軍に帝国の騎士団を打ち破れる何か画期的な備えがあるか、何か大規模な罠があるか。

もちろん、それ以上は分からない。戦争なのだから敵だって命懸けで知恵を絞っているのだ。私は考え込んだ。

大規模な罠の可能性は低いと見る。ここは帝国の国内だし、バサリヤ侯爵の話では地形的にもそれほど変化がないという。兵を伏せるのに適した森はあるが、そうだと分かっていれば調査しながら進撃すればいいだけである。

では、画期的な備えはどうか。これぱかりは分からないと言うしかない。画期的な新兵器。例えば仕掛け弓を上回る威力の武器だとか、騎士の魔力を吸い取る何かとか、法主国軍も魔力を利用できる何かだとか。しかし、そんなものがあるかどうかなど考えても答えは出ないし、そもそもそんなすごいものがあったなら法主国軍がもっと自信満々に攻めて来てもおかしくない。

結局、罠に注意しながら戦ってみるしかないという結論に達した。できるだけ正面から決戦し、深追いは避ける。敵の陣地には攻め入らず、敵を平原におびき出して戦う。平原こそ帝国騎士団の攻撃力を最大限発揮できる戦場である。

私は全軍を率いて法主国軍が陣取る地域に向けて進撃した。最も警戒したのは法主国軍が本土から大規模な増援を呼ぶことだったが、幸いにもその気配はないようだった。我が軍が進撃しても法主国軍には動きがない。どうも自信をもって正面から戦いを挑んでくるような気配だ。おかしい。そんなはずはない。私は首を捻ったが、法主国軍がそういう一見勝ち目のない決戦を挑んできたことは何度かあると参謀は言っていた。

法主国は基本的に我が帝国を異教徒で至高神の教えを知らない連中と見下しているそうで、至高神の加護のある自分達が負ける訳がないと思っているそうだ。どう考えても魔力をくださり物理的な加護をもたらしてくれる全能神のご加護のほうが上だと思うのだが。

ラルフシーヌは法主国語の習得を皇帝陛下に頼まれて、大図書館から法主国語の本を何冊も借りて来て読んでいた。その中には法主国の至高神信仰についての本が何冊かあったらしい。それを読んだラルフシーヌ曰く、至高神の教えというのは「生きているうちは神の試練に耐えよ。耐え切れば死後に神の楽園に行ける」というものであるらしい。現世に苦しみしかないという教えだとラルフシーヌは呆れていた。

その教え故に法主国軍の兵士は命を惜しまず戦うのだろう。命を惜しまないのは兵士としては美徳ではあるが、それを推奨する神とは一体なんなのだろうか。

私はあと半日行軍すれば法主国軍と接触できる距離に陣を敷いた。偵察によると、法主国軍も丘の上の陣を出て平原に降りていたらしい。ますますおかしい。どう考えても何か企んでいるとしか思えない。しかしそれがなんだか分からない。

騎士団長や参謀にも相談したが、彼らも法主国の意図を計りかねているようだった。ただ、「正面決戦に出てくれるならこれは幸い。深追いにだけ気をつけて戦えば問題ない」との考えは一致していた。

いずれにせよ、戦争が長引けば、農業も商業も滞っていいことは一つもない。戦わないという選択肢はないのだから、とりあえず一戦交えることにする。翌日決戦すると全軍に伝え、その夜は少しの酒を配って全軍の士気を高めることに努めた。

さて、その夜、皇太子用の大きな天幕の中ですっかり寝る支度までした私は、どうにも気になって、一人で戦場付近の図面を見ながら考え込んでいた。

戦場になる平原はやや盆地になっていて、その入り口となるのは帝国軍が入った場所だけで、ほかはなだらかだが丘や山になっていて、そこから出るには軽い峠道を越える必要がある。法主国軍が陣取っていたところも丘だった。つまり、法主国軍には退路がない。迅速に退却できないところに陣を敷くのは戦術の教本にはないやり方である。

それに対して我が帝国軍は退路が確保できている。……いや、例えば敵の一部隊が我が軍の後方に回り、盆地の入り口を封鎖することを考えていたらどうか。我が軍こそ袋の鼠《ねずみ》になるかもしれない。

ただ、それは我が軍が戦力的に劣ればであり、閉じ込められても前進して前方の敵を撃ち破ればいいのだ。盆地自体には彼我含めて四万以上の大軍が縦横に走り回るに十分な広さがあるし、少数の敵が後ろに回り込んできても大した脅威にはなるまい。

うーん、私はそれでも何かが気になって悩んでしまった。大軍を率いての戦いはこれが初めてだ。山賊退治や害獣退治で経験を積み、戦略・戦術もしっかり勉強し、優秀な参謀といろいろ検討しても、初めての経験だからどうにも不安である。この悩みはそういうことなのだろう、と私は結論づけ、そろそろ明日のために寝ようと考えた。

その時――

「殿下、まだ起きていらっしゃいますか？」

従卒の声がした。

「ああ、大丈夫だ」

私が応えると天幕の入り口が開いて従卒が入ってきた。

「お休みのところ申し訳ございません。実は、帝都から緊急の書簡が来ていまして」

「緊急の書簡？」

驚いた私は従卒が差し出した書簡を手に取る。……封書で、表には何も書いておらず、裏にラルフシーヌのサインが入っていた。

ラルフシーヌからの手紙？　私は首を傾げた。ラルフシーヌが戦地に手紙を寄越す理由が分からない。いや、戦地に兵士の妻が手紙を送ってくるのはよくあることと聞いてはいる。妻が近況を知らせる手紙に喜ぶ兵士は多いのだとか。

だが、我が軍は帝都を出立してまだ一ヶ月しか経っていない。妻を懐かしむほど時間が経過していないだろう。そもそも、ラルフシーヌがそういう感傷的なことを考えるとは思えない。

例えばカルシェリーネの近況を書いて「早くお帰りくださいね」と書いてくるようなメンタ

リティーと、彼女は遥かに遠いところにいると思っている。

それだけにラルフシーヌの手紙、しかもわざわざ緊急だという手紙からはキナ臭いにおいがした。私は封を切って読み始めた。読み進めるうちに私の中に驚きと納得が広がっていった。

……さすがは私の妻、ラルフシーヌだ。彼女が書き記してくれたのは、今の私が最も必要としている情報だった。私は晴れ晴れとした思いで侍従に命じた。

「騎士団長と万騎長、それと参謀をすぐに集めてくれ。寝ていたら叩き起こして構わない」

◇◇◇

翌日早朝、陣を引き払った帝国軍は隊列を整えて盆地へ入った。そして入るなり陣形を展開させる。敵の正面に騎兵を集中させ、左右に歩兵と弓兵を展開する。敵を包囲して動けなくしたところを、騎兵で押し潰すという陣形だ。

全身鎧に身を包んだ私は馬上にある。帝国軍の騎士の完全武装では馬にも鎖帷子を着せる。鎧と馬の鎖帷子は魔力を通し、複数の騎士が固まると防御力も攻撃力も高まるのだ。私はキラキラと輝く法主国軍の陣営を前方に見やりながら、全能神に向けて戦勝祈願を行った。

「今こそ我が帝国軍の力を見せる時。天にましますす全能神よご照覧あれ。我はあなたの愛し子たる帝国の騎士。我が祈りを聞き届けたまえ、我の願いを叶えたまえ。我に力を与えたまえ。

我に幸運を与えたまえ。我に勝利を与えたまえ。我が捧ぐは祈りと命。全能神よ、我と帝国軍を守りたまえ」

　私は剣で天を指しながら祈りの言葉を発した。そしてその剣で彼方の敵軍を指示した。

「全軍前進せよ！　神は我らと共にあり！」

「「神は我らと共にあり！」」

　全軍が私と唱和すると、一斉に前進を開始した。まずは左右の歩兵が前進して敵を包囲しようとする。それに対して法主国軍も前進して左右を伸ばし、包囲されないように抵抗する。敵も後ろに下がり難い地形であることは承知の上なのだろう。というか、よく見ると敵の陣形は左右が騎兵である。どちらかというと迅速に左右を展開して我が軍を逆に包囲しようという構えだ。

　それに対して我が軍は左右の弓兵が猛攻撃を仕掛けて騎兵の前進を妨げる。帝国は森が多く、狩人も多いし日常的に弓矢を使う平民が多い。そういう平民を集めれば特に訓練をしなくても手練れの弓兵隊ができ上がる。この弓兵の多さと強さも帝国の強みの一つだった。

　敵が左右を伸ばしあぐねているところで、帝国軍中央の騎兵が前進する。槍先を揃えて、騎兵が密集する。そして、号令と同時にざあっと音を立て、雄叫《おたけ》びを上げながら騎兵が一気に敵に突入して行く。ここまでは大体予定通りだった。情勢はほぼ互角。戦闘開始から二時間ほどが経過していた。時間は昼前だ。

「そろそろですかな？」

騎士団長が言った。私も頷く。

「そろそろだろう」

すると伝令の騎馬が本陣に駆け込んできた。本陣と言っても騎士が円陣を組む中に私達幹部がいるだけだが。

「申し上げます！」

駆け込んできた伝令が叫ぶ。

「後方より敵！　数、多数！」

私達が入ってきた盆地の入り口から法主国軍の援軍が侵入してきたのだ。私が怖《おそ》れていた援軍。国境は警戒していたし、異常はないとの報告が何度も届いていた。一体どこから！　どういうことなのだ！　後方から攻撃を受けたら戦線が崩壊して、帝国軍は包囲されてしまうぞ！

……と、昨日の夕方までの私なら呆然となっただろう。しかしながら今の私は違う。

「やはり来たか」

準備は万端だ。私は手を上げる。

「騎士団。全員集結せよ。部隊を三つに分け、後方から侵入してきた部隊を一気に殲滅《せんめつ》する！」

そう。これを予想していた私は、騎士団を戦線に投入せず、温存しておいたのである。法主国軍本軍に騎士団以外の全てを当てた状態で、騎士団だけをくるりと反転させる。一千人の騎士団を三隊に分け、方陣を組む。魔力が通り、方陣から陽炎《かげろう》のようなものが立ち上った。

「あまり時間はかけていられないぞ！　一気に突入して蹂躙《じゅうりん》しろ！」

「「おう！」」

私は中央隊の先頭で馬上にある。馬上槍を右手に持つ。

「行くぞ！　突撃！」

私の号令一下、帝国の誇る騎士団が一気に突撃を開始した。法主国軍の援軍は盆地に入ってきたばかりで陣形も組めていない。そこへ密集した帝国の騎士団が突入した。

魔力を集中させた騎士団は馬でさえただの馬ではない。慌てて槍を構えた歩兵を跳ね飛ばして前進する。槍を叩きつけてきた者もいるが逆に槍がへし折れ、そのまま弾き飛ばされる。私の構えた槍に触れた歩兵は天高く跳ね飛ばされ、剣を振るってきた者は逆に吹き飛ばされた。

騎士団は速度を落とさないまま敵兵の中に侵入した。騎士達は槍を構えるだけで無用に動かさない。それだけで敵兵は弾き飛ばされ踏み潰され、蹂躙される。敵の数は五千ほど。騎士団の五倍の数だが、問題ではない。私は方陣をそのまま前進させ、敵を粉砕し続ける。

敵の弓兵、仕掛け弓部隊が慌てて矢を放ってくるが、それも方陣を組んだ騎士には通じない。私はそのまま仕掛け弓部隊に乗り込んで踏み潰した。これが本軍の後ろから射かけてきたら厄介だ。

私達中央隊が敵を混乱させたところで左右から残り二隊が突入する。浮足立ち、陣形が乱れに乱れたところを蹂躙する。立ち向かってくる者は跳ね飛ばし、逃げる者は踏み潰す。そこへ後方にいた敵の騎兵が方陣を組んで槍を翳して突入してきた。

「アルチャーク、ベシャワーヌ！」

向こうの神に祈る言葉らしい叫び声を上げて突入してくる。が、私は特に対応を指示しなかった。槍を構え、方陣を保ったまま前進する。

二つの方陣が激突する。しかしその強さは一方的だ。法主国の騎士団は激突の瞬間に跳ね返され、吹き飛ばされた。私達は槍を突き出すこともしない。前に翳して突撃するだけ。砂の山が踏み潰されるように法主国の騎士団は崩壊した。

敵の中を方陣を崩さないことだけ考えながら縦横無尽に走り回る。ほんの一時間で敵は壊滅した。残敵は泡を喰って逃げて行く。追撃はしない。敵の本隊はあくまで帝国軍のほかの部隊が抑えている連中だ。もっとも、後背から襲いかかり帝国軍を包囲殲滅しようという意図が崩れた現在、あそこにいるのは自ら退路を断ってしまった馬鹿な軍隊でしかない。しかも援軍が壊滅して動揺しているだろう。

「よし！　残敵を掃討する。騎士団反転！」

騎士団を率いて一気に駆けた。私はこの時点で勝利を確信していた。

こうして法主国軍との会戦は帝国軍の大勝利に終わった。

盆地に帝国軍を誘い込み、後方から予期せぬ援軍をぶつけて動揺させ、混乱した帝国軍を包囲殲滅する、という法主国軍の発想は悪くなかったと思う。援軍の経路が予想外であったし、ギリギリまで援軍がいる場合の危険性を考えつつも、一度は援軍はあり得ないと私は結論していたのだから。

しかしながらラルフシーヌの手紙が全ての状況を変えた。

彼女は手紙で、法主国がマルロールド公爵領を通って帝国領内に一部隊を侵入させた可能性を示唆した。なんでも害獣の発生傾向がおかしいことから気がついたとかで、さすがは元狩人である。

ラルフシーヌが書いてきたのはそれだけだったが、マルロールド公爵領を敵が通過できたのだとすれば、それ以外の部隊、例えば会戦への援軍がそこを通過できてもおかしくない。

マルロールド公爵が裏切った可能性を認識した私は、夜のうちに斥候《せっこう》を出した。すると、戦場に近いマルロールド公爵領の村に法主国軍の部隊が駐留しているのを発見したのである。

そうなれば敵の作戦はもう見え透いていた。帝国軍が敵の本隊に集中して戦っている間に援軍が後ろから忍び寄り奇襲をかける。確かにそんなことをされたら帝国軍は動揺して大混乱になったろう。騎士団ですら統制を維持できたか怪しい。危ないところだったのだ。

しかしながらそれが先に分かっていれば話は簡単だ。騎士団を温存し、敵の援軍が盆地に入ってきたところに逆に奇襲をかける。統制が維持できていてなんの罠もなければ、たとえ数が五倍だろうと帝国の騎士団が負ける道理はない。本隊は援軍を蹴散らした後に、ゆっくり料理すればいいのだ。

援軍が壊滅したのが見えたのだろう。法主国軍は動揺して統率を乱し、そこに騎士団が突入した。数時間で敵は崩壊、逃げようにも後ろは丘で、混乱する法主国軍は帝国軍に成す術もなく蹂躙され、ついには降伏した。

帝国軍には平民の軍隊に若干の損害が出たことを除けば、騎士団に落馬して怪我をした者が数名いたくらいで死者は一人もいなかった。それに対して法主国軍の損害は甚大《じんだい》で、討ち取られた者数知れず、捕虜は三千人に上った。その中には法主国の将軍や司祭も含まれていた。彼らは帝都に護送され取り調べを受けることになるだろう。

さて、大勝利の余韻に浸ってばかりはいられない。そう。マルロールド公爵の裏切りの件の始末をつけなければならない。

私は戦場での後始末を終えると、翌日、全軍を率いて進み、マルロールド公爵領に侵入した。我が軍は前進し、マルロールド公爵領の領都に到達した。城門は閉まっていたが、私が一喝して開けさせ、帝国軍は整然と入城する。そして、そのまま公爵の領地屋敷を包囲した。領都の民は驚いて大騒動になってしまっている。

特に抵抗の様子はなかったため、私は騎士五十名だけを引き連れて公爵邸に入った。

公爵邸にいたのは公爵の代官である男爵だった。太った男で、私達のことを見ておどおどしている。

「な、何事でしょう、こんなところまで、こ、皇太子殿下がいらっしゃるなど……」

私は彼を睨んだ、ラルフシーヌには及びもつかないが、私だって本気を出せばかなりの眼力だと自負している。男爵は震え上がった。

「次期公爵はどこにいる？」

男爵はガクガクと震えながらそれでも嘘《うそ》を吐いた。見上げた忠誠心だ。

「な、ナフエーンツ様は帝都に帰られました！」

嘘に決まっている。昨日の今日だ。帝国軍敗北の知らせをここで待っていたに違いない。私はもはや男爵を無視した。

「よし、兵を入れて家捜ししろ！　次期公爵は必ずいる。地下室、天井裏、全て捜せ！」

男爵は仰天した。私に縋《すが》りつこうとして護衛の騎士に蹴り飛ばされる。転がりながら抗議をする。

「お、おやめください！　皇太子殿下とはいえあまりに非礼ではございませぬか！　ここは公爵屋敷ですぞ！」

私は冷たく言い放つ。

「今は謀反人《むほんにん》の屋敷だ」

兵員が百人ほど入り、寄ってたかって家捜しをする。全ての部屋に入り、ひっくり返し、高価な家具を押しのけ、鍵のかかった戸棚をぶち破る。男爵はあまりの事態に失神してしまった。

やがて、天井裏の隠し部屋からマルロールド次期公爵が引きずり出されてきた。次期公爵も大魔力を持つ皇族である。危険なので魔力の多い騎士が捕らえて、後ろ手に縛って私の前に引っ立ててきた。金髪に茶色い目をした、なかなか美形の貴公子である。確か年齢は私より少し上だ。整った顔を歪めて私を睨んでいる。

「無礼者め！　これが次期公爵に対する扱いだというのか！　今すぐこの縄を解くがいい！」

威厳のある声である。さすがに生まれながらの皇族。私のようなにわか皇太子よりもよほど皇族らしい。だが、私は彼を冷たく見下ろしながら言った。

「そなたは既に次期公爵ではない。謀反人だ。すぐに首を落とされないだけ有難く思うのだな」

私の言葉に一瞬顔を引きつらせた次期公爵だが、すぐに立ち直って歯を剝いて私に向けて叫んだ。

「謀反だと！　どこに証拠がある！　証拠もなく私を謀反人扱いしてただで済むと思うなよ！」

確かに、証拠はない。法主国軍がマルロールド公爵領を通過したのは事実だが、それをこの男が承知していたという証拠はない。例えばそこで引っくり返っている代官の男爵がやったのだと強弁《きょうべん》すれば、次期公爵の権威を持って言い逃れることができるかも知れない。

まぁ、法主国の捕虜は多数いるし、おそらく帝都でもラルフシーヌが手を回して何かやっているだろうから、そうそう逃げられるとも思えないが。

しかしながら、証拠など、必要ない。この男は分かっていないのだ。

私はあえてニヤッと笑いながら言った。

「証拠はこれから貴様を自白させればいいのだ。拷問でもして」

「は？」

次期公爵が目を点にする。私はニヤニヤ笑いながら続ける。

「帝国軍司令官には、戦時には戦地における全ての権限が授与されている。つまり執政権、臨時立法権、戦地司法権だ。私は戦中、戦地においては皇帝陛下よりも偉いのだよ」

これが帝国軍司令官には基本的に皇太子が任命される理由だ。帝国軍の迅速な行動のために皇太子には戦地における完全な権限が認められている。皇帝陛下の意向に逆らうことすら許されているのだ。

つまり、帝都に帰還して帝国軍指揮権を返上していない今、戦地と見做される国境周辺では私は皇帝陛下と同格の存在なのである。皇帝陛下は帝国における神である。帝国における全ての権限を有する。その中には帝国臣民に対する生殺与奪の権限も当然含まれる。

つまり今この時、私にとってこの男はどう扱ってもいい存在なのだ。生かすも殺すも自由。拷問くらいならお優しい扱いだ。何しろ私に逆らったのだから。

次期公爵は唖然《あぜん》としていた。

「そ、そんなことが許されるはずが……」

「許されるのだよ。とりあえず適当な部屋に放り込んで、手足を折ってしまえ。それで吐かなければ歯を一本一本抜いていけ」

私は騎士の一人に命じた。騎士は無表情で了解の返事をする。それを見て次期公爵は恐怖にガクガクと震え始めた。

「わ、私はマルロールド公爵家、次期公爵だぞ！　そ、それを！」

「私は次期皇帝だ。そなたとは身分が違うのだよ」

私のその言葉を聞いて次期公爵は顔を真っ赤にした。憤怒《ふんぬ》の表情で叫ぶ。

「き、貴様など！　所詮は庶子の癖に！　この間までただの騎士だった癖に！　私のほうが！　私のほうが皇帝に相応しいのだ！」

そして縛《いまし》めを力任せに引きちぎった。周囲から驚きの声が漏れた。さすがは傍系皇族。まったく鍛えていないのに大したものだ。次期公爵はそして、近くにいた兵士に飛びかかるとその兵士の持っていた槍を奪い取った。

「殿下！」

騎士達が慌てて私を守ろうとするのを制して私は前に出る。次期公爵は血走った目で私を睨み、槍を掲げて突進してきた。

「貴様がいなくなれば！　私が次期皇帝なのだ！」

槍を突き出してくるが、なんの訓練もしていないヘナヘナな突きだ。私はその槍を左拳で弾き、右拳を次期公爵の頬に叩き込んだ。

「ふげ！」

と、変な声を上げて次期公爵が吹き飛び、転がり、壁に叩きつけられて動かなくなる。私はそれを見やり、つぶやいた。

「貴様には皇帝など無理だ」

そして私は騎士達に向けて言った。

「拷問の手間が省けた。皇太子に対する反逆の現行犯だ。皆が証人だ。金属製の手錠足枷《あしかせ》をつけて護送車に放り込んでおけ」

騎士達が了解の返事をして動き出した。私はやれやれという思いで首を回してほぐした。挑発するためとはいえ、似合わない偉そうな態度をするのは恥ずかしいし肩が凝る。

今この瞬間、ようやく今回の戦争が終わったのであった。

【第25話】陰謀の後始末

勝報が届いてからセルミアーネが帰還するまでには二ヶ月ほどかかった。国境地帯で後始末をしなければならないことがたくさんあったからである。

破られた国境の砦の修復と人員の補充。被害を受けた農村の復興支援と援助の手配。そして荒らされた地域の地力を回復させるための儀式。

もちろんだが、叛逆《はんぎゃく》を企んだマルロールド公爵領もそのままにはしておけない。公爵の家臣は代官を筆頭に全員逮捕して帝都に送る。国境を守っていたマルロールド公爵の私兵も派遣されていた帝国軍も全員捕らえ、これも帝都に送って取り調べる。代わりの国境警備兵を手配して、とりあえず皇帝陛下の代理人として官僚の男爵を一人、帝都から召喚して当面の領地管理をさせた。

マルロールド公爵領は広大であり、その肥沃な穀倉地帯は重要である。公爵が魔力を奉納できないために地力が衰えると困るので、暫定的にエベルツハイ公爵の次男、つまり私の長姉の二人目の子が暫定領主に任じられた。魔力的な意味合いで傍系皇族の血が求められたからである。

大っぴらにではないが、お姉様は喜んでいた。そのままの状態で暫定が取れれば、自分の子が、エベルツハイ次期公爵に加えて、もう一人侯爵になれるからである。

元マルロールド次期公爵は領地にいたところをセルミアーネに捕らえられ、帝都に送られてきた。マルロールド公爵と夫人は屋敷で謹慎という名の軟禁中だが、次期公爵のほうは遠慮なく貴人用の牢屋《ろうや》にぶち込んだ。セルミアーネに刃を向けたという叛逆の現行犯だそうで、そうなれば身分は事実上剝奪《はくだつ》である。厳しい取り調べが行われたようだ。

次期公爵と代官、それと領地、帝都の公爵屋敷の家臣達。捕らえた捕虜への取り調べで、今回の事件の全容が明らかになってきた。

そもそもマルロールド公爵は帝都での政務が忙しく、年に二回の魔力奉納さえも息子が成人してからは行かなくなり、夫人と次期公爵に任せきりだったのだという。おかげで領地の経営は公爵夫人の独壇場になってしまっていた。

マルロールド公爵領は肥沃であり、法主国軍に狙われることが多い土地だった。その重要さ故に公爵が封じられていたのである。しかし、法主国軍が攻め込んでくるのに備えるためには、多くの私兵を抱え、国境に多くの砦を維持し、町や村をも厳重に防衛しなければならない。つまり多額の費用がかかる。

マルロールド公爵家はそれ故、土地の豊かさに比して財政が潤沢とは言えなかった。傍系皇族たる公爵家の体面を維持するためには途方もない費用が必要である。おまけに前皇太子殿下の頃には皇太子妃がおらず、マルロールド公爵夫人が貴族夫人の頂点だった時代があったのだ。社交の回数は皇太子妃に匹敵するほど増え、それに伴って必要経費は天井知らずに増えたことだろう。

おまけにマルロールド公爵夫人は金銀細工や宝石に目がなく、金に糸目をつけずに買い漁《あさ》っていたらしい。そんなことをすればどうなるか。ただでさえ厳しいマルロールド公爵家の財政は破綻寸前になってしまう。

公爵夫人は代官に命じて領民に重税を課したがそれでも足りない。公爵夫人は考えた。法主国の備えのために必要な防衛費を削減すれば、費用が捻出できるのではないか。

しかしながら防衛を疎《おろそ》かにして法主国に攻め込まれたら領地に被害が生じ、歳入が減ってしまう。そんな本末転倒のことになったら、マルロールド公爵が責任を問われる事態になる。

ではどうするか。マルロールド公爵夫人は密《ひそ》かに法主国に使者を送り、毎年食料を贈る代わりに法主国がマルロールド公爵領に略奪や侵攻しないという密約を結んだ。ほかにも国境税を安くし(国境税は国税なので越権行為である)、領地通行税も取らないという約束もした。

この密約により法主国からの攻撃はなくなったと判断した公爵夫人は、防衛費用を減らした。私兵をほとんどなくし、国境の砦は廃止し町や村の防衛は放棄した。その結果防衛費は激減した。そしてここからマルロールド公爵夫人と法主国の癒着が始まったのである。

元々、法主国の金銀細工や宝石を好んで購入していた公爵夫人であるから、法主国も取り入りやすかっただろう。

公爵夫人が便宜を図ったために法主国の隊商はほとんどノーチェックで国境を通過し、ほかの領地に入ったところでしばしば山賊と化して帝国内部で略奪を繰り返した。討伐されそうになると公爵領に逃げ込み、公爵夫人は「領内で無事に殲滅した」と報告する。

金銀細工や宝石を貢《みつ》がれた公爵夫人は気をよくして領内の収穫物を不当に安い値段で法主国に売り、それをごまかすために領地にさらなる重税をかけた。

おかげでマルロールド公爵領では離散する農家が相次いだが、公爵夫人はそれで生じた減収分をさらに重税で補う有様だった。

なんとも無茶苦茶な話で、そんな無茶苦茶がいつまでも続くはずがない。さすがにごまかしきれなくなってくると、今度は法主国に頼んで領内に侵攻してもらうことを思いついた。頼まれた通りに法主国が村々を襲って去った後「法主国のせいで収穫が激減した」と言って皇帝陛下に援助を要請する。

ひどい時には侵攻なしに「攻め込んできました」とだけ報告し、国庫から復興援助をせしめていたようだ。実際、以前は侵攻されることも多かった地域だし、皇帝陛下も不思議に思わなかったらしい。何しろ公爵本人は何も知らず、妻の要請を実現するために皇帝陛下に頭を下げていたそうだから。

マルロールド公爵夫人は自尊心が高い。それが貴族婦人の中でナンバーワンと持て囃《はや》されているうちに、どんどん膨らんでいったものらしい。自分は公爵夫人よりも高みに上るべきだと思い込んだのだ。

折りしも前皇太子殿下がご病気になった。マルロールド公爵夫人は、皇子もいないことだし、これはもう自分の息子が皇太子になるだろうと期待したらしい。息子が皇太子になれば自分は皇太子の母。いずれは皇帝の母だ。

ところがここでセルミアーネが登場する。公爵夫人はセルミアーネの存在自体はどうやら知っていたらしいが、所詮庶子であるし、母親は子爵家出身。血の濃さが大事な帝国皇帝にはなり得まい。自分と夫が強く反対すれば、セルミアーネは皇太子にはなれないだろうと踏んでいたようだ。


ところがところが、そのセルミアーネの妃《きさき》が私だったのである。カリエンテ侯爵令嬢であるのはともかく、長姉がエベルツハイ公爵夫人だというのが大きかった。

マルロールド公爵家と不仲であるエベルツハイ公爵家が、夫人の妹が嫁いだセルミアーネとマルロールド公爵家の次期公爵のどちらを皇太子に推すかなど自明のことだろう。

皇帝陛下に皇妃陛下、エベルツハイ公爵家、そしてカリエンテ侯爵家が一致して推したらさすがのマルロールド公爵家にも対抗できない。
マルロールド公爵夫人の野望は潰《つい》え、しかも私とそのお姉様方によって女性社交界の勢力図は一夜にして塗り替えられてしまった。マルロールド公爵夫人の自尊心は大きく傷ついた。

挙句に公爵夫人はお茶会で私の逆鱗《げきりん》に触れ、徹底的にやり込められた挙句、領地の税率を二割下げることを約束させられた。何も知らない夫は簡単に承知してしまったが、既に過酷な税を課してもギリギリの財政状況の公爵領でそんなことはできない。しかも私は約束が実行されたか確認のために官僚を派遣することまでしたので、ごまかすことができなかった。

破綻寸前の公爵家の財政を回すために公爵夫人は帝都の金融商から借金をして、その年を乗り越え、翌年さらに増税してなんとか返済しようと考えたようだ。しかしながら私が派遣した官僚から領内の酷税《こくぜい》と苛政《かせい》を聞いた公爵本人は大いに驚き、公爵夫人を叱り、公爵夫人が止めるのも聞かずに税率をさらに下げてしまった。

このままでは金融商に借金が返せず、マルロールド公爵家の財政は破綻する。そんなことになればさすがに公爵本人にも隠しきれなくなる。公爵は夫人に甘いが、公爵家を破産までさせたら大醜聞《スキャンダル》になる。離縁は必至だ。公爵夫人は窮地に立たされた。

そこで彼女は法主国から聞かされていた侵攻計画を利用することを考えた。ちなみになぜ侵攻計画を公爵夫人が事前に知っていたのかというと、法主国が「マルロールド公爵領に侵攻されたくなかったら、もっと食料を寄越せ」と脅していたからである。

公爵夫人は法主国に陰謀を持ちかけた。一つは公爵領を通過しての迂回作戦。帝国軍を不意打ちで挟み撃ちするために、内緒で公爵領内の通過を許すという作戦である。

もう一つは帝国領内に一部隊を引き入れての攪乱《かくらん》作戦。同時に暗殺者集団を帝宮に引き入れて皇太子一家及びエベルツハイ公爵家を殺し、両陛下は軟禁して、マルロールド公爵家が権力を掌握するという陰謀だ。権力を掌握した暁にはマルロールド公爵領が割譲《かつじょう》される約束だったというのだから大盤振る舞いである。

法主国はその陰謀に乗り、法主国の暗殺部隊をマルロールド公爵夫人に貸し与えたそうだ。マルロールド公爵夫人は私のお忍びを知っていて、先に私を殺しておけば離宮襲撃が容易になると考えて、帝宮の森で待ち伏せさせたそうだ。私の強さは知らなかったらしい。

その時点でマルロールド公爵の帝宮内にある屋敷には、使用人に扮《ふん》して暗殺者が九人入っていたのだが、私への襲撃に失敗したせいで警備が厳しくなり、結局法主国軍の一部隊を帝都に引き入れて、帝宮に乱入させ、混乱させた上で私とカルシェリーネ、エベルツハイ公爵家を暗殺する作戦にしたのだそうだ。

既に帝宮の内城壁内にまでそんなに暗殺者が入り込んでいたとは予想外だった。内城壁内に入るには厳しい検査があるので油断していた。マルロールド公爵家の威光を最大限悪用したのだろう。セルミアーネの言うことを聞かずにお忍びを続けていたら危なかったかもしれない。さすがの私も傷一つつけられたら危ない毒など想定してないからね。

だが結局、私の暗殺失敗で暗殺者部隊を七人も減らしてしまったのが最大の失敗要因になった。

マルロールド次期公爵は早々に領地に入り、法主国軍の手引きをしていたようだ。この男は公爵夫人に輪をかけて自尊心が高く、自分こそ皇太子に相応しいのだと思っていたようで、母親の陰謀に積極的に加担したそうである。

なんともはや、どこからどこまでも同情の余地がない話で、私は聞けば聞くほど頭が痛くなった。ひど過ぎる。これが帝国の貴顕の最上位である傍系皇族たる公爵家の所業だと言うのだから呆れて物も言えないわね。

陰謀が何もかも防げてよかったわよ。こんなアホな陰謀で帝国が滅んだら、帝国は世界が終わるまで笑いモノになる。危ないところだった。

とにかくマルロールド公爵領はひどい状態だったらしく、侵攻にあったバサリヤ侯爵領よりも荒廃していて、国境の防御設備も放棄されて久しかったらしく、復興の手配が大変だったとセルミアーネが言っていた。

国境を守るべき帝国軍も公爵夫人と癒着して任務を放棄して給料だけもらっていたのだとか。もちろんこいつらは軍規違反で全員が処刑された。

これ以外にも、まずマルロールド公爵の領地代官を始めとする家臣は全員処刑。帝都の公爵家家臣も全員処刑。これには公爵本人の側近で何も知らなかった者も含まれる。私兵も一人残らず処刑された。

そして公爵夫人と次期公爵を含むその子供達。二男二女がいたが、これも夫人や夫を含めて全員処刑。その子供達、公爵の孫にあたる者も既に五人いたが、これも連座で全員処刑と決まった。厳しいようだが国家反逆罪、大逆罪、外患誘致罪、その他諸々というのはこれでも生温《なまぬる》いと言われたほどの巨大な罪なのである。

平民は絞首刑《こうしゅけい》、貴族は斬首になったのだが、これでは生温い、貴族は身分剝奪し、斬首の上で四肢切断して獣に食わせ、墓を作らせないべきだという厳しい意見が上位貴族からは出たのだった。

それに対し、皇帝陛下はマルロールド公爵は国家の功臣であり、その功績に免じて罪一等を減じたのだとおっしゃった。実際、マルロールド公爵は非常に有能な方で、皇帝陛下は大変助けられていたのだと後にこぼしていた。

そのため公爵本人は特に温情がかけられて、自裁、つまり自殺が命じられた。これほどの罪を家族が起こして処刑でなく自裁を許されるというのは温情も温情、大温情なのである。命令も使者を出すのではなく、外廷に召し出して皇帝陛下自らが伝えたのだという。皇帝陛下のご無念が伝わってくるような話である。公爵は涙を流してご温情に感謝したそうだ。

もっとも、これらの判決が全てくだされたのはちょっと先の話だ。処刑はずいぶん後のことになる。

◇◇◇

セルミアーネが凱旋《がいせん》する日、私は朝から準備に追われた。儀式正装を身に纏い、朝一番で帝宮外城壁の塔に登る。塔の前の広場は中央に門に続く道が開けられているが、その左右は人で一杯だ。

塔には私以外にも皇帝陛下、皇妃陛下が侍女侍従と護衛を引き連れていらっしゃる。残念ながらカルシェリーネはお留守番だ。成人の儀式が終わるまでは皇子といえども儀式には出られない。

やがて帝都の奥のほうから地鳴りのような音が聞こえてきた。そしてそれがだんだんと近づいてくる。地鳴りは大きくなり大歓声であることが分かり始めた。

さらにしばらく待つと、大路の向こうに銀色の輝きが見え始めた。それが次第に形を成し、軍隊の隊列だと分かり始める頃には、帝都中が沸騰したかのような大歓声が、渦を巻いて私のいる塔の上まで噴き上がっていた。


平民の軍隊は戦争が終わった段階で順次帰還して解散していたので、今回凱旋してきたのは騎士団だけである。騎士団はセルミアーネが戦後の後始末をするのに付き合って最後まで現地に残っていたのだ。一千人の騎士団が馬を並べ整然と行進する様は壮観だった。

事前に沿道では花が配られ、人々は騎士達を讃えて花を彼らの頭上に撒《ま》いていた。騎士達は誇らしげに手を挙げながら歓声に応えていた。

一際高い大歓声、特に黄色い歓声を受けていたのは先頭で馬上にあるセルミアーネだった。戦場暮らしで伸びたらしい紅茶色の髪をなびかせ、蒼《あお》い瞳を細めて笑う皇太子の美貌は帝都の女性の心を鷲摑みにしたようだ。うんうん、うちの夫、格好いいよね。

騎士団は大歓呼を受けながら広場まで進み、塔の前で停止した。そしてセルミアーネ以外は下馬して塔の皇帝陛下と私達に向けて跪く。セルミアーネは馬上で胸に手を当てて頭を下げるだけだ。皇帝陛下は進み出て両手を左右に広げて、騎士団に向けて祝福の祈りを与える。

「天にましますの全能神とその愛し子たる武と勝利の神よ。我が栄光ある騎士達の勝利に祝福を。

彼らは勇気をもって進み、英知を用いて戦い、困難を潜り抜けて勝利を摑みたり。彼らの勝利に祝福を。帝国の勝利に祝福を与えたまえ！」

皇帝陛下の声に大歓声と大拍手が起こる。私も皇妃陛下も立ち上がって拍手をする。騎士達は再び騎乗し、大拍手の中を帝宮に入城した。

謁見の間で勝利の報告が行われ、続けて大広間で戦勝祝賀会が開かれる。同時に帝宮城門前の広場では平民達にも酒と料理が振る舞われている。

この戦争では、従軍した平民の兵士にはかなりの額の報償が与えられ、戦死戦傷者にはさらに手当が施された。狩人協会と私に協力してくれた人達には帝国から報奨金が出たほか、私個人からも多額のお礼を渡した。

大祝賀会には上位貴族がこぞって出席し、セルミアーネのところに次々とやってきては戦勝を祝い、武勲を讃えた。何しろ皇太子自らが兵を率い、敵の作戦を看破して敵の伏兵を返り討ちにして大勝利に繫げたことは、この場に招かれている騎士達が現在進行形で声高に語っている。騎士団長などは涙を流してセルミアーネの英知を讃えているほどだ。

それに対してセルミアーネは苦笑して「私だけの手柄ではない。ラルフシーヌが知らせてくれたからだ」などと言っていた。

私の手紙が切っかけで敵の意図に気がついたのだとしても、彼の果断な決断が勝利をもたらしたことは間違いないので、もっと誇っていいと思うのだが。

宴《うたげ》の終盤、皇帝陛下が立ち上がり、大広間の中央に進み出た。全員が何事かと陛下に注目する。皇帝陛下は十分に注目を集めると、よく通る重々しい声で言った。

「そなた達も見たように、我が息子、皇太子セルミアーネは武勇にも判断力にも優れた名将である。故に、間違いなくこれからも帝国を導き、勝利をもたらしてくれるだろう」

方々で同意の声が挙がる。皇帝陛下は頷き、言った。

「セルミアーネなら帝国を任せても安心だ、故に、私は近いうちにセルミアーネに帝位を譲ろうと思う」

大広間が水を打ったように静まり返った。

「セルミアーネに帝位を譲り、私は上皇としてセルミアーネを後見することになろう。皆、新しき皇帝、セルミアーネに拍手を」

全員が戸惑っていたが、まず皇帝陛下が、次に皇妃陛下が拍手をする。すると私のお兄様であるカリエンテ侯爵夫妻、エベルツハイ公爵夫妻も拍手を始め、だんだんと拍手が増えていき、すぐに大広間が拍手で満たされた。

「新しき皇帝、セルミアーネ！」

「全能神よ、新しき皇帝を守りたまえ！」

という声も飛ぶ。突然の譲位宣言、突然の祝福にセルミアーネも私も戸惑ったが、一応陛下の譲位のご意向は以前から聞いていたので、寝耳に水ではない。

セルミアーネは覚悟を決めたのか、陛下に向けて一礼した後、右手を挙げて拍手に応えた。私も拍手をしようとしたが、セルミアーネに手を摑まれて挙げさせられた。まぁ、私も他人事ではない。セルミアーネが皇帝になるなら私は皇妃になる訳だから。一応微笑んで、お上品に手を挙げて歓呼の声に応えた。

こうして、皇帝陛下の譲位とセルミアーネの即位が、上位貴族の同意の元、決定したのであった。


祝賀会が終わってようやく離宮に帰ってきた私は、さすがにくたびれていた。何しろ朝からずっと儀式と社交だ。その間に二回も着替えたし。遠征から帰ってきてそのままなセルミアーネはもっと疲れただろう。

と思ったのだが、セルミアーネは離宮の居間に入るなり夜会服を着替えもせずに私をがっちり抱きしめた。

……なんでしょう？　私が一応抱き留めていると、セルミアーネは呻くように言った。

「……無事でよかった……」

私は思わず苦笑した。

「その台詞は、戦地から帰ってきたミアに私が言うことのような気がするけど？」

「だって離宮で暗殺者に襲われたんだろう？　報《しら》せを聞いて血の気が引いた。無事でよかったよ」

セルミアーネは心配そうに私の頬を撫でる。なんというか、素直に心配してくれたことが嬉しい。私はセルミアーネの胸に額を擦《こす》りつけながら笑う。

「あなたも、ご無事で何よりでした」

「ああ、君のおかげで勝てたよ」

二人で視線を合わせて笑い合うと、なんだか肩の強《こわ》ばりが抜けるようだった。

どうも私はこう見えても緊張していたらしい。それはそうか。いろいろあったし。セルミアーネに抱きしめられて、ようやく緊張が解けたのだろう。

そういえば、結婚以来セルミアーネとこんなに長く離れ離れになったのは初めてだったのだと気がつく。その不安もあったのだろう。

結局、私が私でいるには、もうセルミアーネが必要不可欠なのだ。それは別に不快なことではなかった。世界一頼りになる夫に頼れるのは、誇らしく幸せなことではないか。

「これからもよろしくお願いしますね？　私の皇帝陛下」

「なんだい急に」

「一度言ってみたかったのよ。さ、疲れたからカルシェリーネの顔を見たら寝ましょう」

「そうだね。カルシェリーネが私の顔を忘れてないか心配だな」

「大丈夫よ」

私達は微笑み合って腕を組むと、子供部屋に向けて歩き始めた。

【第26話】皇妃になるために

セルミアーネへの譲位が決まると帝宮中が大騒ぎになった。

何しろ皇帝陛下の譲位による上皇への降位、セルミアーネの皇帝即位が同時行われるとんでもないイベントである。儀典を司る部門は大張り切りだし、それ以外の部門もやることはたくさんある。どこもかしこも非常に殺気立っていた。

当たり前だが、セルミアーネの即位に伴って私は皇妃になり陛下と呼ばれる身分になる。

帝国において皇妃は皇帝陛下の配偶者ではあるが、皇太子と皇太子妃の関係とは少し違い、単なる妃の枠を超えた存在である。その政治的権力は皇帝陛下に遜色ないくらい大きい。皇帝陛下不在時には皇妃陛下として単独で政治を動かせるくらいである。この場合皇太子が皇帝代行になるのだが、その際の権限は皇妃が皇帝代行を上回るのだ。

これは帝国の創成期には皇帝陛下も皇太子殿下も戦いの連続で各地を飛び回っていたので、帝都を守り政治を行うのが皇妃だったことによる。その名残で有事には今でも全ての権力が掌握できてしまうのだ。

このため皇帝陛下が不在でない状況でも、不在になった時の備えという名目で、皇妃陛下は皇帝陛下が得られる情報の全てを得ることができ、皇帝陛下が署名する前の法案に目を通す権限を持ち、皇帝陛下に対して「助言」する権限を持つ。立法を司る元老院では単独で議席を持ち、皇帝陛下に対して「反対」と表明することさえできる。

このため皇妃は皇妃室という専用の執務室が与えられ、そこで自分の側近を使って政務を行う。現在の皇帝陛下と皇妃陛下のように、お互いのご関係が非常にいい場合は単純に政務を向き不向きで振り分けるだけだが、過去には仲の悪い両陛下が皇帝府と皇妃室で対立して大変なことになった例もあるらしい。

このように、皇妃室担当の政務はこれ、と決まっている訳ではない。名目上は皇帝陛下と同じだけの執務がこなせなければならない。

そんなこと言われたって、やったことがなければ無理なのだ。皇帝は皇太子時代から少しずつ政務に慣れ自分の側近を作り、即位するとその側近と協力して政務を行う。

ところが皇妃は皇太子妃時代は社交塗れだし政務に関わらないため側近がいない。そんな状態で政務をいきなりやろうとしてもできるものではない。まずは皇帝の側近を分けてもらうか、即位して一から側近を作ることになる。このスタート地点の違いがあるために、皇帝と皇妃には同格に近い権限がありながら、皇帝主導で政務は行われることになる。

おまけに皇妃には社交もある。なかなか政務には集中できないのだ。まぁ、歴代の中にはそこから逆転して、皇帝そっちのけで実権を握った方もいたようだが。

私は別に政務を積極的にやりたいとも思っていなかった。そもそも私には娘も皇太子妃もいないため、社交が私の手を離れてくれない。二人目以降の子作りにも励む必要がある。だからそんなに政務は担えないと思っていた。できてもほんのお手伝い程度になるだろうと。

これはよほどのことがない限り歴代皇妃が同じだそうで、現在の皇妃陛下も私が皇太子妃になるまで政務に集中できる状態ではなかったので、政務はお手伝い程度だったとおっしゃる。

それでも皇妃になれば社交の頻度は下がるので、現皇妃陛下がマルロールド公爵夫人を重用したように、私もエベルツハイ公爵夫人であるお姉様を協力者にして社交界をコントロールする必要があるだろう。私にはほかにもお姉様がたくさんいるので、その後ろ盾になるだけで十分に管理できるだろう。女性社交界を掌握していれば、それは皇妃の強い政治的背景になる。

皇妃陛下は現在まだ軟禁中のマルロールド公爵夫人についてあまり多くは語らなかったが「いいお友達だった」とはおっしゃっていた。私とは全然反りが合わなかったが、皇妃陛下を上と認めて従順に仕え、女性社交界を協力して動かすことについては信頼できる部下であったらしい。その一方で領地では無茶苦茶やっていた訳だが。

ただ、結局は妻が無茶苦茶やっているのを知らずに領地の経営を丸投げしていたマルロールド公爵も悪いのである。そもそもお嬢様である公爵夫人だって領地経営など結婚するまでやったこともなかったのだろうから。

セルミアーネと私が即位するまでにはマルロールド公爵反逆事件の裁判は完了して速やかに処刑や処分が行われる予定である。即位までかかると恩赦の話が出てしまう。こんな大事件で恩赦を与えたら大問題になってしまうので、それは避けたいとのことだった。

一年後に譲位式及び即位式が決まったので、私はその準備と同時に皇妃陛下からの引き継ぎも開始していた。

皇妃陛下はさっきも言った通り、あまり多くの政務を抱え込んではこなかった方だが、それでも振り分けによって独自に行っている政務があった。それを完全に引き継ぐか、皇帝になるセルミアーネに戻すかを考えなければならない。

カルシェリーネが十三歳になり立太子の儀を行うまでは、皇太子が行うべき軍事に関わる業務もセルミアーネが抱えることになるだろう。それを考えると少しでも彼の負担を減らしてあげたいが、私には経験も人材も不足しているからなぁ。

そんなふうにを考えながら、皇妃室に出入りして引き継ぎをやっていると、どうも業務の範囲は広いし、いちいち単位が大きくはあるが、故郷で父ちゃんのことを手伝っていた時にやっていたような業務が多いことに気がついた。

考えてみれば当たり前かも知れない。領地経営の大きい版が国家経営なのだから。そして皇帝直轄地の経営業務は完全に領地経営なので、やっていることはカリエンテ侯爵領とほぼ一緒だ。

私がそう言うと皇妃陛下は目を丸くして驚いていた。領地経営の、しかも実務に携わってきた貴族令嬢など普通はいないからね。

どうやらこれならある程度できそうだとセルミアーネに伝えると、彼はものすごく喜んでいた。彼も皇帝陛下から引き継ぎを受けているのだが、もうどうしようかというほど政務の量が多かったのだという。

私は直轄地経営ならできると伝え、私の皇妃室には直轄地経営のかなりの部分が回されることになった。……マルロールド公爵家と構図が似ているな。マルロールド公爵夫人も最初は、こんなふうに夫を気遣って領地経営を引き受けたのかもしれないわね。


仕事を引き受けたら人材が必要である。新皇帝府には実務に当たる者として皇太子府からそのまま官僚を連れて行くらしい。彼らは元々前皇太子殿下の部下だったそうだが、現在はセルミアーネに心酔していて信頼できる部下なのだとか。

加えて皇帝府では独自に大臣も任命しなければならない。筆頭大臣はカリエンテ侯爵、つまり私の長兄だ。これは皇太子時代からセルミアーネを支援していたのだから決定事項であり、これを持ってカリエンテ侯爵家は侯爵家の序列において一番上になる。これまで五番目だったのだから大出世だ。

私の長姉の夫、エベルツハイ公爵も当然大臣になる。彼は現皇帝陛下の皇帝府でも大臣は大臣だが、マルロールド公爵よりは皇帝陛下の信任が薄く、扱いが低かった。セルミアーネの皇帝府では重視されるだろう。

さらに、エベルツハイ公爵家はセルミアーネが即位しても傍系皇族の地位を維持することになった。マルロールド公爵家がなくなって皇族の数が激減してしまったし、セルミアーネにはまだ成人前の子供が一人しかいない。この状態でエベルツハイ公爵家を降格させるのは得策ではないという判断だ。そのため、貴族序列ではエベルツハイ公爵家は並ぶ者のない一位となり、お姉様はホクホクしていた。

旧マルロールド公爵領はやはりお姉様の次男に正式に与えられることになり、イベルシニア侯爵家として独立した。これによりエベルツハイ公爵家の権勢は増したが、荒廃したイベルシニア侯爵領を立て直すためにエベルツハイ公爵家は多大な支援をしなければならないので、いいことばかりではない。

ちなみに家の序列ではエベルツハイ公爵家のほうがカリエンテ侯爵家よりも上なのだが、大臣序列でカリエンテ侯爵のほうが上になったのは、エベルツハイ公爵がそう申し出たからである。

エベルツハイ公爵領は帝国の南西部国境にあり、法主国の影響下にある国と接しているらしい。現在の関係はそれほど悪くはないが、油断はできない。マルロールド公爵領の有様を見てエベルツハイ公爵は中央の政務よりも領地のことに集中したいと考えたのだそうだ。公爵領は広いからね。

その点、カリエンテ侯爵領はお隣のフォルエバー伯爵領も事実上併合して（三女が嫁に行ったそうだ）平和そのもの。信頼できる代官である父ちゃんに任せておけば領地運営は安心とのことで、カリエンテ侯爵は中央の政務に集中するらしい。


余談だが、私は即位に当たって父ちゃんを子爵にして領地を与えようかと考えて手紙で打診したのだが、断られた。懐かしい字で書かれた手紙には「もう歳《とし》だから」と理由が書かれていた。残念ではあったが、慣れた故郷から離れたくない気持ちは分かるし、カリエンテ侯爵も優秀な代官を奪われても困るだろうと、私はその話を断念した。

それとは別に即位式に招待したいとの打診もしたが、そちらも断られた。カリエンテ侯爵やお父様は説得してくれたらしいが、父ちゃんは男爵であるから資格がないことと、やはり年齢が年齢で長旅がきついからと断ったそうである。

父ちゃん母ちゃんの控えめな性格を知っていれば納得できる話ではあったが、私は非常に残念だった。即位式は口実で、本当は二人の孫に等しいカルシェリーネを抱いてほしかったのだ。


皇妃室の立ち上げには、大臣はいらないが官僚が必要だった。お忍びで出かける時に会っているので、下位貴族には知り合いがいないこともないが、能力が分からない。有能で顔が広い者が手伝ってくれるといいのだが……と考えて、一人思いついた。私は手紙をしたためてその男を帝宮にまで呼び出した。

狩人協会のマスター、ベック。本名はベラスケス・マクラルというらしい――は初めて入った帝宮で顔を青くしてダラダラと汗を掻いていた。平民が帝宮に立ち入ることは普通はできない。まして内城壁を越えるのはよほどのことがないとあり得ない。

私は彼を帝宮本館に呼ぶために、皇太子妃として正式な招待の使者を立てたのである。そんなことをされた平民は前代未聞ではないか。彼は平民の中では上流なので結構上等な服を着てはいたが、さすがに帝宮の格には合わない、かなり浮いていた。

だが私はお構いなしに彼に言い放った。

「あなたを男爵にします。それで私の皇妃室で仕事を手伝いなさい」

「はぁ!?」

ベックは素っ頓狂な声で叫んだ。無作法に私の後ろに立つエーレウラが身じろぎしたが、前もって無礼には怒らないように言ってあるので怒鳴りつけるのは自重してくれたようだ。

「あなたにこの間のお礼をしていませんでしたしね。あなたは直轄地の町や村で顔が利きそうだし、商人とも繋がりがある。私の求める人材に合致すると判断しました。私の仕事を手伝いなさい」

「ま、待ってくれ！　俺にも都合というもんが！」

「次期皇妃からの命令です。聞きません」

と私は強引に彼を男爵にして私の皇妃室の官僚に引き入れた。

ベックはやったこともない政治に関わることにかなり戸惑っていたが、どうやら頼れる人材がいない私の事情を察してくれたのだろう。仕方なさそうに引き受けてくれた。

私は彼に、ほかにも適当な人材を見つけるように頼み、彼は商人や下級役人の有望人材を引き抜いて連れてきたので、私は全員を男爵にして皇妃室の官僚にしてしまった。平民を男爵にするのは皇太子妃ともなれば簡単なのだ。

昨日まで平民だった彼らは目を白黒させながら帝宮に通うようになったが、すぐに慣れるだろう。男爵である官僚は社交の場にに出る訳ではないので無作法はかなり見逃されるし。

こうして私は自分の皇妃室を整えていった。ベックが選んだ人材はさすがに有能で、私を大いに助けてくれることになるのである。

私の大胆な人材起用を聞いて皇妃陛下は仰天したようだが、皇妃陛下も彼らの仕事ぶりを引き継ぎ時に見てその有能さに感嘆したらしい。そりゃそうだ。彼らの知識には血が通っている。お役人一筋の者達とは違う。

ただし、ベック達は最初の頃は本業と兼業だったので、忙しいわ本業関係者に「お、男爵様だ」なんて揶揄《からか》われるわで大変だと言っていたわね。

ベック達を引き入れたおかげで私の皇妃室の立ち上げの目途《めど》は立った。私はセルミアーネが立ち上げ中の皇帝府や現在の皇帝陛下の皇帝府にも通って仕事の引き継ぎを行った。皇妃陛下の受け持っていない範囲まで政務を担当すると決めたからだ。

皇帝陛下は面白がって「なかなか規格外の皇妃が誕生しそうだな」などと言っていたが、私が規格から外れているのはどこに行ってもそうなので今さらだ。

皇帝陛下、皇妃陛下は退位すると上皇様、上皇妃様と呼ばれることになる。歴史上、上皇、上皇妃は何度か存在しているそうだ。概ね、新しい皇帝が若過ぎるとか経験が浅いという理由で上皇が後見するために譲位が行われるらしい。上手く行った例のほうが多いが、皇帝と上皇が対立して大変なことになった例も何度かあるようだ。

経験不足の私達にとって上皇ご夫妻の後見は有難い。ただ、お二人とも年齢が五十を超えているとは思えないほど若々しいので、周囲には「まだそのまま皇帝として皇太子殿下をご教育なさればいいのでは?」という意見も多かった。確かにそれはその通りだと私も思ったので、皇妃陛下に伺ったことがある。すると皇妃陛下はお話しくださった。

「皇帝陛下がお疲れなので、そろそろ解放して差し上げたいのよ」

現皇帝陛下はご苦労の多い人生だったそうだ。前皇帝のご長男として生まれ、武勇の誉《ほま》れ高く、誰にも認められる皇太子でありながら、前皇帝ご夫妻は年の離れた弟宮《おとみや》を溺愛したらしい。弟宮は病弱で武芸はできなかったが頭がよく、弟宮が皇帝になり兄は将軍として国家に貢献したほうがいいのではないか？　という意見も多かったそうだ。私のお父様などはそういう意見だったようだ。

皇帝になったらなったで法主国の度重なる侵攻に苦しめられ、ご長男の戦死という悲劇にも見舞われた。期待をかけていた前皇太子殿下にも先立たれた。さらによりにもよって最も信頼していたマルロールド公爵家の反逆である。

見た目はお元気だが、実際はがっくりお疲れなのだという。なのでこの辺で一線を退いて頂き、お休みして頂きたいのだとか。

そもそも皇帝陛下は武人であり、若い頃には皇帝ではなく将軍のままでいたいと漏らしたこともあるとか。皇帝を退き、責任のやや軽い上皇となれば、害獣退治や山賊退治などに出てもあまり問題にはならないだろう。若い頃のように兵を率いて駆け回る機会を作ればお元気になるのではないかと皇妃陛下は考えているようだった。根が狩人の私には大いに頷ける話だった。

私はお二人になるべく自由な時間を持ってもらえるように頑張ることを決めた。皇妃陛下も幼い頃から厳しいご教育を受けていて、自由な時間などなかった方だろうから。

そんなふうに引き継ぎをしながら皇太子妃としての社交にも励む。マルロールド公爵夫人が失脚した以上、既に私は女性社交界においては並ぶ者のない存在である。皇妃陛下ですらもうすぐ退位なさると分かっているため、私のほうが上の存在として扱われているのだ。全員が私に祝意と敬意を表明し、私ももう皇妃であるかのように振る舞わなければならない。

お姉様方はこれからを見据えて、長姉であるエベルツハイ公爵夫人を盛り立てる姿勢を示していた。公爵夫人は何しろ姉であるし、私もあまり上からは扱えない存在だ。

これで長姉がお姉様風を吹かせるタイプだったら今後の女性社交界の行方が怪しくなるところだったが、この長姉は私が結婚時に帝都に来た時からなぜかものすごく私を可愛がってくれて、私が皇太子妃になってからも不思議と低姿勢なのだった。

何しろ公爵夫人であるしカリエンテ侯爵の第一令嬢だったのでほかの人間には傲慢だったり我儘だったりすることもある方なのだが。おかげで私はこの長姉と非常に上手く行っていた。

ほかのお姉様方も私を助けてくれる姿勢には変わりがなく、その夫も含めてカリエンテ侯爵一族は皇帝セルミアーネの下、大きな勢力を持つようになるだろう。

もちろん、私の実家ばかり優遇したらほかから不満が出てしまうので、その辺の調整は必須である。故郷で子分を率いていた時も、一部を贔屓すると内紛が起きたから、その辺のさじ加減が大事なのは知っている。

◇◇◇

即位式は大式典なので準備は大変だ。なんと即位式のために神殿に新しい社を建てるのだという。この即位の社は造って即位式を行ったら壊してしまうもったいない代物なのだが、どうしてもそう決まっているので必要なのだという。

ほかにも即位式専用の儀礼正装を作製しなければならないし、神具や祭具を作製し、それを持たせる侍女の衣装も必要になる。神殿の神官や巫女の服も専用で、わざわざ全員分を新調させなければならず、その予算は皇帝が寄付するのである。

皇帝府に出入りして皇帝直轄地の管理のために税収やら皇族の貯め込んでいる資産の額だかを見ているので、この程度の出費で皇族の財政が揺らぐものではないと分かってはいても、どうにも無駄遣いに思えてしまうのは私の根が平民だからだろう。

式典のために覚えることもいろいろあり、私は引き継ぎと儀式の準備に大わらわだった。そのため、マルロールド公爵反逆事件の捜査や処分について気にしている場合ではなくなってしまったのだ。そうして事件から半年くらいした頃のこと。

大事件が発生した。

ある日私がまた皇帝府に行き、皇帝陛下の側近の官僚や大臣といろいろ話していた時のことだった。この時セルミアーネは皇太子府で自分の仕事をしていた。

すると、侍従が急ぎ足で入って来て皇帝陛下に書簡を手渡した。次期皇妃と言えど、まだ皇帝陛下の業務全てを知っていい訳ではない。なので私は気にせず持って来てもらった資料に目を通していたのだが、書簡に目を通した皇帝陛下が「何！」っと大声を上げたので思わず顔を上げてしまった。皇帝陛下は滅多になさらないほど驚きの表情を浮かべて硬直していらした。

……なんだろう。

皇帝陛下は額に汗を浮かべるほど狼狽《ろうばい》なさり、私のことを見てさらに考え込まれた後、控えている侍従に命じた。

「急ぎ、皇妃と皇太子を呼べ！」

侍従が慌てて退室して行く。同時に皇帝陛下は違う侍従に大臣を招集するようにも命ずる。皇族一同と大臣を招集するのだ。よほどの事態が起こったに違いない。私は皇帝陛下と共に皇帝府にある会議用の部屋に入った。

しばらく待っていると皇妃陛下が、続けてセルミアーネが入ってきた。ほどなく大臣も勢揃いし、着席する。全員が着席すると、皇帝陛下が重々しくおっしゃった。

「この話は極秘とする。口外しないように」

いよいよ尋常ではない。国家運営業務に関わることは機密が当たり前で、わざわざ改めておっしゃることではない。それをわざわざ念押しするとは。私の隣でセルミアーネが眉を顰めた。

「どうなさったのです？　陛下。何が起こったというのです？」

皇帝陛下は厳しい目でセルミアーネを睨むと、言った。


「マルロールド公爵夫人が死んだ」


は？　私は驚いた。マルロールド公爵夫人はあの事件の最重要人物で、公爵邸に厳重に軟禁されていたはずだ。屋敷の一室に閉じ込められていると聞いていた。

「先日、私が処分を決定し、数日中には処刑されるはずだった」

皇帝陛下が皇帝裁判を行い、あの事件最後の処分として、公爵には自裁、公爵夫人は処刑を命じたのだという。次期公爵を含めた、それ以外の公爵の一族は既に全員処分が言い渡され、既に処刑が終わっていたらしい。私は忙しくて知らなかった。

皇妃陛下が眉を顰めた。

「ということは、処刑で死んだのではないのですか？」

お友達と呼んでいた公爵夫人が死んだのだが、皇妃陛下はまったく感情を表さなかった。

「そうだ。自殺だ」

皇帝陛下がおっしゃり、大臣達が呻いた。これは公爵夫人を悼《いた》んだのではなく、処刑の予定であったのに死なれてしまったことに対する懸念の意味である。皇帝陛下がお定めになった処分を課せなかったことは問題だし、自殺は名誉を守る死に方であるため罪人に許してはならないという考え方もある。警備の者は責任を問われるだろう。公爵本人に下された処分にも影響が出かねない。

「自殺されたのも問題だが、最大の問題はそこではない」

皇帝陛下は苦悩の色も深い表情でおっしゃった。

なんだろう？　何がそんなに問題なのだろうか。処刑できなかったことは問題だろうが皇帝陛下の責任ではないし、死なれてしまったものは仕方がない、で終わりなのではないだろうか？

しかし、皇帝陛下の次の言葉で一部の出席者の顔色が変わった。

「公爵夫人は公爵邸の礼拝堂で死んだ。意味は分かるか？」

皇妃陛下は悲鳴を上げ、セルミアーネも真っ青になる。……私には分からない。

一部の大臣もよく分からなかったような顔をしている。皇帝陛下は続けた。

「公爵夫人は礼拝堂で、全能神に全力で魔力を奉納し、魔力以上の生命力をも全て吐き出して奉納し、生命力の枯渇で死んだ」

……え？　それはつまり？　私にはそれでもよく分からない。

隣に座るセルミアーネが深刻な顔で私に説明してくれる。

「私達が毎日奉納している魔力は、全能神から授けられた、人間が本来なら持っていない分の生命力であることは知っているね？」

そうね。そう聞いている。

「その量は人間が持っている生命力全体の一割か、多い者でも三割ほどだ。つまり君が持っている魔力は君の持っている生命力全部の十分の一くらいでしかない。しかも君が毎日奉納しているのはさらにその中の五分の一くらいだろう」

それは知らなかった。ということは魔力を持たない人間でも魔力に相当する生命力をそれだけ持っているということだ。

「ところが今回、公爵夫人は自分の持っている生命力を全て奉納してしまった。彼女は上位貴族中の上位貴族。魔力も多かった。それを生命力が枯渇するまで全て奉納してしまったんだ。その量は、君が毎日奉納する分の五十倍以上ということになる」

……え？　五十倍以上？　ちょっとそれはもしかして……

「そ、そんなに奉納したらもしかして……まずいんじゃあ……」

「まずい。ものすごくまずい。既に直轄地の魔力は満ち足りていて、ギリギリだった。これ以上奉納すると神獣が出かねないから奉納の量を抑えていたほどだった。そこへそんなに一気に魔力を奉納したら……」

神獣が出てしまう。しかも大神獣が。

さすがの私も「竜が出るかも、狩れるかも！」と喜んでいい場面ではないことは分かった。竜が出て帝都が焼かれたらとんでもないことになる。私は皇太子妃、次期皇妃としてこの問題に対応しなければならないのだ。

確かに皇帝陛下が青くなるのも分かる大事件だった。

【第27話】竜と戦うために

マルロールド公爵夫人自殺の顚末《てんまつ》はこうだ。

先日、皇帝陛下の処刑命令が出され、明日にも帝宮内にある刑場に引き出されて首を刎《は》ねられる予定だった公爵夫人は、その日侍女を通じてこう願い出たそうだ。

「処刑前に全能神に告解を行い、人生への感謝の祈りを捧げたい」

理解できない願いではない。死に臨む時、人なら誰でも神に縋りたくなるだろう。それを聞いたマルロールド公爵は、妻の願いを叶えてやることに決め、屋敷を警備している騎士に相談の上で夫人を部屋から出し、礼拝堂まで数人の騎士が囲んで連れて行った。

もちろん、逃亡や自殺は非常に警戒していた。だが、まさか礼拝堂で生命力を振り絞って死ぬとは予想外だったらしい。なぜか。普通は無理だからだ。

魔力分以上の生命力を放出するのには、想像を絶する苦痛が伴うらしい。セルミアーネは一度、奉納を頑張り過ぎて自分の生命力にまで触れてしまい、苦痛のあまり気を失ったことがあるそうだ。セルミアーネでさえ昏倒《こんとう》する苦痛なのだ。普通は奉納を続行できないのである。

しかし公爵夫人はやってのけた。実家の侯爵家か皇族が残した秘密のやり方があったのではという話だった。

大図書館には魔力の扱いについての秘伝が書き記された本もあるらしく、そこに記してあったのかもしれない。あるいは公爵夫人に意外と根性があり、気合いだけでやり切ったのかもしれない。何しろ幽閉以来、気が触れたようになり、私への怨み言《うら》を延々つぶやいていたらしいから、怨みの力で苦痛を乗り越えた可能性もある。

いずれにせよ公爵夫人はできないはずのことをやってのけ、護衛の騎士が異常に気がついた時には手遅れだった。公爵夫人はものすごい形相で生命力を何もかも奉納し、こと切れた。倒れ伏した瞬間、全身が溶け、黒い液体と化したというのだから尋常な死に方ではない。生命力を完全に失うと身体さえ人の形を保てなくなるらしい。

護衛の騎士から公爵夫人の死に様を聞いたマルロールド公爵は事態の深刻さに即座に気がつき、書面に顚末をまとめて皇帝陛下に届けさせたのだ。マルロールド公爵は陛下から自裁を命じられていたが、一族全員の処分を見届けてから死のうと思ってまだ生きていた。それがこの事件であるから、怒りと絶望のあまり憤死《ふんし》しかねない有様だったそうだ。

マルロールド公爵邸は元々離宮の一つである。場合によっては内宮になる可能性もある建物であるため、立派な礼拝堂が付属していた。この礼拝堂から魔力を奉納できるのは基本的には直轄地で、公爵が祭壇に領地の印を供えた時のみ領地に遠隔奉納できるようになるらしい。

しかしマルロールド公爵は領地を没収されていて、その時に印を返上している。そのため今、公爵邸の礼拝所で魔力を奉納すると、直轄地の地力が上がることになるだろうとのこと。

直轄地は広く、普通なら魔力は常に不足気味なので、魔力の奉納は大歓迎なのだが、私が皇太子妃として奉納し始めてからは奉納過剰気味なのだという。私の魔力が非常に多いからである。自分では分からないのだが、どうやらそうらしい。

皇帝陛下はギリギリのラインを見極めて奉納していらっしゃっていたそうだ。多ければ多いほど地力が満ちて耕地も森も肥えるが、多過ぎると神獣化が起こってしまうからだ。そのため、そこに通常の五十倍もの魔力が奉納されれば、神獣が出るのはほぼ間違いないと考えられた。

どんな神獣が出るかは分からない。歴史上いろいろな動物が神獣化して町や村を襲ったとされるが、その中でも伝説となっている神獣がいくつかいて『大神獣』と呼ばれている。

神獣化は普通、動物がそのまま異様に巨大化するだけだが、稀《まれ》に元の動物とは似ても似つかぬ姿に変態することがあるらしい。もしくは元の生き物などおらず、地力がそのまま生き物の姿を取るのだとも言われている。とにかくなんの生き物だか分からない、生き物とも思えない、とんでもない神獣。それが大神獣だ。

例えば、火の鳥と呼ばれる大神獣は、翼長二十メートルにもなるという全身が炎で包まれた鳥で、しかもその口から炎を吐くという滅茶苦茶な生き物である。これが百年くらい前にどこかの領地で出た時には、火の鳥の消滅までに三つの町が灰燼《かいじん》に帰したらしい。

あるいは三百年前に出た大白虎《だいびゃっこ》と言われる体長が十メートルもあったという巨大な白い猫っぽい大神獣は、騎士団の方陣を片手で跳ね飛ばし、城壁都市に乱入して火を吐き破壊の限りを尽くしたそうだ。あのばかデカいキンググリズリーの攻撃を跳ね返した騎士の方陣でも防げない攻撃ってどういう威力なんだろう。

城亀《しろがめ》と呼ばれた体長三十メートルという、もはや建造物レベルの大きさの亀は、その図体《ずうたい》でありながら一日に数十キロメートルを移動し、その間にあるものを何もかも踏み潰し蹂躙した。おまけにこいつも火を吐く。二百年ほど前に出現した時には、南部にあった侯爵領一つを完全に壊滅させ、砂漠にしてしまった。未だにその砂漠は回復し切れていないのだという。


そして、大神獣の中でもっとも出現例が多いのが竜である。出現例が多いからといって軽々しく扱えるような存在では無論ない。むしろ出現例の多さから最もよく知られ恐れられている大神獣である。

見た目は大きなトカゲだが、大きさが頭の先から尻尾の先まで二十メートルくらいもある。そして背中には大きな翼が生え、なんと空を飛ぶ。頭には二本の大きな角まで生えている。明らかにトカゲではない。

空を飛んでやってくると、火を吐いて町や村を焼き尽くす。なぜだか知らないが。大神獣は必ず人家を襲うのだ。人を食べるところは目撃されていないので、別に食料を求めてのことではないらしい。

大神獣が大暴れするとその地域の地力が激減し、回復するのが大変らしいのだが、これが人家を襲うことと関係があるのではないかと言われている。人が住んだり耕したりすると地力が僅かに増えるらしいので、回復させないために人を減らしたがるのではないかというのだ。

竜は過去何度も現れたことがあるので、騎士団ほか領地の私兵などが戦った例があるのだという。私も故郷で吟遊詩人から竜殺しの狩人の詩歌を聞いて竜のことを知ったのだ。では竜は討伐可能なのかというと、どうやらここ数百年で確実に討伐されたと確認できる例はないらしい。いくつもある竜殺しの伝説は嘘。空想話だろうとのこと。

何しろ大白虎と同じで竜には騎士団の攻撃は通じず、逆に竜の攻撃は騎士団の方陣を崩したとのこと。おまけに竜は飛んで火を吐くから、まともに攻撃できた例のほうが少ない。攻撃力は圧倒的で、一つの街を半日で灰にした例もある。

結論として、大神獣が出たら逃げる、隠れる、やり過ごす以外の方法はないとのこと。大神獣はその身に取り込んだ地力を使い果たせば消滅するので、それを待つしかないのだという。

私の性格的にも狩人としてのプライド的にもそんな消極的な方法は嫌だが、実際問題として大神獣に対する有効な攻撃方法を知っている訳でもないので異議も唱え難い。皇帝の御前会議では調査のために直轄地各地に兵を派遣し、早急に大神獣を発見すること、各領主に最大限の警戒を呼びかけることだけが決まった。

大神獣が出なければよし。出たら迅速に襲われそうな町や村から民衆を避難させる。逃げ回って消滅を待つのだ。

私は作戦に不満ではあったが、黙っていた。しかし離宮に帰るとセルミアーネに念を押されてしまった。

「ラル。絶対に大神獣を追いかけに出てはダメだからね」

「……私、そんなに無鉄砲に見える？」

「見える。会議中も神獣の説明を聞く度にウズウズしてたし、消滅を待つという結論にものすごく不満そうな顔をしていたじゃないか。絶対に飛び出して行ったらダメだよ」

分かってるわよ。さすがに皇太子妃かつ半年後には皇妃になる身で、しかも一児の母なんだから、身一つで飛び出しては行けないことぐらい。まして大神獣の位置も分からず勝てる算段もないのに飛び出しても仕方がない。だから言われるまでもなくそんな気はない。

だがしかし、私は気になっていたことをセルミアーネに聞いてみた。

「でも、ミア。やり過ごすのはいいんだけどさ」

「うん？」

「帝都が襲われてもやり過ごすの？」

セルミアーネが絶句した。

え？　もしかして考えてなかった？　その顔はそんなことはあり得ないと思ってた顔だよね。でも、帝都で過剰魔力の奉納が行われたんだったら、素直に考えたら大神獣は帝都を襲うんじゃないかしら。

セルミアーネ曰く、帝都が大神獣に襲われたことは歴史上一度もないらしい。ただ、過去には十万人規模の侯爵領の領都が襲われたこともあるので、帝都が襲われてもなんの不思議もないそうだ。だがしかし皇帝陛下もセルミアーネも、これまで帝都は無事だったのだから今回も無事なのではないかと漠然と考えていたらしい。帝都は全能神のご加護が篤《あつ》い都市だという思い込みもあるのだろう。

「確かにその可能性は考えておくべきだね」

「さすがに帝都からは逃げられないわよね！　じゃあ、戦うしかないじゃない！」

私が思わず目を輝かせると、セルミアーネが頭が痛そうな顔で首を横に振った。

「いや、戦いになる訳がない。その時は帝国が滅びる時だよ」

各地に兵が派遣され、調査が行われたが、半月ほどはなんの音沙汰もなかった。大神獣が必ず出るとは限らない、もしかしたら公爵夫人の奉納した魔力はそんなに多くなかったのかもしれない、もしかしたら違う神に奉納したのでは？　などという予測もされた。

公爵夫人が死んで一週間後。マルロールド公爵が処刑された。皇帝陛下は判決を変えるつもりはなかったそうだが、マルロールド公爵本人が「度重なる不祥事を妻が起こしたのに、陛下の慈悲に甘える訳にはいかない」と泣きながら処刑を願ったのだそうだ。

上位貴族の間にも示しがつかないと処刑を求める意見が強く、結局皇帝陛下も処刑を命じるしかなかった。これでマルロールド公爵家は消滅し、問題は公爵夫人の置き土産だけになった。

◇◇◇

公爵夫人の死から一ヶ月。季節は夏から秋になりつつあった。ここまで大きな異変はなく、即位式に向けての準備が佳境に入ったこともあり、私は正直、大神獣が出るかもしれないという話は忘れかけていた。

皇帝陛下もセルミアーネも、取り越し苦労で済んだか、とやや安心し始めていたそうだ。

しかし、それはある日突然起こったのである。

私はその時、離宮区画でお茶会をしていた。上位貴族夫人七名とのお茶会で、ヴェルマリアお姉様もいらっしゃった。和やかにお話ししていたら、不意に「ドーン」と遠雷《えんらい》のような音が聞こえた。

「あら？　何かしら？」

ヴェルマリアお姉様が言ったので、私の聞き違いではないようだ。

「雷、とは違うような……」

「なんでしょう？」

ご婦人方は不思議がったが、正体の分からないことを気にしても仕方がないと、お茶会に戻った。私も晴れでも雷は鳴るものだしね、とあまり気にせずお茶を飲んでいた。

だが、お茶会を終えて離宮に戻り、執務用の少しキチッとした服に着替えて皇帝府に行くと、大騒ぎになっていた。皇帝府には既に両陛下とセルミアーネがいて、青い顔をしていた。驚く私にセルミアーネは「最悪の予想が当たった」と言った。

「竜が帝都の西部に現れた」

なんと恐れていた通り大神獣である竜が、帝都の西部、城壁を襲ったのだという。そして城壁を体当たりで吹っ飛ばし、帝都に侵入して炎を吐き、近辺を焼いたが、なぜかそこから帝都内部に突き進むことなく帰って行ったのだという。

おそらく私がお茶会の時に聞いた遠雷は、竜が城壁を吹っ飛ばした時の音だったのだろう。

被害は甚大で、帝都を守る大城壁は竜の体当たりによって大穴が開き、炎を叩きつけられたその辺りは大火事になっているという。

ただ、幸いなことに帝都西部は数十年前に城壁を大規模に広げた区域で、まだあまり人が住んでおらず、数少ない住人も真昼間で帝都中心部の工房や商店に出勤している人が多かったために人的被害は少ないのではないかとのことだった。これが家屋が密集している南東部だったら、こんなものでは済まなかっただろうという。

急いで兵士を派遣して消火と被害者の救出に当たらせているが、何しろ竜がいつ戻ってくるか知れたものではない。ビクビクしつつの作業になるので遅々として進まないのだとか。

大変じゃないの！　うかうかしていたら人口密集地にまで火が及ぶかも知れない。一刻を争う事態だ。

私は提案した。

「兵士達を安心させるために、現場の警備に騎士団を派遣してはどうでしょう。騎士団がいてくれれば竜への恐怖もいくぶん薄れるでしょう?」

兵士達は騎士団の強さをよく知っているからその信頼感は絶大だ。しかしセルミアーネは首を横に振った。

「それは、ダメだ。ほかの場所に竜が現れた時の対応のために、騎士団は動かせない」

「現在最優先すべきは現場の消火と救出ではないですか。ほかに出たらそれはその時考えればいいのです。それと、帝宮の侍女や侍従で精霊魔法が使える者を消火救出に当たらせましょう」

「なんだって？」

帝宮の侍女のうち魔力のある者の中には、水を操る魔法が使える者がいる。何度か見たが、かなりの量の水を運べるようだった。あれなら火事の消化に役立つのではないか。

「とにかく、今は消火と救出に全力を尽くすべきです！」

私が強く主張した結果、騎士団の派遣は認められたが、侍女達の派遣は、侍女達にはそんな大きな魔法は魔力が足りなくて何度も使えないとのことで却下された。

むぅ、なら魔力の多い私が行って大魔法を使えば……まぁ、使ったこともないのに無理だよね。

騎士団が城壁で竜を警戒していることに安心した兵士達はようやく集中して消火救出活動に従事できるようになり、夜半にはなんとか消火に成功したようだ。まだあまり建物がなかったのが幸いした。これが建物が密集している区域であったら……。

私はベック達側近を呼び寄せた。彼らは帝都市街に住んでいる。帝都の状況を知るにはもってこいだ。

案の定、帝都は大騒ぎになっているそうだ。夜だというのに街路には帝都を逃げ出そうとする連中が溢れているらしい。逃げる当てのある者はいいが、逃げる場所がない者のほうが多い。

彼らは混乱し、絶望し、パニックに陥りつつあるそうだ。それは困る。混乱が大きくなり、暴動が起これば、竜の対処に集中できなくなってしまう。

私は皇帝陛下とセルミアーネの許可をもらい、帝宮の塔に登った。夜なので松明《たいまつ》を何本も立てさせ、侍女に光の精霊魔法を使ってもらい塔の周囲に光を舞わせ、注目を集める。

何事かと驚く帝都の市民に向け、私は語りかけた。風の精霊魔法を使ってもらい、私の声を増幅して市民に聞こえるようにした。そのために魔法が使える帝宮の侍女を何人か連れてきていた。朝の抜け出しの時にこっそり魔法を使って楽をしていた侍女を覚えていたので指名して呼び出したのだ。

「皆、落ち着きなさい。私は皇太子妃ラルフシーヌ。全能神の愛し子にして、この世における全能神の代理人たる皇帝陛下の代わりとして、皆に伝えます」

皇太子妃が帝都市民の前に現れることなど滅多にないし、語りかけることなどこれが初めてだろう。市民は驚き、何事かと注目してくれた。私は塔から身を乗り出すようにして、より私の姿が市民から見えるようにした。

着てきたドレスは夜でも見えるように明るい黄色。注目を集め、混乱を忘れさせてパニックを収めるのが目的だ。光の精霊を身に纏わりつかせ、松明の光も浴びる私は過去最高に目立っているだろうね。

「全能神と皇帝陛下が必ず皆を守ります。無敵の帝国騎士団が、帝都を守ります。あなた達は何も心配することはありません！」

大嘘である。しかしながら嘘も方便。とにかく市民を安心させなければならない。見ていると、眼下の市民の動きが徐々に落ち着き、パニックが収まって行くのが分かった。よしよし。

「帝都には全能神のご加護があります。邪悪な竜などに全能神のご加護が破れるはずがありません。皆、全能神に祈りを捧げましょう。天にまします全能神よ。我の願いを聞き届けたまえ。我の願いを叶えたまえ。帝都を邪悪な竜より守りたまえ。帝都に平安を与えたまえ。神よ、帝国を救いたまえ」

私が祈ると、市民が次々と跪き、神に祈り始めた。すっかり混乱が収まったのを見て取った私は続けて言った。

「市民の皆に告げます。これから帝宮の門を開きます。希望する者は帝宮の中に避難しなさい。ただし、荷物の持ち込みは認めません。身一つで避難する者のみを受け入れます。食料は支給しますが、酒はありませんよ？　それでよければどうぞ」

歓声と笑い声が起こる。私が手を振ると、「帝国万歳！」「皇太子妃万歳！」の声が起こった。もう大丈夫だろう。私は急いで塔を降りた。勝手に約束してしまった帝宮への避難民受け入れを手配しなければならない。

セルミアーネにお願いする。

「身一つで逃げられるのは財産のない庶民だけだから、それほどは来ないわ。食料は備蓄があるはずよね」

勝手に約束してきた私にセルミアーネは頭の痛そうな顔をしていた。私は説得する。

「庶民がパニックを起こしたら、竜との戦いに集中できなくなる。隔離した方がいいわ」

セルミアーネは一応納得して受け入れ準備を官僚や兵士に命じてくれた。帝宮は広いので、避難民を数日置いておくことぐらいはできるだろう。

いざとなれば帝宮の中に身一つで逃げられる、と帝都市民が思えることが大事なのだ。竜が襲来した時に逃げ場を失ってパニックにならないし、帝国はいよいよという時には自分たちを保護して守ってくれると考えてくれれば暴動も起こるまい。

結局、帝都市民の二万人ほどが帝宮に避難してきた。思ったより少ない。やはり少しでも財産がある者は避難しにくいのだろう。実際にまた竜の襲撃があれば増えるだろうが、ひとまず帝都の混乱は収まったようだ。足下が騒いでいたらまともに戦えない。

帝宮に市民を避難させることについて、貴族である官僚達は理解できないという顔をしていたが、私は構わなかった。大事なのは竜に勝つことだ。

だが、どうやら竜に勝とうと思っているのは私だけのようだ。真夜中に開催された御前会議は沈痛な空気に包まれていた。私は憤慨した。

「帝都から逃げる訳にはいかないのですから、戦うしかないでしょう！　皆様いい加減覚悟を決められませ！」

「しかしですな、妃殿下。竜に勝てるはずがございません。ここは一時、皇族方々と上位貴族は帝都から避難したほうが」

　私は本気で怒った。

「民を見捨てて逃げようとは、それでもあなた達は誇りある帝国貴族なのですか！　恥を知りなさい！」

　目を赤く光らせて吠《ほ》える私に大臣達がのけぞる。

「全能神と地を繋ぎ豊穣《ほうじょう》をもたらすのが皇族の役目であり、帝国を運営するのが貴族の役目であっても、国を形作っているのは民です。国民です。それを捨てては国が成り立たなくなります。ましてここは全能神との約束の地、帝都ではありませんか。ここを捨てなどしたら全能神はきっと我々にご加護をくださらなくなるでしょう」

　私の熱弁に皇帝陛下も頷いてくださった。

「確かにそうだな。私は皇帝として帝都は捨てられぬ。帝都の民もな。勝ち目はなくとも戦わねばならぬ時はある」

　さすがは皇帝陛下。私は嬉しくなった。

「大丈夫です。陛下。竜も生き物なれば必ず倒せます。私が倒します！」

「本音が出ておるぞ」

皇帝陛下が苦笑されたが構わない。そう。帝都の民を守りたいのも本当だが、何よりもあんな巨大な獲物を前にして戦わずして逃げるなど私の狩人としての誇りが許さない。何しろ伝説上の大神獣なのだ。そうそう出現されても困る代物なれば、今後もう出くわさない可能性のほうが高いだろう。千載一遇のチャンス。こんな機会を逃してなるものか。

だがしかし、竜の攻撃力、防御力が圧倒的なのは確かなのだ。何か方法を考えなければなるまい。ただ闇雲に突っ込むのは賢い狩人のやることではない。狩人は獲物の動きを読み、先に動き、罠に嵌《は》め、そして完全に優位な状況を作って獲物を仕留めるのだ。竜を狩る方法を何か……。

私は考え、ふと、昔セルミアーネが言ったことを思い出したのだ。

「ミ……皇太子殿下。殿下は前に、竜を狩るには魔法が必要だとおっしゃいましたよね？」

私が問うと、セルミアーネは驚いた様子を見せた。

「よく覚えていたね……。おとぎ話に近いが、初代皇帝は竜を倒したという伝説があるんだ。その伝説には竜を魔法で倒した、という話があった。真偽のほどは定かではないけど」

むむむ、いや、それは大ヒントなのでは。竜を倒した初代皇帝は魔法を使った。本当か嘘か分からないとはいえ、何しろ貴重な討伐成功の証言だ。おまけにおそらくここ何百年かは誰も魔法を使って竜と戦っていないと思われる。試してみる価値はあるのではないか。

ただ、戦ったのは全能神から魔力を授けられた初代皇帝だ。魔力は後天的に多くなる場合もあるようだが、基本的に初代皇帝の血を濃く継いでいたほうが多くなる。ということは祖である初代皇帝は最も多い魔力を誇っていたことだろう。

その初代皇帝が使った魔法なのだから、帝宮の侍女が使っているような小魔法ではなく、もっととんでもない大魔法だっただろうと思われる。竜を倒すためには初代皇帝陛下とは言わないまでも、もっと強い魔法を魔力をたくさん持った者に使わせる必要があるだろう。


……方法は一つしかない。


「高位貴族に戦闘に参加してもらいましょう」

「は？」

皇帝陛下、皇妃陛下、セルミアーネを始め、出席者が目を丸くした。

「竜を倒すには大魔力が必要です。大きな魔力を持つ高位貴族に魔法を使ってもらいます」

「お、お待ちください妃殿下！　た、戦うと言っても、上位貴族は戦う訓練などしたことがありませんぞ！」

私は考えをまとめつつ言った。

「もちろん、剣を持って戦うのは騎士の仕事です。高位貴族は後方から魔法を使ってもらいます。高位貴族なら領地への魔力奉納で魔力の放出には慣れているし、あとは力をお借りしたい精霊や神にお願いするだけですから、お祈りと同じでしょう。高位貴族なら魔力の使い方の勉強は一応するのですよね？」

魔法も子供の頃に少し使えるよう訓練しているはずだ。魔力がもったいないのと、上位貴族が魔法を使うのは上品でないと考えられているから使わないだけで。

「まず、騎士の攻撃力、防御力を高めるために、剣の神と鋼の神に力をお借りし、風の神に祈念して竜を飛べなくしたり、雷の神にお願いして竜に雷を落としてもらうとか、土の神に城壁を固くしてもらうとか」

「お、お待ちあれ妃殿下。後方とは言っても……」

「黙りなさい！　皇帝陛下も私も帝都から引かずに戦うと決めました！　それなのに上位貴族は屋敷で隠れて震えているというのですか！　帝都が敗れれば全員竜の劫火で焼かれることになるのです！　それが嫌なら戦いなさい！」

するとエベルツハイ公爵がガッと立ち上がり私に向けて宣言した。

「私も妻も、皇帝陛下に従い、妃殿下のおっしゃる通り戦います！」

続けて長兄であるカリエンテ侯爵も立ち上がり言う。

「妃殿下のおっしゃる通り、どうせ戦わねば帝国は滅びるのです。我が家は妃殿下と一蓮托生《いちれんたくしょう》。やりましょう！」

次代の帝国貴族最上位の二人が宣言したのである。ほかの者も積極的にではないが参加してくれるだろう。

私はセルミアーネを見た。セルミアーネは私のことを冷静な目でジッと見ていたが、やがてコックリと頷いた。

「他人の魔力で騎士団の戦闘能力を底上げできるかはやって見なければ分からないが、やってみるしかないな。今のままでは勝てないと分かっているのだから」

よし！　夫の同意を取りつけたぞ。私がぐっと拳を握っていると、皇帝陛下が立ち上がり、なんと私達に頭を下げた。一同が仰天する。皇帝陛下が家臣に頭を下げることなど普通はない。

「皆の決意と勇気に、礼を言う。ありがとう。帝都を、帝国を守るために、戦おうではないか。私と、皇太子が陣頭に立つ。必ずや全能神は我々をお守りくださるだろう。天にまします全能神よ。我らに勝利を与えたまえ。帝国に勝利を与えたまえ」

「帝国に勝利を与えたまえ」

出席者一同が唱和する。こうして、帝国貴族界が総力を上げて竜を迎撃することが決まったのであった。

【第28話】竜との決戦

皇帝陛下は兵士を動員して、全員を帝都城壁に登らせ、竜の接近を監視させることにした。夜のうちに兵士は城壁に駆け上り、かがり火を焚いて闇に目を凝らした。

前回の襲来時には竜は突然上から舞い降り、着地すると城壁に体当たりし城壁をふっ飛ばし、歩いて中に入ったらしい。なんだろう。せっかく飛んでいたのなら飛んで入ればよかったのに。何か飛んで入れない理由でもあったのかしら。ほかの都市を襲った記録では城壁を飛んで越えて入った例もちゃんとあるらしいのに。

セルミアーネは大図書館で竜についての情報を集めさせているそうだ。結構詳細な襲来の記録もあるらしく、細かく調べると言っていた。もっとも、そんなに時間はないと思うけどね。

私の勘では、前回の来襲は竜としては失敗だったと思っていると思うのだ。竜に思考能力があればの話だが。

これは熊や狼《おおかみ》、ヤマネコなんかの話だが、ああいう害獣はものすごく獲物に執着する。例えば襲った獲物に逃げられた場合、執念深く追跡して何度も何度も襲うのだ。熊が村を襲った場合などは要注意で、去ったと思って安心しているとまた何度でも襲ってくるのだ。村が全滅するまで。

竜が同じような習性で、帝都を獲物と決めたのなら、何度でも襲ってくる。もしかしたら今すぐにでも。

ただ、セルミアーネの調べた範囲では、竜が夜襲をかけてきた例は見当たらなかったとのこと。逆に大白虎は、夜襲しかしないという話だった。

じゃあ、竜は昼行性で大白虎は夜行性なのね。害獣で昼行性の生き物はむしろ珍しいわね。熊も狼も夜にも動くから。何か理由があるのかしら。例えば鼻が悪いとか。鼻が利かず目に頼る生き物は昼間に行動したがる。

体形が少し似ているトカゲは確かに昼に動く奴が多いはず。大きな奴は特に。なぜならトカゲは寒いのが苦手で、身体を温める日光を好むからだ。

寒いのが苦手なら、氷の精霊に頼んで凍らせてもらうのはどうかしら。火はダメねきっと。なにせ奴は火を吐く。自分の毒で死んでしまう間抜けな生き物はいないと思うわ。

こんな感じで私は一生懸命に竜について想像を巡らせていた。実際には見てみなければ分からないが、それでも未知の獲物を狩る時にはこの想像、空想というのは非常に大事だ。

いろいろな事を想定して、現場で獲物を見ながら徐々に習性や弱点を洗い出し、想定していた場面に当てはめる。今回はやり直しがきかない一発勝負だ。いくら考えても考え足りるということはない。

私は考えながら侍女に鎧を身に着けてもらう。出陣の儀式の時にも着た、儀礼用の華麗な甲《かっ》冑《ちゅう》だ。皇太子妃仕様なので華美な金色に皇太子・皇太子妃を表す濃い桃色の紋様が描かれていてあまり実用的ではない。

だが、竜退治に出るにあたって、この甲冑をどうしてもと侍女達に押し切られて着ることになった。以前御前試合で着た鎧でいいと言ったのだが「妃殿下が妃殿下としてご出陣されるのにあんな地味な鎧は許されない」と反対されたのだ。

まぁ、味方に対する士気高揚の意味で一目で皇太子妃だと分かるのは大事ではある。

何しろ、今回皇帝陛下は騎士団の一隊を率いて竜と直接相対されるし、もう一隊はセルミアーネが率いる。そして、私は弓部隊や兵士達を指揮し、なんと皇妃陛下も前線に出るのだ。皇妃陛下は城壁上で上位貴族達の魔法を指揮するのだという。

皇妃陛下の出陣にはさすがに驚き、私は止めた。いや、魔法部隊の指揮は私がやるから、と言ったら皇妃陛下はものすごく怒った顔で「あなたは魔法のことをなんにも知らないでしょう！私が適任です！」と叱られた。もっともではある。

「それに皇帝陛下、セルミアーネ、あなたまで前線に出るのに私だけ隠れてはいられません。帝国の存亡が懸かっているのです。私だって皇妃ですからね」

上位貴族は夫人を含めかなりの数の者が協力してくれた。彼らとて帝国の貴顕として帝国の危機には戦うという気概を持っているのだろう。まぁ、実際に竜を目にした時にどれほどの人数が腰を抜かさずにいられるかは未知数だが。

中でもお兄様・お姉様は真剣だった。「竜を倒さないと、せっかくそこまで来ているカリエンテ侯爵家栄光の時代が来ないじゃないの！」とのことだった。まぁこれ乗り越えないと私が皇妃になる未来も来ないものね。

夜のうちに騎士達に、鋼の神や土の神に念じて魔法をかける実験をやってみたところ、確実に効果があるとのことだった。これは大発見だと神殿の神官や司祭達が大騒ぎしているらしい。セルミアーネは、騎士団の戦闘力を上げる魔法に必要な神様を探し出すことを大神殿に命じた。

ただ、実験した範囲ではものすごく魔力が必要らしく、上位貴族が二人がかりで祈って一回しかできないらしい。しかも攻撃も防御もそれが効果を発揮するのは二度か三度で、その度ごとにまた二人がかりで神に祈らなければならない。

騎士団は集結し、知らせがあったらすぐに駆けつけられるようにしておく。協力してくれる上位貴族は各自馬車を用意し、同様に駆けつけることになった。

間に合えばいいが、と心配しているセルミアーネに私は言った。

「大丈夫よ。前回と同じように飛ばずに入るなら、少し足止めできるものを城壁の各所に配置しているから」

セルミアーネが驚いた顔をした。

「いつの間に。というか、何を用意したんだい？」

大したものではない。

「煙幕よ。あと悪臭がする粉」

「……そんなものが効くのかい？」

「生き物なら効くわよ。絶対。竜が生き物じゃなかったらダメだけど」

生き物であれば大体は目と耳と鼻で位置や方向を見極めているはずだ。特別な器官を持っている生き物も中にはいるが、完全に目・鼻・耳に頼らない生き物はあまりいないので、煙幕、鼻潰し、騒音は基本どんな生き物にも効く。まして昼に現れて空も飛ぶ生き物であれば、目・鼻・耳がないはずはない。

そう考えて、小麦粉と石灰と硫黄とそのほか悪臭がするものを混ぜた目くらまし及び悪臭の元を大至急作らせて、袋詰めして帝都城壁各所に配ったのだ。

材料は市街でたくさん使うものだったのですぐできたし、市街の人々が協力してくれた。配りに行くのは帝宮に避難していた市民が買って出てくれた。

これを投げつけて、あとは狩人が竜に大きな音が出る笛矢を放って耳を狂わせれば、足止めくらいはできるだろう。できなければ竜は何か特別な器官に頼って動いているということになり、攻略の一つの材料にできる。

できれば城壁で足止めして帝都の中には入れたくない。炎を街に吐かれたら消火に人手を割かなければならないからだ。城壁外で決着をつけたい。

そろそろ朝である。私はすっかり鎧を着込んで出発の準備を整えていた。

セルミアーネは既に騎士団を率いて城壁の外にいる。竜が西から現れたのに理由があるなら、また西から現れるだろうとの予測を元に西の城壁外に。もしも予測が外れても騎馬で城壁の外を走って駆けつける。私はこれから城壁に登り、城壁上から迎撃の指揮を執る予定だ。

その前に――。私は子供部屋を訪れた。まだ暗い時間なのでもちろんカルシェリーネは起きてはいない。ベビーベッドに収まってすやすや寝ている。乳母がものすごく緊張した様子なのを笑顔で安心させ、私はカルシェリーネの頬に手を触れて言った。

「あなたの未来と帝国を守ってきますからね。勝利を祈って待っているのですよ？」

西の城壁に登ると、朝日が帝都の市街を染め始めていた。壮麗な帝都。そう。成人のお披露目の時、西の門から入って目にした帝都の景色がこれだったなぁ。

今は真っ黒に焦げて煙を上げている地域にも建物があったのだ。胸が痛む。皇太子妃として不甲斐ないと思う。ほかの地域とそこに住む人々は必ず守らなければならない。

城壁上にはかなり多くの兵士と兵士以外の市民がいた。たくさんのかがり火が立ち並び、一抱えあるような煙幕と鼻潰しの入った麻袋がほうぼうに積まれている。ちなみにこれの制作費用と運搬費用は私の個人予算から出る。足りなくなったら手持ちの宝石を売るから大丈夫でしょ。

直接攻撃は竜に効かないのだから一般兵士にできるのは嫌がらせくらいだ。だが、嫌がらせで足を引っ張ることができれば有利になる。

陽《ひ》が背後の市街の方向から昇り、空がだんだん青くなってきたくらいの時間だった。突然「敵襲!」の叫び声が聞こえた。反射的にその方向を見ると、のろしが上がっていた。かがり火に入れると色つきの煙が上がる石のようなものを兵士は皆携帯している。竜が出たらすぐにそれをかがり火の中に投げ入れてのろしを上げることで、周囲に襲来がすぐ分かるようにしてあったのだ。

のろしが上がった方向は少し南のほう。帝都の南西部だ。そんなに遠くない。私は護衛の騎士数人と共に城壁の上を駆け出した。

近づくにつれ兵士達の叫びと何やら甲高い金切り音のような吠え声のような音が聞こえてき

た。「妃殿下！　あまり近づいてはなりません！」と護衛の騎士に言われ、私は急停止してそこから狭間《はざま》越しに城壁の外を見た。……真っ白だ。そしてものすごく変なにおいがする。一瞬驚くが私が作らせた煙幕だと思い出す。

目を凝らしていると、不意に煙幕を突き破って何かが飛び出してきて城壁の外壁に激突した。城壁は石積みだ。その石が剝《は》がれて吹き飛んだ。城壁自体も大きく揺れる。あれが、竜か。

「状況は！」

私が叫ぶと報告に来ていた兵士が直立不動で叫び返す。

「竜が突然現れ、着地後城壁に接近してきましたので、煙幕を投げつけましたところ、ずいぶんと効果があるようで、その場で暴れ出しました！」

よしよし。やはりあいつは目なり鼻なりに頼っているのね。やっぱり図体は大きいが生き物なのだ。生き物は死ぬ。仕留められる。自然の摂理だ。

狩人達も到着して、笛矢を次々と放ち始めた。竜の耳がどこにあるかは知らないが、生き物を混乱させ方向感覚を狂わせるのに大きな音以上のものはない。これで時間を稼いでいるうちにそれほど離れていないところに待機しているはずの騎士団が来て、上位貴族も集合してくるだろう。それからが本番だ。

と、その時空気が動いた。ぐわっと空気が渦を巻き、うねり、それから城壁の外から暴風となって吹きつけてきた。うわ！　私は慌てて身体を伏せたが、城壁から身を乗り出していた者が何人も吹き飛ばされる。城壁は十メートル近い幅があるのでかろうじて反対側に落ちることは避けられたようだが、胸壁に激突して呻いている。

私は狭間から城壁の外を見た。竜が背中の翼を羽ばたかせて煙幕を吹き払ったらしい。

ちっ！　あいつ、なかなか頭がいいわよ。

私はここでようやく竜の全身をくまなく見ることができた。

確かに大きなトカゲだと言えなくもない。ただ、やはり明らかにトカゲではない。

大きさは体長がおそらく十七から八メートル。四足歩行をしているが、前脚は少し手を地面に触れているだけのように見えるから後ろ脚で立つのではないだろうか。細長い頭から長い首、胴体は流麗な曲線を描いていて、優美な長い尻尾に繋がっている。

鼻先に長い角と、後頭部に後ろに向けて伸びる二本の角があり、背中には今は大きく広げられた翼がある。翼は蝙蝠《こうもり》の羽のような感じで骨の間に皮膜があるようだ。

全身は白金色の如何にも硬そうな鱗《うろこ》で覆われていて、あれでは普通の剣も矢も通るまい。鋭く威厳のある目は赤く、怒りに燃えているように見える。

なるほど、大神獣と呼ばれるに相応しい威容《いよう》だ。今は四つ足状態だから城壁上よりも低い位置に頭があるが、立ち上がったら城壁上に頭が出るだろう。そこで火を噴かれたらまずい。私は命じた。

「怯《ひる》むな！　何度でも煙幕をぶつけなさい！　騎士団が来るまで時間を稼ぐのよ！」

兵士達がずた袋を持ち上げて次々に竜に向けて投げ落とす。数発が命中して竜に白い粉がかかり、辺りが白くなり悪臭が立ち込める。しかし竜はすぐさま翼を振るって煙幕を振り払ってしまった。

やはり相当頭がよくて学習能力が高い。同じことは何度も通じないようである。やはり騎士団を待つしかない。上位貴族達の馬車はもう貴族街を出ただろうか。

その時、竜がくっと顔を上げた。首を伸ばし胸の部分を膨らませ始めた。胸の部分を覆っていた大き目の鱗が割れ、何やら赤い袋が出て来てだんだんと膨らみ始める。あ、これはまずい。

「全員、退避！　急いで！」

私は言うが早いか護衛を置き去りにして城壁上を全力で走った。と、ゴウッと音がしてものすごい熱気と熱風が吹き荒れた。

私は転げるようにして城壁上に伏せる。あちちちち！　鎧が一瞬で熱くなるくらいの熱量だ。城壁上に立てられていた旗が瞬時に燃え、かがり火がバッと一瞬で燃え尽きる。煙幕の入った袋も硫黄の焼ける臭いを残して燃え尽きた。

竜が炎を吐いたのだろう。凄まじい熱量だ。直接浴びたら骨も残るまい。

私は城壁の外がどうなっているかと立ち上がって狭間の外を覗き込んだ。

竜は炎を吐き切ったようだ。奴の前の城壁は溶けた鉄のような色になっている。

その時、私は竜の後ろから接近してくる騎馬の集団に気がついた。

「攻撃！」

セルミアーネの号令と同時に騎士団が突撃する。そして炎を吐くために腰を落としていた竜の背中に向けて一斉に槍を突き出した。

竜が金切り音のような悲鳴を上げる。なんと竜の硬そうな鱗を貫いて、攻撃が届いたようだ。

「おお！　効いたぞ！」

城壁から見ていた兵士達が歓声を上げる。

竜は騎士団に目標を変えたらしく、身体を反転させようとしたが、図体がでかいだけに機敏な動きではない。

私は慌てて狩人達に命じた。

「笛矢！　こちらに気を引くのよ！　騎士団に集中させてはダメ！」

狩人達が慌てて放った笛矢が、甲高い音を引いて竜の頭の横をかすめる。兵士達も燃え残った煙幕袋を持って来て竜に向けて投げつけた。

竜は騎士団を気にしながらもこちらに気を向ける。その隙を突いて騎士団が再び突撃した。衝撃音が響き、やはりいくらかは攻撃が通っているようだ。

その時、竜が尻尾を振り上げ、騎士団に向けて叩きつけた。先ほど城壁を揺るがせた竜の尻尾の一撃である。ヒヤッとしたが、騎士団の方陣はなんとその一撃に耐えた。虹色の輝きが発生して、竜の尻尾が弾き返される。やはり神の力をお借りする大魔法は騎士団の力を底上げしているようである。

その時、少し離れた位置の城壁上に何やらキラキラひらひらした人々が現れた。あ、あれは。おそらく魔法で支援を行うために来た上位貴族達だろう。白地に青の鎧を纏った皇妃陛下も見える。何人かの貴族が手を広げて神に祈るのが見えた。

「天にまします全能神と鋼と刃の神よ。我らが戦士達の武器に宿りてその鋭さと強靭《きょうじん》さをお助けくださいませ」

「天にまします全能神と土と鎧の神よ。我らが戦士達の鎧に宿りて戦士達の身を固くお守りくださいませ」

上位貴族達が魔法をかけると光の粉が騎士団の上から降り注ぐのが見えた。あれで騎士団が強化されているのだろう。すごいすごい！　竜が苛立《いらだ》ったように離れて行く騎士団を睨んだ。城壁上からの牽制を無視して騎士団に襲いかかろうとする。

その時、城壁の陰に隠れていた騎士団のもう一隊が竜の背後から襲いかかった。気合の声も高らかに、先頭で槍を構えて突撃しているのはなんと皇帝陛下だ。

ガツンと衝撃音がして、今度は明らかに竜の身体が傷ついた。鱗が剝がれ血が噴き出ているのが分かる。それで私は気がついた。先ほどから騎士団は特定の箇所を攻撃しているのだ。一度で足りなければ何度も同じ箇所を穿《うが》つ。そう言えばまだ非力な頃に熊を倒すのに同じ方法を使ったわね。それにしてもやはり血が流れる以上、竜も生き物なのだ。

竜が再度苛立ったような叫び声を上げ、攻撃をしてきた皇帝隊に反撃しようとする。

私達城壁上の部隊は煙幕や石や笛矢やただの矢を射かけ、かがり火の火の点《つ》いた薪でもなんでも投げつけてそれを妨害する。それに集中力を乱した竜に今度はセルミアーネ隊が突撃してダメージを与える。

上位貴族は次第に増え、老若男女合わせて数十人になった。皇妃陛下の指揮の下、騎士団に次々と支援魔法をかけ、そしてさらに直接攻撃の魔法もかけ始めた。

「天にまします全能神と雷の神よ、我が意図するところに神意の天の矢を降らせたまえ」

すると雲もないのに竜に雷が直撃した。光と同時に音が出る。城壁上の我々はびっくりだ。

さすがの竜も雷の直撃には驚きかつダメージを負ったらしく、悲鳴を上げて身体をぐらつかせた。ふわー。魔法ってすごいわね。兵士達もこれが魔法の仕業だと知って驚いているようだった。

ほかにも風の神にお願いして竜を風でふらつかせたり、氷の神に祈って頭を凍らせたりした。

火の魔法だけは案の定、あまり効果がないようだったが。

ただし見ているとそういう直接攻撃の魔法は何人かが合同で祈っていた。やはりかなりの大魔力が必要なようだ。上位貴族の人数には限りがある。騎士団への支援魔法が切れると攻撃手段がなくなってしまう。あまり多用はできない。

騎士団の攻撃も次第に効果が上がっているようだった。どうやら攻撃のコツを摑んだようだ。竜の傷口は増え、その血が赤く地面を染め始めた。竜は躍起になって騎士団を捕らえようとするが、煙幕や魔法に邪魔されて効果的な攻撃ができないようだ。何度か当たった攻撃も騎士団の強い防御に弾かれる。竜は度々苛立ちの叫び声を上げ始めた。そろそろかな？

私は兵士達に後を頼んで、城壁の上を走った。竜がこのままやられてしまうような生き物だとは思えない。必ず奥の手があるはずだ。

観察していると、どうやら奴は城壁の周囲では飛べないようだ。その様子を見るにつけ、やはりこの帝都の城壁には全能神のご加護的な何かがかけられているのではないかと思える。初代皇帝か歴代皇帝陛下の誰かが魔力的な細工をしたのではないだろうか。

とにかく、竜は城壁周りでは飛べないが、離れれば飛べるのだ。飛べば城壁からの妨害も騎士団の攻撃も届かなくなる。そうなれば空中から攻撃するなり、炎を吐くなり、なんでもやり放題になってしまうだろう。

いざとなれば逃亡するかもしれないし。あんな頭のいい生き物に仕切り直されたら、次は同じ作戦は通じない。帝都を諦めてほかの町や村に行かれても厄介だ。絶対にここで仕留めなければならない。

私は西門の昇降階段を駆け下り、そこにあらかじめ用意させておいた愛馬に飛び乗った。護衛の騎士も慌てて馬に乗って私を追いかける。

街道を少し進み、すぐに左に折れて竜との戦場の少し西にある小さな集落に隠れる。集落の人々は帝都に避難したのだろう。家畜がいるほかは誰もいない。すぐに騎士が追いつき、走って追いかけてきた狩人や兵士達も数十人集まってきた。私を守ってくれようというのだろう。まぁ、炎でもかけられたら全員そろって丸焦げになるだけだけどね。気持ちは嬉しい。

少し離れたところで戦闘が起こっているのが分かる。竜の怒りに満ちた吠え声、騎士団の突撃の喊声《かんせい》。時刻は昼をとっくに回り、日差しがかなり西に傾いている。竜が昼行性ならそろそろ引き揚げを考えるだろう。もしくは思い切って決着をつけるか。

その時、地面が揺れた。ズシン、ズシンと大きな足音と金切り音のような吠え声が聞こえ、近づいてくる。

——来た！　私は愛用の弓を握り直す。見ると木々を踏み潰しながら四足歩行の竜が走って近づいてきた。鳥が逃げ、家畜が騒ぎ出す。そして竜は丁度私達が隠れている集落の直前で、羽を大きく羽ばたかせて宙に舞い上がった。ものすごい風と土埃《つちぼこり》だ。竜はそのままぐわーっと上昇し、かなり西のほうに飛んで行った。これは？　逃げたか？

竜の後ろを二隊の騎士団が追撃していたが、竜が飛び上がったのを見て、歓声を上げている。

逃げた！　勝った！　と思ったのだろう。

だが、私は見ていた。飛び去ったかに見えた竜が西日に白金色の鱗を煌《きら》めかせながら旋回して戻ってくるのを。

まだだ。やはり竜は自分の有利な場所に戦場を変えたのだ。飛びながらなら騎士団の攻撃は届かないし、自分は移動しながら攻撃し放題になる。そう、そしてあいつには飛び道具がある。

竜はゆっくりと翼を羽ばたかせ、騎士団の直前で身体を起こすと急減速した。身体中が傷だらけの凄惨な姿だ。しかし目は怒りに赤く煌々《こうこう》と燃えるように輝いている。

そして大きく息を吸い込んで、咽喉の袋がぐわっと膨らみ始めた。先ほども見た炎を吐く前兆だ。皇帝陛下とセルミアーネも竜の意図に気がついた。

「退避！　隊列を崩すな！」

あの灼熱《しゃくねつ》の炎を叩きつけられたら、如何に支援魔法のかかった騎士団でも耐えられるのかどうか。竜はどことなく勝ち誇ったような様子で首を上げ、首を振って口を開け、炎を吐こうとした。

今！

私は馬の腹を蹴って飛び出した。

「妃殿下!?」後ろにいた護衛の騎士が慌てるのが聞こえるが無視する。私は一気に竜の正面にまで進出すると、愛用の弓と胴まで鉄でできた特別製の矢をつがえた。

例の巨大キンググリズリーと戦った後、私はアレと戦える特別製の武器をいろいろ作らせていた。次は一人でアレを狩るためだ。この矢もその一つだった。

もちろん、これ単独では竜には通じまい。しかしあの袋。咽喉から胸にかけて鱗を割るようにしてぐっと膨らんだあの袋は如何にも柔らかそうだ。あれにならこの矢は通るだろう。

無論、それだけではない。さらに私は自分の魔力を全力で放出しながら祈った。この後のことは考えない。この一矢に全てを懸ける。

「天にまします全能神と、炎と浄化の神よ。この一矢に御力を宿らせたまえ。何物をも焼き尽くし、何物をも浄化する炎の御力をもって、我に勝利を与えたまえ!」

限界まで引き絞った矢が光り始めた。光は次第に光度を増し、カッと熱くもなってきた。

「ラル!」セルミアーネの呼ぶ声を背中に聞きながら、私は馬を駆けさせつつ矢を放った。

放たれた矢は炎を噴き上げ、炎の軌跡を描いてまっしぐらに竜に向けて飛んだ。そして、竜の咽喉袋に突き立った。

――その瞬間、竜の咽喉元で大爆発が起こった。

あの咽喉袋は竜が自分の体内で生成した発火物質か何かを吸い込んだ空気と混ぜて、炎の息の燃料にしている場所だったのだと思う。油は空気がないと燃えないからね。

そこに炎の魔法がかかった灼熱の矢が飛び込んだのだ。油も空気をよく混ぜて火を点けると爆発する。おそらく同様の現象が起きたのだ。

身体に浴びる炎は平気でも体内で爆発が起これぱたまったものではないだろう。竜はおぞましい絶叫を張り上げてもがくと、空中でバランスを失って落下。地面に叩きつけられた。私は慌てて馬首を巡らせる。

「好機ぞ！　攻撃！」

皇帝陛下もセルミアーネもこの機会を見逃さない。一気に突撃すると先ほどまでは届かなかった腹や首などの竜の急所に槍を突き立てる。竜は悲鳴を上げるが、どうやら爆発で目と耳と鼻の機能を失ったようでもがく以外のことができない。

やがて馬車が次々と到着し、場違いに着飾った上位貴族が降りてくると、騎士団に次々と支援魔法をかけた。皇妃陛下も駆けつけ、上位貴族を指揮して魔法攻撃をかける。

竜の動きが鈍ると騎士団は馬を飛び降り、方陣を組んで接近戦を挑んだ。槍を集団で何度も何度も突き立てる。そうして全員で寄ってたかって攻撃し、太陽が地面に触れ始めた頃には竜はほとんど動きを止めていた。

最後のとどめはセルミアーネが爆発した咽喉の袋のあった場所に勇敢にも入り込み、自分の槍に魔法をかけて行った攻撃だった。

「天にまします全能神と、炎と浄化の神よ。我が槍に御力を宿らせたまえ。何物をも焼き尽くし、何物をも浄化する炎の御力をもって、我に勝利を与えたまえ！」

私が行った祈りと同じく火の神に祈った一撃は、竜の体内に炸裂《さくれつ》し、内臓を焼き尽くした。

これが致命傷となったようだ。竜はビクビクと痙攣《けいれん》し、やがて最後まで動いていた尻尾が地面に倒れた。


「やった！　やったぞ！」

「竜を倒した！　倒したぞ！」

「皇帝陛下万歳！　皇太子殿下万歳！」

騎士団が槍を突き上げ、兜を放り投げて喜び始めた。兵士達も駆け出し、騎士団と抱き合って喜んでいる。魔法部隊の上位貴族も歓声を上げて、中には安堵《あんど》でへたり込み侍女に支えられている者もいた。

ふう。私はしばらく竜の周りを馬で回り、異常がないかを確認していた。どうやら完全に死んでいるようだ。

ようやく安心して馬を止めた私のところに、セルミアーネが槍を担《かつ》いで近づいてきた。格好

はボロボロだが大きな怪我はないようだった。彼は兜を外してその麗《うるわ》しい顔をほころばせた。

「無事でよかった。竜の前に単騎で駆け出たのにはびっくりしたよ」

「大丈夫よ。ミアこそ、まだ生きている竜の中に潜り込むなんていい度胸ね。さすがは私の夫だわ」

私が拳を伸ばすと、セルミアーネも拳を伸ばし、カチンと打ち合わせた。ニコッと笑うとセルミアーネも微笑みを返してくれた。


その時、倒れている竜の身体に異変が起きた。

金色の鱗が夕日を浴びて輝いていたのだが、どうもそれ以上に光り出したようだ。

セルミアーネは即座に反応した。

「警戒！　竜の身体から離れよ！」

しかし、竜の身体は光るだけで動きはしない。そして目を開けているのが難しいくらいの明るさになったかと思うと、不意に角の先から光の粉となって崩れ始めた。

驚く私達を尻目に、崩壊はだんだん早くなり、ほどなくあれほど大きかった竜の身体は全て光の粉となって、風に飛ばされるようにして消えてしまった。

竜の身体が消えてしまうと、あの戦いは何か集団で夢でも見ていたのではないかという気分になってしまう。だが、足跡や血の跡、焦げ跡は消えていないので、間違いなく夢ではない。

全員が呆然としていると、皇帝陛下が竜の消えたところまで進み出た。皇帝陛下も血だらけでなかなかすごい格好だ。しかしその表情は晴れやかである。

「まぁ、片づける手間が省けたということだ。ご苦労だった。皆の健闘に敬意を表する。そして礼を言う。ありがとう。皆、よく戦ってくれた」

皇帝陛下が大きな声でおっしゃると、全員が再び大きな声で歓声を上げた。その瞬間、太陽が大地の向こうに没した。竜との戦いが閉幕したのだった。

【第29話】竜狩りの裏事情　～セルミアーネ視点～

竜が現れたと聞いて、ラルフシーヌが欣喜《きんき》雀躍《じゃくやく》とするのは分かりきったことだった。彼女はとにかく強大な敵と戦うことを好む。

ただ、彼女はこの時は喜ぶだけではなく怒ってもいた。帝都の市民に犠牲者が出たからだ。彼女は帝都の一般市民のことを非常に大事にしている。貴族達がどうしても切り捨てがちな市民に対する同情と労りは彼女が生涯持ち続けた美徳だった。

この時も、竜が再来襲した時の対策を話し合っていた皇帝府の面々に、何よりもまず被災現場の消火と救出をと主張し、その警備に騎士団を当てるべきだと主張した。これには私もさすがに反対したが、ラルフシーヌはけして譲らず、私も最終的には同意して騎士を向かわせた。

結果的には消火が早期に済んだおかげで竜への対策に集中できるようになった。ラルフシーヌの考えが正しかったのだ。

そしてラルフシーヌは帝都市街がパニックになりかかっていると知ると、帝宮の塔に登り、市民に呼びかけてパニックを鎮《しず》めてしまった。

私は直接見てはいないが、あとで護衛の騎士に聞いたところによると、かがり火と魔法の明かりに照らされて光り輝く皇太子妃の姿は見ものだったそうで、私は後日何度かその美しさについて語る者を見た。私もちょっと見て見たかった。

しかもラルフシーヌは帝宮の中に避難民を入れると宣言し、警備の兵の反対を押し切って実行してしまった。この施策により市街は落ち着きを取り戻し、竜の再襲来に動揺しなくなったばかりか、結果的には竜に立ち向かう皇族と上位貴族を、市民達が支え手伝ってくれるようになった。

避難民達が率先して物資の運搬やかがり火への薪の継ぎ足しなどに従事してくれたことは、再襲来に対抗するための人員や物資を手配する責任者であった私の、大きな助けとなったのである。

彼らはラルフシーヌを讃え、ラルフシーヌのためならなんでもすると叫ぶのだった。私は次期皇帝としてちょっと反省した。私も彼らにこのように信頼されなければならない。

そしてラルフシーヌは竜との戦いに魔法を使うことを提案した。これには誰もが驚いた。魔法など、上位貴族にとっては下位貴族が使うものでしかなく、せいぜい精霊に頼んで風を起こしたり光を灯《とも》したりするくらいの役目しか期待していないものだ。それを、上位貴族に神への祈りによって大規模な魔法を使わせ、騎士団への支援や竜への攻撃に使おうと言うのである。

正直に言うと、私でもそんなことは考えたこともなかったし、できるかどうかも分からないと言うしかないことだった。

精霊というのは大きな意味では神と同じく分類される、この世に力を及ぼすことのできる異界の存在である。

大神殿の神官達曰く、魔力を奉納して加護を願うのは精霊魔法と理屈は一緒なので、精霊の上位存在である神に魔力と引き換えに御力をお借りすることは理論的には可能であろうとのことだった。

であるなら実際に試してみるしかない。私は騎士団の訓練所で騎士の方陣に魔法をかけてみるべく、数人の元騎士の伯爵を呼び出した。

元騎士とは言え元々の血筋は良いから、それなりに魔力は多い者達だ。一回くらいなら神に祈りが届くだろう。ただ、一人でやると間違って魔力を奉納し過ぎても困るので、二人組で祈ってもらうことにした。

「天にまします全能神と鋼と剣の神よ。騎士達の剣に鋭さと強靭さを与えたまえ」

伯爵二人が魔力を奉納すると、騎士達の頭上から光の粉が降り注いだ。どうやら成功だろう。

続いて私は騎士達に訓練用の土山に攻撃するよう命じた。

すると、十人の騎士達の攻撃は高さ二メートルもある土山を吹き飛ばしたのである。攻撃した騎士のほうが驚いていた。これは、確かに攻撃力が上昇している。あの土山は騎士の方陣攻撃にも耐えられるように造られているのだ。あれをあの勢いで吹き飛ばしたなら、少なくとも通常の五倍くらいの威力があるだろう。

ただし、一回の祈りで伯爵達は立てないくらい魔力を消耗していたし、騎士達の攻撃は三回ほどで通常の威力に戻った。これでは戦いの最中に何度も支援魔法をかけてもらう必要がある。かなりの人数の、しかも上位貴族の協力が必要だろう。果たしてそれほどの貴族が戦場に出てくれるのだろうか？

しかし、心配は杞憂《きゆう》だった。エベルツハイ公爵、カリエンテ侯爵が働きかけたところ、上位貴族がこぞって協力を約束してくれたのだ。なんと皇妃陛下とエベルツハイ公爵夫人の働きかけによって、貴族婦人までもが参加してくれるのだという。

どういうことなのかと驚く私にカリエンテ侯爵が説明してくれたことには、どうやら竜出現の元凶となったマルロールド公爵家と仲がよかった家の者（何しろマルロールド公爵家は貴族の最上位だったので、繋がりが深い家が多かった）が、この戦いへの参加でその罪を帳消しにしてほしいと望んでいるとのことだった。

それなら願ってもない。私はこの戦いで皇族への忠誠心が証明されれば、以降は事件の関与について一切の責任を問わないことを約束した。

残る問題は時間だった。

竜は夜には活動しないらしい。ならば夜明けとともに再び襲ってくる可能性が高い。

しかし、帝都は百万都市。市域は広大で、城壁長は数十キロメートル。概ね五角形をしている都城を騎馬で疾走しても横断するのに数時間かかってしまう。

竜が出現してから騎士団や上位貴族が駆けつけるまでに数時間かかったら、竜は城壁をぶち抜いて帝宮にまで進出しかねない。

皇太子府にやってきたラルフシーヌにその話をすると、彼女はこともなげに言った。

「大丈夫よ。前回と同じように飛ばずに入るなら、少し足止めできるものを城壁の各所に配置しているから」

なんでも目潰しと鼻潰しの粉を大量に作り、城壁各所に配布したという。いつの間に？

帝都市街の各種ギルドが協力して、総出で作ってくれたそうで、それを避難民が荷車を引いて城壁各所に配布してくれたとのこと。それにしたって、ほんの二時間程度しかなかったはずなのに驚きの手配の速さだ。

ラルフシーヌ曰く、金をふんだんに払えば商人や工場の職人は驚くほど仕事が早いのだという。それだけではあるまい。彼らはラルフシーヌの命であり頼みであるから真夜中に総出で働いてくれたのだ。

これは、私も負けてはいられないな。そう決意する。

ラルフシーヌはキラキラとした赤い目をしながら「じゃあ、私は平民の兵士と狩人部隊の配置を見て回ってくるからね」と皇太子府から出て行こうとした。

私は彼女を呼び止めた。戦いが始まるだろう夜明けまであと数時間。もう時間がない。彼女とゆっくり会えるのはこれが最後かも知れない。

何しろ相手は竜であり、勝てるかどうか分からない。勝てたとしても陣頭に立つ私が生き残れるとは限るまい。それにラルフシーヌが大人しく安全なところにいるとは思えないから、彼女だって生き残れるか分からない。

私は立ち上がり、彼女の間近に歩み寄った。私の意図と気持ちは伝わったのだろう。ラルフシーヌが少し照れくさそうに微笑む。すーっと、瞳の色が金色に戻る。興奮した赤い瞳も美しいが、金色の優しい輝きも非常に魅力的だ。私は彼女の腰を抱いて、彼女の銀色の髪を撫でた。

「なーに？　ミアは奥さんに甘えたい年頃なの？」

「そうだね。私はいつでも君に甘えて頼りにしているよ、ラル」

彼女は私の肩に額を擦りつけるようにした。

「大丈夫よ。私はあなた以外に負けたことはないもの。あなたは多分竜より強いんだから」

「君がそう言うなら安心だ。私の勝利の女神よ。必ず勝ってみせるよ」

「期待しているわ。私の皇帝陛下」

私は一度彼女を抱き締めて、それから言った。

「カルシェリーネへの挨拶は君に任せるからね」

全ての準備を終えた私は、鎧を身に纏い、騎士団を率いて西門から城壁外に出た。

まだ薄暗い中を城壁沿いに馬を進める。城壁は十五メートルほどの高さがあり、厚さも相当ある。これをぶち破った竜の体当たりを、果たして加護の魔法を受けた騎士団は耐えられるのだろうか。

しかしもう賽《さい》は投げられたのだ。やるしかない。

私の率いる五百騎は西門を出て南へ。皇帝陛下が率いる五百騎は北へ向かい、それぞれ竜の出現を警戒する。


西門のところで馬を寄せてきた皇帝陛下は言った。

「そなたの身体は大事にせよ。たとえ竜に勝ったとしても、次期皇帝の身に何かあれば勝ったとは言えぬ」

だが、私は苦笑して言った。

「大丈夫ですよ。陛下。私に何かあってもカルシェリーネがいます。リーネをラルフシーヌが後見すれば、私が皇帝になるより帝国を立派に導いてくれますよ」

だが、皇帝陛下は私のことをキツく睨んだ。

「そういうことを言うでない」

そして皇帝陛下は私の肩に手を置いて悲しそうな微笑みを浮かべた。

「私は三人の息子を失った。息子に先立たれるのはもう、たくさんだ。私より先に死ぬことは許さぬ。私を捨て駒にしてでも生き残れ」

皇帝陛下の苦しみ悲しみが肩に置かれた手を通って流れ込んできた。私は思わず言った。

「父上……」

「そうだ。私はそなたの父だ。約束せよ。私より先に死なぬと、な」

私は声は出さずに頷いた。皇帝陛下は私の肩を叩くと、馬首を巡らせて、自分の隊を率いて駆け去って行った
さて、困ったことになったぞ。果たして竜に勝つのに命を惜しんで戦えるものだろうか。そう思いながらも、私は皇帝陛下の父親としての思いに共感してもいた。私だってカルシェリーネに先立たれたら絶望を覚えるだろう。

そんなことを考えながら城壁沿いを警戒しながら馬を進める。どうやら夜は明けたようだ。ここは西城壁沿いなので太陽はまったく見えないが、空が明るくなってきた。その時、空を警戒していた者が叫んだ。

「前方に竜!」

何？　と私が思った時には、目の前に巨大な竜が降り立つところだった。私は驚愕した。私だって警戒していたはずだ。竜が西のほうから飛んで近づいてきたのなら間違いなく分かったはずである。それがまるで気がつかなかった。あたかも真上に突然出現したかのようだった。

大神獣。大神獣は地力の結晶であり、生き物ではないのではないかという説があった。実際、破壊の限りを尽くした後、フッと目の前でかき消えたという証言も残されていた。過剰な地力が大神獣として結晶化し、地力を消費すると消えるのだという。私は背筋が寒くなった。もしも竜が生き物ではないのなら、倒すことはできない。

私は内心の怯えを押し隠しながら、近くにあった林に騎士団を隠れさせた。いきなりぶつかって行ってもダメだ。何しろ竜は巨大であり、どうもそのままでは脚くらいにしか攻撃が届きそうにない。機会を窺うべきだろう。

それにしてもなんと美しい姿であろうか。私は内心で感嘆した。優美な体軀《たいく》に白金色の鱗が煌めく。まさに神の獣というに相応しい。しかし、私は帝国を帝都を守るためにこの大神獣を倒さなければならない。

竜が城壁に近づくと、突然、城壁から何かが降ってきた。竜の頭に当たると、真っ白な煙が立ち込める。竜に当たらなかったものは地面に落ちて破裂し、辺りを白く染めた。しかもすごい臭いだ。騎士達が驚く。

ラルフシーヌが言っていた目潰し・鼻潰しだろう。驚いたことに竜が苦しみ混乱し始めた。こんな巨大な大神獣にも効果があるようだ。

私はラルフシーヌがしきりに「竜も生き物なら仕留められる」と言っていたのを思い出した。

あまりに巨大で神々《こうごう》しい竜に気圧《けお》されていた自分を恥じた。こいつは帝都を脅かす害獣であり、倒すべき敵である。私は気合いを入れ直した。

倒すべき相手だと思って観察すれば、弱点も見えてくる。竜は巨大であり、それだけに動きは遅いようだ。尻尾で城壁を叩いたが、それだけでは城壁は破れない。翼で空を叩いて煙幕を吹き飛ばしたが、一番効果的な飛んで煙幕から出るという方法を使わないのだから、どうやらここでは飛べないようだ。

よし。私は城壁上に気を取られている竜に攻撃を仕掛けるべく、騎士団を竜の後方に移動させた。竜は気づかない。騎士団には攻撃と防御の支援魔法が既にかかっている。私はいざ、攻撃を命じようとした。

その時、竜が首を大きくのけぞらせた。なんだ？　と思う間もなく、竜はガッと口を開き、そして真っ赤な炎を城壁に向けて叩きつけた。炎というより爆発、あるいは溶けた鉄のような何かが城壁に叩きつけられた瞬間、熱波が炸裂し、私達は硬直して動けなくなった。竜の真後ろに移動していて助かった。先ほどまで隠れていた林はパチパチ音を立てて燃え始めている。

再び私の心に畏《おそ》れが生じた。しかし、竜にとっても炎を吐くのは楽なことではないらしく、それまで決して地面につけなかった尻尾を地面に落とし、腰を落としている。あれなら奴の尻に槍が届く。私は半ば無意識に命じていた。

「攻撃！」

五百名の騎士団は槍先を揃えて突撃した。そして竜の左腰の部分に攻撃を加える。瞬間、ものすごい衝撃がきた。硬い！　先頭で槍を繰り出した私の手に竜の鱗の硬さが伝わってくる。

しかし、騎士団の方陣全体が桃色の光を放つと、背中を押されるような感覚がした。同時に槍先が赤く輝く。すると、槍が当たっていた竜の鱗が粉々に砕け散った。槍はそのまま突き進み、竜の身体に深々と食い込んだ。

竜の身体から赤い血が吹き出す。赤い血。竜が生き物である証拠だ。私は深追いは避けさせ、隊を離脱させる。見上げると、竜が首を巡らせ、こちらを赤い目でギロリと睨んだ。

その瞬間、竜の後頭部に煙幕袋が炸裂した。大きな音の出る笛矢も飛び交い、竜が私達を見失う。私は騎士団を大きく旋回させ、再び竜の背中側に回り込む。

「攻撃！」

私の号令で騎士団は突撃し、竜の左腰、つまり先ほどと同じところに攻撃を加えた。今度は鱗は既に剝がれかけている。効果的な攻撃となったようだ。

竜がバランスを崩す。よし、いける。

と思った瞬間「殿下！」と警戒を呼びかける声がした。ハッとなって見上げると、そこに大木のような影が差しかかっていた。竜の尻尾だ。それが分かった瞬間には、竜の白金色の尻尾が騎士団の真上から叩きつけられていた。

「防御！」

私は叫ぶのが精一杯だ。訓練の賜物か、騎士達は一斉に頭に盾を翳す。しかしあんな巨大な尾の一撃に耐えられるのだろうか。

竜の尾が叩きつけられようとした瞬間――。騎士団の頭上に虹色の障壁が生じた。騎士が方陣を組むと敵の攻撃を赤く光って跳ね返すことがあるが、それよりも明確な障壁だ。竜の尾がそれに弾き返されるのが見えた。

「神のご加護だ……」

誰かがつぶやくのが聞こえた。まさにその通り。神のご加護なくば大神獣と戦うことは敵《かな》わないのだ。

竜が私達を睨みつけ、身体を回して追いかけてこようとした。しかし私達に牙が届きそうになったその時、竜が甲高い悲鳴を上げた。見ると、騎士団のもう一隊、皇帝陛下が率いる五百騎が竜に痛撃を加えたところだった。

私達が攻撃をした傷口にさらに攻撃を加えたようで、竜が左脚を気にする仕草を見せていた。脚が伸ばせなくなっているらしい。これならさらなる攻撃が奴の胴体に届く。

その時、我々の頭上から光の粉が降り注いだ。支援魔法がかかった証である。どうやら上位貴族が到着して魔法で支援を始めたようだ。これで攻撃力、防御力が落ちる心配はなくなった。

私の隊と皇帝陛下の隊は連携して竜に交互に攻撃を加えた。竜より騎士団の動きのほうが速く、しかも城壁上からは煙幕や笛矢での妨害もある。さらに上位貴族が魔法で直接攻撃まで始めた。

雷や氷の魔法で竜を翻弄し、その隙に私達が攻撃を加える。脚、尻尾、隙があれば背中や腹。竜は今や下半身を血で染めつつあった。動きも少し鈍ったような気がする。

しかしながら竜だって必死に反撃する。尻尾、前脚、牙で騎士の方陣に攻撃してくる。いくら強化していても無傷とはいかず、数人の騎士が竜の攻撃で方陣から弾き出されてしまった。大神獣相手にその程度の犠牲なら、最高に善戦していると言えるだろうが、攻撃している私達にも決め手がない。竜を弱らせ、少なくとも身を伏せさせないと致命傷が与えられないのだ。

それでは時間がかかりすぎる。それにおそらく完全に弱る前に竜は逃亡を図るだろう。逃亡されたら厄介だ。逃亡して傷を癒やされてしまったら、もう一度戦ってこれほど上手く状況を運べるか、自信がない。逃したくはないが……。

と、ここで竜が城壁に背を向けて、騎士団に向けて前脚を振るってきた。大振りだったので私も皇帝陛下も隊を動かして攻撃を避けた。すると竜はその隙を突いて、左脚を引きずりつつズシンズシンと走り始めたのである。やはり逃亡するつもりだ。私は追撃を命じたが、竜は林や建物を粉砕しながら次第に加速した。ダメだ。これは逃げられる。

ついに竜は翼を羽ばたかせて宙に舞い上がった。ぐわっと上昇して飛び去って行く。

「よし！　逃げたぞ！」

騎士団から歓声が上がる。確かに城壁を防衛して竜を逃亡させたのだから大勝利だ。――次がないのであれば。

だが、ここで喜ぶ皆を否定しても仕方がない。飛んで行く竜を追撃する方法がないのだから。とりあえず勝ったということにしておいたほうが士気を保つ意味でもいいだろう。

私はそんなことを考えていたのだが、甘かった。見ていると竜が旋回し、再びこちらに向かってきたのだ。

あ、しまった！　私が過ちに気がついた時には遅かった。竜は城壁の周りではなぜか飛べなかったが、ここまで離れれば飛べるのだ。飛んでいる竜に騎士団は攻撃する術がない。なのに無警戒に追撃して来てしまった。

竜は接近し、大きく翼を羽ばたかせて減速すると、大きく息を吸い込み始めた。喉の下の鱗が割れ、赤い袋が一気に膨らみ始める。なんの予備動作かは明らかだった。私は叫んだ。

「退避！」

しかし騎士達は逃げなかった。

「殿下をお護りせよ！」

次々と私の前に出て盾を構える。身を捨ててでも私を守ろうと言うのだ。無理だ。先ほどの城壁を焼いた一撃と同じものならまとめて黒焦げになるだけだ。しかし騎士達は自分達の魔力を振り絞って防御の構えをする。

く、こうなったら私も全力で魔力を放出して防御力を上げるしかない。私がそう思って神に祈りを捧げようとした、その時だった。

騎馬が一騎、すぐ近くにあった集落から駆け出してきた。そして一気に今にも炎を吹き出さんとする竜の前に出る。私は目を疑った。一目で分かった。あれはラルフシーヌだ。

皇太子妃仕様の金色に桃色の紋章が描かれた華麗な鎧姿。兜はなく、銀色の長い髪が靡《なび》いている。その表情は不敵に笑い、赤く輝く瞳は竜を睨みつけている。

そして彼女は優雅とも見える所作で背中の矢筒から矢を抜き取り、愛用の弓につがえた。

「ラル！」

思わず私は叫んだがラルフシーヌの視線は竜から外れない。そして、弓を構えつつ朗々と祈りの言葉を放つ。

「天にまします全能神と、炎と浄化の神よ。この一矢に御力を宿らせたまえ。何物をも焼き尽くし、何物をも浄化する炎の御力をもって、我に勝利を与えたまえ！」

ラルフシーヌのつがえている矢が赤く輝いた。そしてその輝きが増した瞬間、ラルフシーヌは矢を躊躇なく放った。

矢は空中で燃え上がり、赤い軌跡を描いて竜に向かって飛び、竜の喉袋に飛び込んだ。

その瞬間、大爆発が起こった。竜の喉元で。

竜は絶叫してのけぞり、バランスを崩して墜落した。地響きを立てて地面に叩きつけられる。

悲鳴を上げてのたうち回る竜に対して、すぐさま反応したのは皇帝陛下だった。

「好機ぞ！　攻撃！」

私も我に返ると騎士団に攻撃を命じた。

騎士達は方陣を組み直し、雄叫びを上げて竜に向かって突っ込んだ。竜は倒れている。先ほどまで届かなかった、腹や胸を攻撃する好機だ。

ここでとどめを刺さないと、我々に勝ち目はあるまい。

私達は必死に攻撃した。竜はどうやら目が見えなくなったらしいが、それだけに滅茶苦茶に手足や尻尾を振り回し、何人もの騎士が跳ね飛ばされた。

しかし、何度となく攻撃すると、竜の動きが緩慢になってきた。今や竜は全身から血を流している。

私は全員に下馬を命じた。方陣を固く組み、槍を構えて突撃する。深々と槍は食い込んだが、まだ竜は動いている。もうじき日が暮れる。どうしてもここでとどめを刺さなければならない。

私は決心した。

私は竜の首、爆発して大穴が開いているそこへ駆け寄った。そこには人一人が入れそうな穴が開き、肉が焦げた嫌な臭いが漂っている。躊躇している暇はない。私はその穴の中に半身を突っ込み槍を構えると、全力で魔力を放出しながら神に祈った。

「天にまします全能神と、炎と浄化の神よ。我が槍に御力を宿らせたまえ。何物をも焼き尽くし、何物をも浄化する炎の御力をもって、我に勝利を与えたまえ！」

ラルフシーヌが祈ったのと同じ火の神に祈る。すると、手に持った槍に赤い炎が宿った。炎はだんだん大きくなる。私は気合いの叫びを上げながら槍を竜の体内に突き出す。炎が迸《ほとばし》り、竜の内臓を焼き尽くした。炎が逆流してきて私は慌てて竜の体内から飛び出す。

竜は痙攣し、やがて力尽きた。竜が動かなくなっても、私はしばらくそのことが信じられず、竜の身体を睨んでいたが、どうやら本当に死んだようだと分かり、全身の力をようやく抜いた。


歴史上、誰もなし得なかった大神獣の討伐に成功したのだ。

騎士団の皆は喜び、駆けつけてきた兵士達も含めお祭り騒ぎになっている。ラルフシーヌも皇帝陛下も喜び、上位貴族も帝国万歳を叫んでいた。

しかし、私は再び畏れと虚脱感を覚えていた。大神獣は魔力の奉納し過ぎにより生じた地力を吸って出現する。我々が犯した過ちを是正するために出現するのだ。それは神意であろう。

我々は自ら犯した過ちを認めず、神の送った大神獣を討伐し、神意を否定したのではないだろうか。そんなことが許されるのだろうか。

その思いは、竜の死骸が夕日の残照に吸い込まれるように、光の粉となって消えてしまった時により一層強くなった。竜はやはり、生き物であって生き物ではないのだ。

私は密かに誓っていた。もう二度と、大神獣を出現させるような真似はすまい。そして、もしも出現させてしまっても、討伐を試みることもするまい。私は皇帝になり、全能神の愛し子の一人になるのだ。その私が神意に背くようなことはしてはならないと思う。

だが、もしかしたら、ラルフシーヌには違う思いがあるかもしれないとは思った。彼女なら民を守るためなら神意にも逆らってみせると言うかもしれないな。

もしもまた大神獣が出た時に、私とラルフシーヌの意見が対立してしまったら、果たしてどうしたらいいのだろうか。

――幸いなことに、私の治世において、直轄地に大神獣が出現することは二度となく、私もラルフシーヌも二度と竜と戦うことはなかったのである。

【第30話】即位式

私もセルミアーネも大活躍して見事竜に勝利したのだったが、それでも竜の襲来の影響は大きかった。帝都の城壁に大穴が空き、街が焼かれ、ほかの場所へ襲来されるより少なかったとはいえ数百名の犠牲が出た。戦いによって十数名の騎士が命を落とし、兵士や協力してくれた市民にも多数の犠牲者が出たのである。

それほどの損害を受けながら、相手が竜では領土も賠償金も得ることはできない。それどころか城壁の修理や犠牲者への見舞金、市街の復興などで莫大《ばくだい》な費用も発生する。踏んだり蹴ったりだ。

しかしながら、かろうじて得たものはあった。これまで竜が出た場合には、街が焼かれ領地に大被害が出たほかに、竜が消滅してしまった後その土地の地力が衰えてしまうというのがあったのだが、今回は直轄地の地力がほとんど減らなかったそうなのだ。やはり消滅を待つのではなく、討伐したことには意味があったのである。

私としては竜と戦い勝ったことは嬉しいことだったし、誇らしくもあったのだが、どうもセルミアーネは違った感想を持ったようだった。

「竜はどうして城壁近くでは飛べなかったんだと思う？」

ある時セルミアーネは言った。私もそれは気になっていた。

「どうやら、初代皇帝陛下がお創りになった防御が竜の侵入を防いでるようだ。当初は聖域だけだったものが、帝宮の内城壁、外城壁、帝都城壁と範囲が拡大しているようだね」

帝国創成期には現在よりも強い魔力で奉納が行われたらしく、大神獣が頻繁に出ていたらしい。そのため魔法防御と城壁で大神獣の侵入を防いでいたのだそうだ、その魔法防御のおかげで竜は飛んで帝都の中に入れず、帝都の奥までは攻め入らなかったということらしい。さすがは初代皇帝陛下ね。

「なんで防御範囲が広がっているのかというと、聖域に歴代の皇族が埋葬され、聖霊になっておられるからのようだ。聖霊になられた皇族の魔力を使って帝都を防御しているのだろう」

セルミアーネは大神殿の神官に神殿に伝わる書籍などを調べさせたのだが、その過程で分かったことがいくつかあったようなのだ。

大神殿は昔、全能神信仰が盛んだったころは今より栄えていたのだが、人々の信仰心がだんだん衰えていく中で、各種儀式と奉納を機械的にこなす組織になってしまい、忘れ去られてしまったことがたくさんあるらしい。

「ということは、竜が出ても帝都に籠もっていれば安心ということだ。帝都西部はまだ防御が弱かったとはいえ、飛んで入っては来られなかったのだし。次回竜を出してしまった場合には、帝都に閉じこもって消滅を待とう」

「え？　ちょっと、そんなことをしたら近隣の街や村が……」

私は驚いたのだが、セルミアーネは少し暗い顔で言うのだ。

「今回は仕方がない。だが、君も見たように竜はやはり神の獣であり、神の意志の代弁者だ。その竜を無理やり討伐して神意に背くことは、すべきではないと思う」

「でも、民衆を守るのも皇帝の仕事じゃない!?　民衆を守るためなら神にも背くべきよ！」


私とセルミアーネはこの件についてちょっとした言い争いになった。セルミアーネはどうもこの竜との戦いで全能神への信仰心を深くしたようだった。私のほうは特に変わらなかったから、その差が出たのだろう。

ただ、セルミアーネは近隣の町や村のことを見捨てたのかというと、むしろ逆で、今後大神獣が出た場合には帝都に避難させ、帝宮の中に受け入れられるように整備した。

私が作らせた煙幕材は有効だとして城壁の集積所に常備させたり、それまでは帝都に攻め寄れる者などいないと安心しきってダラダラしていた警備の兵士を定期的に配置換えして鍛え直すなどして、帝都の警備を厳しくした。


まぁ、結局、セルミアーネの治世の間は大神獣は一度も帝都を襲わず、全ての準備は使わずに済んだ。使わないに越したことはない。

私はまた竜が来たらこうやって戦おう！　といろいろ考えていたのに、それらも無駄になった。それはちょっぴり残念だ。

◇◇◇

竜襲撃の後始末をしながら私達は即位式の準備を進めていた。

各国に招待状を送っているので、即位式の日程はよほどのことがない限り変更できない。

式には法主国の使節も来ることになっている。法主国の使者は竜の襲撃前にも一度来ていて、捕虜を買い取ること及び賠償について話をしたのだが、私は法主国の言葉が分かることを利用して彼らを徹底的に追い詰めた。通訳越しだとごまかしたり韜晦《とうかい》されたりするところを、直接問い詰めて私の怒りを思い知らせたのだ。おかげでいい条件で賠償させることができた。

法主国の弱点は、我が帝国と食料取引をしないと自分達が飢えてしまうという点で、そんな国に攻め込んでくるなよと思うのだが、平和にやっているとそれはそれで「異教徒と仲良くしている」と時の法主が責められるという救いようがないことになっているらしい。

食料を垂れ流してくれたマルロールド公爵領が消えた今、帝国と本格的に対立し食料が輸入できなくなると国が立ち行かなくなることは、法主以下現実的な者達は重々承知していた。

特に使者の一人であったゴスペラという者は話が分かり、法主の信任も厚いようだった。私は主に彼と交渉して講和条約を取り決め、皇帝陛下とセルミアーネの承認をもらった。以降、皇妃となってからも、法主国の言葉が話せる私が法主国との交渉を担当したので、ゴスペラとは長い付き合いとなった。

この男は現実がよく分かっている上に信仰心と現実を「これはこれ、それはそれ」と分けて考えることができる男で、彼が生きているうちは法主国からの無茶な侵攻を心配しなくて済んだのである。

ところで、帝国の東には法主国に従属する至高神信仰の国が複数あるのだが、それらの国には今回の法主国の大敗で法主国に見切りをつけ始めた国も多かった。こういう時、私が法主国の言葉が話せて至高神信仰の教義を理解できるということは大きな意味を持つ。

私は即位式を前に彼の国の使節と積極的に会い、法主国との同盟を切り崩しにかかった。これらの国と帝国の関係の最大のネックはやはり全能神と至高神という信じる神の違いで、至高神信仰の国では非常に宗教が重視されているので簡単に信じる神を変える訳にはいかないそうだ。

一方こちらの帝国でも土地を肥やすという実務的な意味で、領主が全能神に対して祈ることは必須である。もしも新たな国が帝国に降り、王が領主になった場合、彼らの代はそもそも魔力がないので、魔力を奉納できなくても許容されるが、次代の伴侶は異教徒である帝国の貴族から迎え、子孫に帝国貴族の血を入れて全能神に魔力を奉納する必要がある。果たしてそれが許容できるかどうか。私はその辺をきちんと説明して彼らの国で話し合ってもらうようにした。

国内の貴族達はセルミアーネの皇帝即位について、もうなんの心配もしていなかった。あの竜退治で共に必死に戦ったという仲間意識があり、私とセルミアーネが陣頭に立って戦っていたことを皆が見たのである。

私やセルミアーネに隔意を抱いていた者もそれまでいないことはなかっただろうけど、あれで誰もがセルミアーネを皇帝となるに相応しいと認めたようだ。

貴族でなく平民の間では戦いに参加した兵士や荷物運びに従事した者達の間から「竜殺しの皇太子」の噂は瞬く間に広がったらしく、そのすごい皇太子が皇帝になると言うので平民達は大騒ぎしているらしい。

自分達のために竜をも倒してくれた皇族に対する信頼と尊敬は絶大らしく、誰もがセルミアーネの皇帝即位と私の皇妃即位を祝ってくれているそうだ。それはよかった。

「他人事のようにおっしゃいますがね」

新皇妃室になる予定の帝宮の部屋で私が頷いていると、市街の話を聞かせてくれていたベックが呆れたような顔をして言った。

「『竜狩人の皇太子妃』も十分話題になってますからな？」

「狩れてないわよ。とどめを刺したのは夫だもの」

「だけど、その前に致命的な一撃をくれたのは妃殿下だとみんな見てましたからな」

うーん。狩人の常識的にとどめを刺した人の獲物だという考え方があるから、そう言われても微妙だなぁ。次は是非、最後の一太刀まで私一人でなんとかしたいものだ。


社交をしていると分かるが私が竜に一撃をくれたことは、戦いに参加した上位貴族達から貴族の間に知れ渡っているらしい。

しかも神の御力をお借りしての大魔法でも倒せなかった竜を弓の一撃で叩き落とした、とやや不正確に伝わっているらしく、社交の場でお会いするご婦人方の私を見る目は畏れに満ちていた。

いやいや、私のあの矢も火の神の御力を借りてましたからね？　まぁ、皇妃になるのだから舐められるより畏れられるほうがいいのは確かだ。

マルロールド公爵家が消滅した今、エベルツハイ公爵家とカリエンテ侯爵家にはライバルさえ存在せず、その後援を受ける私とセルミアーネの権力は盤石となった。

エベルツハイ公爵もカリエンテ侯爵も私とセルミアーネに対しては従順だったため、セルミアーネの治世の間、帝国が権力闘争に悩むようなことはなかったのである。

ある時私は、お兄様であるカリエンテ侯爵に尋ねてみたことがある。

「お兄様は私に大変よくしてくださいますけど、私はお兄様にそれほどご恩返しができていない気がいたします。何かお望みのことがあればおっしゃってください」

カリエンテ侯爵は苦笑した。

「既にたくさんの便宜を図って頂いておりますから、お気になさらずに。妃殿下がその地位におられるだけでカリエンテ侯爵家は安泰なのです」

それはそうだろうけど。欲のないことだと私が思っていると、お兄様は苦笑して言った。

「私個人としては、家としてきちんと教育を施してあげられなかった末の妹に、カリエンテ侯爵家が引き立てられていることに、忸怩《じくじ》たる思いがあるのですよ」

意外なことを言われて私は驚いた。

「そうなのですか？」

「父は妃殿下の教育費と、私の息子の教育費を秤《はかり》にかけ、私の息子のほうを取りました。妃殿下は領地に送られ、危うく貴族にもなれないところでした。そのような仕打ちを受けながら、妃殿下は何も言わずに実家であるカリエンテ侯爵家をお引き立てくださる」

ちょっと待って。私は慌てて口を挟んだ。

「それは、当然ではありませんか。家を継ぐ直系の男子と十一番目の娘では重要度が違いますもの。それに、私は領地で楽しくやっていましたし」

親が放任していたのをいいことに好き勝手にやっていたのに、それを冷遇していたと気に病まれても困る。

「そう言って頂けると心が休まりますが、私とエベルツハイ公爵夫人は妃殿下に申し訳なく思っているのですよ。彼女も自分の結婚の費用のおかげで妃殿下を領地にやってしまった、と思っていますからね」

それは事実だろうが、決めたのはお父様お母様で、お兄様お姉様にはなんの責任もないだろうに。

私はなんにも気にしていないし、お兄様お姉様にはむしろ皇族入りしてから助けられてばかりだと思っている。カリエンテ侯爵家とエベルツハイ公爵家が絶対的に支持してくれていなければ、セルミアーネの即位はこれほど順調にはいかなかっただろうから。

けれど結局は、そういうふうにお互いに少しずつ引け目を感じ合っていたのがよかったのかも知れない。私とカリエンテ侯爵家、エベルツハイ公爵家との関係はセルミアーネの治世の間、最後まで良好だったのだから。

◇◇◇

セルミアーネと私の即位式の日は、冬の終わりだというのにものすごい大晴天になった。雲一つない青空で、日差しも暖かい。

神具で清めを行う神官に先導されながら、大神殿の門から敷地内に築かれた即位式のためだけに造られた大礼殿まで続く石畳を進む。

セルミアーネも私も儀式正装を着ているが、皇太子夫妻の着る白主体に赤、青と桃色が使われたものではなく、皇帝の象徴色である青と金が使われた服だ。それに加えて私の礼装には皇妃の象徴色である朱色も使われている。

左右に儀式鎧で着飾った騎士達が旗を持って並び、儀式正装を着た侍女・侍従に囲まれながらその間を進むのは立太子式と同じである。二回目だから多少は気楽かと思ったのだが、そんなことはもちろんなかった。

石造の神殿に対して、大礼殿は白木造の素朴な建物だった。即位式のためだけに造られたこの建物に、この時だけ全能神がご降臨なさり、新たな皇帝陛下とご契約なさるのだという。

そのため、大礼殿に入ることができるのは皇族だけである。傍系皇族でも入れない。カルシェリーネも成人していないので入れない。なので大礼殿には上皇様と上皇妃様、セルミアーネと私だけが入ることになる。

通常、皇位継承は先の皇帝陛下が崩御してから行われるのだが、今回は先の皇帝陛下はお元気である。なのでこの日の朝に先の皇帝陛下は大神殿で退位の儀式を行われて既に上皇様となられ、儀式正装も紺色が使われたものになっている。

セルミアーネが大礼殿の儀式の間に入ると、上皇様と上皇妃様は跪き、頭を下げた。

上皇様のお顔はずいぶんとホッとした表情だった。セルミアーネに無事に皇位が継承できることへの安堵がにじみ出ている。上皇妃様もニコニコと嬉しそうだ。

お二人は、二人の間の実の子を全員亡くされ、庶子であるセルミアーネを後継に据えなければならなくなった訳であり、特に上皇妃様は蟠《わだかま》りがあってもおかしくないと思うのだが、その表情にはなんの翳《かげ》りもない。

お二人にとって大事なのは皇統の継承であって、実子である・庶子であるというのは二の次、三の次なのだ。帝国を背負い、帝国のために全てを捧げてこられたお二人。私はこれからその後を継いで代わりに帝国を背負わなければならない。果たして私にできるだろうか。あそこまで自分を捨てられるだろうか。

無理だろう。私には無理。帝国のためにセルミアーネに愛妾を取らせるのは無理だし、自分を捨てて大人しくしているのも無理。いいのだ。私は私なりの皇妃になろうと決めたのだ。セルミアーネもそれでいいと言ってくれた。

儀式を前に緊張も露《あら》わなセルミアーネを見上げる。最近は皇太子の立場にも慣れ、こんなに緊張している彼を見るのは久しぶりだ。私に見られているのに気がついて、セルミアーネも私のことを見る。青い瞳が出会った頃と変わらない優しさを浮かべて細められる。

ふふっと笑う。こんな時でも二人で目を合わせれば笑い合える。いい夫婦になったものじゃないの。プロポーズを諦め気味に受諾した時には想像もしなかったな。

板張りの儀式の間の奥にはこれも白木で造られた全能神の像があり、いろいろな供物《くもつ》が捧げられ、香が焚かれている。その前に誰も座っていない椅子が置かれている。毛皮で覆われた豪《ごう》奢《しゃ》な椅子だ。

セルミアーネと私はその椅子の前で三度跪いた。そして私は跪いたまま待つ。セルミアーネは立ち上がり、一歩前に出て祈りの言葉を唱えた。

「我は偉大なる血を受け継ぐ者なり。天にましますます全能神よ、我が祈りに応え、我が血の盟約に応えたまえ。我が捧ぐは祈りと命。我は新たなる皇帝として御身との契約を望む。帝国の大地と水と人々を永久に富ませるため、御身の御力を与えたまえ」

セルミアーネが唱え終えた瞬間、儀式の間の空気が凍りついたように引き締まった。全身の毛が逆立つような感覚がする。

な、何事？　驚いて思わず伏せていた顔を上げてしまう。

セルミアーネの前にある椅子。見た目には何もいないその椅子に、何か尋常ではない何者かが「いる」。圧倒的な存在感。竜をも上回る威圧感。私の狩人としての勘が、それには手を出してはいけない、と告げていた。

今、あの椅子に全能神がご降臨なさっているのだろう。少し離れていても冷や汗が止まらない有様だ。正面から存在と対峙《たいじ》しているセルミアーネは大丈夫だろうか？

と思ったのだが、なんだかセルミアーネは苦笑するような表情を浮かべていた。なんだろう？　どうやら私には見えない何かが見えているようだが……。

◆◆◆

祈りの言葉を唱え終えると、次の瞬間、周囲の風景が一変した。

木で造られた広間で儀式を行っていたはずが、辺りが突然広い草原になったのだ。それも只《ただ》事《ごと》でない広さだ。見渡す限りというか、見えなくなるまで続く草原で、空と地の境は曖昧だ。空には雲一つない。明るいのに日の光はない。

な、なんだここは。何がどうした？　私は辺りを見回して、少し後ろに控えて跪いていたラルフシーヌやさらに後ろに跪いていたはずの上皇様ご夫妻がいないことに動揺した。

ちなみに父はこの契約の儀式について「まぁ、やれば分かる」とおっしゃってなんの説明もしてくださらなかったのだ。こんな非現実的なことが起こるのなら言ってくだされればよかったのに。

周囲を見渡し、視線を正面に戻すと、そこに一人の女性が立っていた。麗しい美貌の女性で、薄絹の軽い衣服を身に纏っていた。長い銀色の髪と、金色の瞳をしている。……見覚えがある。というか見知った顔だ。私が彼女の顔を見間違えるはずがない。私は思わず苦笑した。

「ラル？」

しかしどう見てもラルフシーヌそのものの姿をしているその女性は返事をせず、妖艶《ようえん》にも見える薄い微笑を浮かべるだけだった。おかしい。私は気がついた。ラルフシーヌはこんな笑い方はしない。そもそもラルフシーヌは今、儀式正装を着ているはずだ。

ラルフシーヌに見えるのにラルフシーヌではないその女性は、私のことをじっと見ていたが、唐突に手を伸ばし私の額に触れた。普段なら他人に無警戒に顔を触られるようなことはないのだが、混乱していたのと相手の容姿がラルフシーヌだったので反応が遅れた。

彼女の指先から何かが流れ込んできた。私は驚いたが既に動けない。それはほどなく私の身体を満たした。特に苦痛も、あるいは快楽もない。彼女は手をすっと離すと微笑みつつ言った。

「まぁ、いいでしょう」

明らかにラルフシーヌの声ではなかった。むしろ男性の声に近い。

「代を重ねるごとに魔力が心許《こころもと》なくなってきてしまいましたが、仕方がありません。アリステルとの盟約に従ってそなたと契約しましょう」

「……全能神様ですか？」

「あなた達がそう呼ぶのならそうですね」

ラルフシーヌそっくりな顔で全能神様は微笑んだ。あとで記録を調べたところ、全能神様はその者が一番美しいと思う人物の姿を借りて現れるのだということであった。それならば私にはラルフシーヌの姿に見えたのも納得だ。

「アリステルと契約し、彼の者の子孫の力も借りて、この大陸を我が力で覆う計画なのですが、まだ先は長そうですね」

「法主国の至高神と争っているということですか？」

「いろいろですよ」

どうも神の世界も複雑らしい。

「アリステルは子々孫々に至るまでの魂を差し出して、我の加護を願いました。そなたにもその覚悟があるのなら、私はそなたと契約して加護を授けましょう。そなたとその血族の魂と引き換えに、そなたの領域を肥え富ませましょう」

魂と引き換えに、という言葉に、聖域にいらっしゃる皇族の聖霊のことが頭をよぎった。人は死んだら生まれ変わるはずなのに、生前と同じ姿でそこにいらっしゃるあれは、全能神様との契約によるものなのだろうか。

そう考えた時、私の心に初めて躊躇が生まれた。私がここで全能神様と契約すると、私だけではなく妃であるラルフシーヌ、そして息子であるカルシェリーネも聖霊として聖域に居続けることになる。二人、そしてカルシェリーネの子供に至るまでの死後の運命までを今ここで私が決めることになる。

しかし、躊躇は一瞬だった。ラルフシーヌならそんなことは意にも介すまい。カルシェリーネは、私と違って生まれながらの正式な皇子だ。死んだら聖霊になることは既に決まっている。それに、あの時会った兄上達は笑っていた。あれを見れば聖霊になることが悪いことだとは限るまい。


私は全能神様の足元に跪いた。

「私とその血族の魔力を引き換えに、我が帝国にご加護を願います。全能神よ。我はその力の限り、帝国を大きく栄えさせ、この大陸に全能神の威光をあまねく届けられるよう努めます。初代皇帝アリステルの名の元に結ばれた盟約を私、セルミアーネともお結びください」

全能神様が優しく微笑んだ気配がした。彼女、あるいは彼は再び私の額に触れた。

「その誓い忘れぬように。我が力をこの大陸に行き渡らせる。そのための盟約。我が加護なのだから」

先ほどは流れ込むような感覚がしたが、今度は全能神様の指先に向けて私の魔力が吸い込まれるような感覚があった。先ほど流れ込んできたものと混じり合った私の魔力を少し吸い取り、全能神様が指先を離す。

「盟約は結ばれた」

私は顔を上げる。すると驚いたことに全能神様の姿が変わっていた。先ほどまではラルフシーヌそっくりだった姿は、今は私そっくりの姿になっている。

驚く私に向けて全能神様は笑った。

「我の力を分け、そなたの力を我にも入れた。これにて盟約は成立せり」

全能神様が言い終えると、急に辺りが暗くなり始めた。目に前にいる全能神様の姿がぼやけ始める。

「よく祈り、よく戦い、よく奉ぜよセルミアーネ」

全能神様の最後の言葉の残響が消えると同時に、風景はかき消えて、私は儀式の間で無人の椅子の前に跪いていた。

◆◆◆

セルミアーネはしばらく全能神のおわす椅子の前に立っていたが、やがてすっと跪いた。その瞬間、セルミアーネの前の椅子から圧倒的な『存在』が唐突に消失した。

セルミアーネはしばし呆然としていたが、やがて気を取り直したように深く拝跪すると、立ち上がり、こちらを見た。

あ、なんか変わった。私には分かった。私にしか分からなかったかも知れない。それくらい微妙な差であったが、セルミアーネからこれまでにない雰囲気が感じられたのだ。おそらくこれが全能神との契約の結果なのだろう。

そんなセルミアーネを見て上皇様ご夫妻はホッとしたように微笑み、そして深く頭を下げた。

「全能神の代理人にして、帝国の偉大なる太陽、いと麗しき皇帝陛下よ。全能神とのご契約をお祝い申し上げます」

「皇帝陛下よ全能神と共に帝国を守りたまえ」

今朝まで皇帝陛下であった上皇様・上皇妃様が明確にセルミアーネに臣下の礼を取る。この瞬間、皇帝セルミアーネの治世が始まったのである。

大礼殿を出るとそのまま大神殿に入る。そこにはエベルツハイ公爵、カリエンテ侯爵を筆頭とした帝国上位貴族が儀式正装で勢揃いしていた。セルミアーネが祭壇に上がると全員が一斉に跪き頭を下げる。

セルミアーネの横に私も上がる。セルミアーネは全能神と契約した時点で既に皇帝だが、この時点で私はまだ皇帝の妃ではあるが陛下ではない。これからの儀式が成功しなければ即位が認められないのだ。

セルミアーネが両手を掲げて祈る。

「我は偉大なる血を受け継ぐ者なり。天にましますます全能神よ、我が祈りに応え、我が血の盟約に応え、我に御力の一端を貸し与えたまえ。我が捧ぐは祈りと命。古《いにしえ》の盟約に従いて我が願いを叶えたまえ」

同時に私も両手を掲げて祈る。

「天にましますす全能神よ。我が祈りに応え我が願いを叶えたまえ。我が捧ぐは祈りと命。我をして皇妃と認め、御力を御借りすることを許したまえ」

皇妃は皇帝陛下が長期不在の場合は一人で魔力を奉納する必要がある。その時に全能神に拒否されないようここでお許しを得るのだ。

もっとも、私はとっくに知っているが全能神は帝国貴族であれば誰が魔力を奉納しても拒否などしない。マルロールド公爵夫人が直轄地に奉納しても拒否などされなかった。

なので私はさして緊張もせず祈り、魔力をいつも通り奉納しようとした……のだが。

「？」

いつもなら魔力はえいやと放出するのだが、この時はスルスルと勝手に出て行くような感触があった。周囲の音が聞こえなくなり、自分の周りの空間が隔絶したような不思議な感覚がある。見上げる神殿の複雑な紋様がぼやけ、そこに、懐かしいような、温かいような何かが見えるような気がした。

それはそんなに長い時間ではなかっただろう。気がつけば儀式は終わり、いつものように頭上から金色の粉が降り注いでいた。ただ、この時はその祈りの残滓《ざんし》が温かく、そして何か惜しいように感じたのだった。


ともあれ儀式は成功し、私はその瞬間から皇妃ラルフシーヌとなった。陛下と呼ばれる身分になったのである。お兄様が感極まったような声で叫ぶ。

「皇帝セルミアーネ万歳！　皇妃ラルフシーヌ万歳！」

上位貴族全員が立ち上がり、一斉に拍手し、口々にセルミアーネと私の名前を讃えた。

万雷の拍手が鳴り響く中、セルミアーネと私は手を上げて歓呼に応えたのだった。

即位の儀式の締めくくりは立太子の時と同じく聖域での儀式だった。今回は上皇様・上皇妃様はいらっしゃらず、向かうのはセルミアーネと私だけだ。とは言っても、本当に儀式を行うのはセルミアーネだけ。セルミアーネが一人で聖堂の最奥《さいおう》の間に入り儀式を行うのだ。

騎士に囲まれつつ聖堂に入る。入ってすぐのホールには祭壇の準備がしてあり、二つの冠が捧げられている。皇帝冠と皇妃冠だ。

戴冠式はあっさり終わる。祈りを捧げ、まずセルミアーネが皇帝冠を自ら頭上に乗せ、続けて皇妃冠を私に被せる。その瞬間、またパチっとした感覚があり、その瞬間私達の周りに大勢の人々が現れた。

二度目だから驚かずには済んだが、あまり心臓にいいモノではない。何しろこの方々は死人である。死んだ皇族の方々が聖霊となって帝都を守っていると聞いているので、有難い存在なのは分かっているのだが、どうにも私には気味悪く思える。

面白いことに私に見えるのは女性だけ、セルミアーネに見えるのは男性だけらしい。様々な様式のドレスで豪華に着飾った皇族の女性達。年老いた方が多かったが、中にはまだ年若い姿の方もいる。彼女達は立太子の時にはすぐに消えてしまったが、今回は消えずに私のことを囲んで面白そうに見ていた。思わず顔が引きつってしまう。

彼女達は見ているだけで何もしゃべらない。うっかり触れてしまってもなんの感触もない。やはりこの世の者ではないのだ。

私は生きて斃《たお》せるモノなら竜をも恐れないが、死人だと思うとどうも腰が引けてしまう。だが、セルミアーネがなんだか楽しげだ。先立たれた兄君達を見ているのかも知れない。

私達は聖霊達に取り囲まれた状態で聖堂の奥に入って行った。大勢いる護衛騎士には聖霊は見えていないらしいが、何しろここは皇族が葬《ほうむ》られる墓所でもある。巨大なホールに柩《ひつぎ》が並ぶ厳粛な空間を歩くのだから騎士達も緊張しているだけでなく不気味にも思っているようだった。それにこのホールには窓がない。真っ暗なのだ。騎士達の一部が松明を掲げているので周囲が見えないというほどではないが。

墓所である巨大なホールを抜けると、最奥の間に続く廊下がある。私が入れるのはここまでだ。ここから先は皇帝陛下しか入ることができない。セルミアーネは私のことを見て微笑むと言った。

「行ってくる」

私が頷くと、セルミアーネは一人で暗い廊下を進んで行った。

◆◆◆

最奥の間に続く廊下は暗かった。光の精霊を宿した松明を持ってはいるが、数メートル先もよく見えない。父はここのことも「行けば分かる」となんの説明もしてくれなかったのでこの廊下がどれくらい続くのかも分からない。

以前に聞いた話では、皇帝はこの先の最奥の間で全能神様との年一回の契約の更新があるという話だったが、先ほどの契約の儀式からすると全能神様はそうそう現世に降りて来られないような気がする。何しろわざわざご降臨を願うために白木造の大礼殿を造営しなければならなかったのだ。

だとすれば、この先に待っているモノはなんなのだろうか。

と、廊下が途切れ、どうやら広い空間に出たようだ。しかし真っ暗だ。気がつけば墓所のホールで周りにいた聖霊は一人もいなくなっていた。

——正面に何かいる。暗くて見えないのではなく、だんだんと浮かび上がるようにそれは現れた。人の姿をしてはいるが、人ではないだろう。おそらくは聖霊だ。あまり飾り気のない鎧に身を固めた壮年の男性である。白が混じった茶色の髪を後ろに撫でつけている。身長は私と同じくらいだから大男だ。整った顔立ちでどことなく父に似ていた。

皇帝しか入ることが許されない最奥の間で待つ聖霊。私にはもう見当がついていた。

「初代皇帝アリステル」

思わず口をついて出てしまう。この帝国を建国した男であり、全能神と最初に契約を結んだ人であり、私の遠い祖先だ。記録の断絶があるので正確には分からないが千年近く昔の人物である。

初代皇帝は私のことをじっと見ていた。表情は柔らかく、こちらに敵意があるような様子ではない。だから私は少し油断していた。

初代皇帝の聖霊は私を柔和な表情で見つめたまま、突然腰の剣を抜き放ったのである。私が驚いた時には既に大きく踏み込んで斬りかかってきている。

私は儀式正装で、剣など持っていない。護衛の騎士もいない。私は咄嗟《とっさ》に松明を掲げ、初代皇帝の放った鋭い斬撃に合わせた。光の精霊を宿らせるためのものとはいえ、所詮は木の棒である。とても鋼鉄の剣による攻撃に耐えるようなものではない。気休めにもなるまい。

が、それ以前の問題だった。初代皇帝の剣は松明をすり抜けて、さらには私の左の肩から右の脇腹までなんの抵抗もなく通り過ぎた。痛みも何もない。考えてみればホールのところにいた聖霊達も、触れてもなんの抵抗も感触もなかった。

振り回したせいで松明から光の精霊が逃げてしまい、辺りは真っ暗になる。

私は斬りかかられ、剣が我が身に落ちてきたことに驚き恐怖したせいで咄嗟には動けず、松明を掲げた姿勢でしばらく硬直していた。心臓は高鳴り、額には汗が浮かんでいる。

ずいぶん時間が経ってから私はようやく身を起こし、光の精霊を呼び出して松明に灯りを灯した。

光の届く範囲にはもう誰もいなかった。私はしばらく待ったがなんの変化もない。思わずため息を吐いた。これで合格ということでいいのだろうか？　一体なんのための儀式なのやら。

「悪ふざけにもほどがありますよ。初代皇帝陛下」

来年ここに来る時には私も剣を持って来よう。一方的に斬られるのは性に合わない。そう誓いながら私は踵《きびす》を返し、廊下に入って墓所のホールに戻った。

◆◆◆

最奥の間から戻ってきたセルミアーネはなんだか不機嫌だった。額にうっすら汗もかいている。私は何があったのかと聞いたのだが、セルミアーネは教えてくれなかった。

何よ、教えてくれてもいいじゃないの。私は一生入れないいんだから。


この最奥の間の儀式で一連の長い長い即位の儀式は終了である。ただ、儀式は終わりだが即位の祭典はまだ終わりではない。

このあと帝宮の一番大きな大謁見室で全貴族と外国からの来賓を前に即位の宣言を行い、祝意を受けなければならない。その後、帝宮城壁の塔から帝都の市民に即位の宣言を行い、各地の平民の代表者からの祝意を受ける。それから帝都全体で十日間にわたるお祭りが行われ、帝宮でもその間連日祝宴が開かれる。その間に外国の使節との会議や面談を行い、その後に直轄地を巡って即位のお披露目もしなければならない。

まだまだ先は長い。ただ、儀式は終わりなのでようやくこの重くて動きにくい儀式正装を脱げる。そのため一度内宮に戻って着替えるのだが、そこで少しは休憩が取れるだろう。そう思うと少しホッとした。

私達は暗く陰気な聖堂から出た。聖霊の皆様には悪いがあんまり入りたい建物ではない。まぁ私も死んだらここに埋葬されるんだろうけど。

外は相変わらずいい天気で、建物を囲む森は緑豊かである。どうせならこの森の中に埋葬してほしいものだ。

そんなことを考えながら私が森に見惚《みと》れていると、唐突にセルミアーネが言った。

「そんなに聖堂に葬られるのが嫌なら、君は外に埋葬しようか？」

私はびっくりした。

「どうして考えていることが分かったの？」

「そりゃ、そんなに聖堂から出るなり晴れ晴れとした顔になったら分かるよ。ほかならぬラルのことだしね」

セルミアーネはいつも通りに優しく笑う。

「死んでからだって君のことだから、こんな暗い建物に閉じ込められたら耐えられずに外に飛び出して行きそうだからね。君が望むなら君だけは外に埋葬するように決めておけばいい」

口調は冗談めかしているが、セルミアーネは本気のようだった。

私だけ聖堂の外に埋葬されれば、私は聖霊にならず、生まれ変わってまた別の人生を歩むことになるのだろう。それが人として自然であり、普通のことだ。死してまで聖域に囚《とら》われ、帝国を護り続ける役目を負わされる皇族のほうが不自然で例外なのである。

セルミアーネは実際に全能神に会ったのだし、最奥の間で帝国の何か秘密に触れたのだろう。それで私を聖霊にしたくないと考えたのかも知れない。この人はいつだって私のことを最優先で考えてくれる優しい人だ。

でも、いまいち分かっていないところがある。

私は思わずセルミアーネの頬に手を伸ばしてつねった。セルミアーネも驚いたし。侍女達や護衛の騎士達も何事かと仰天している。何しろ皇帝陛下のほっぺたを抓《つね》ったのだ。

「ラル？」

「あなたね。私がそう言われて、ハイそうですか、っていう人間だと思うの？」

「え？」

「あなたと、カルシェリーネに聖霊のお仕事を押しつけて、私だけのうのうと次の人生を歩めるとでも？」

そう言うとセルミアーネは納得したと同時に慌てた様子を見せた。

「いや、違う。そういう意味じゃない……」

何か言おうとする彼を、私は彼の右手をギュッと握ることで黙らせた。

「それにね」

私はセルミアーネの青い瞳を見上げる。誰よりも私を理解し、私を大事にしてくれる、私の大好きな夫。誰よりも強く、誰よりも慈悲深く、これからも帝国と私達家族を強く導いてくれるだろう。

「あなたと死んでまでもずっと一緒にいられるのなら、それはそれで素敵なことだと思うのよ？」

セルミアーネと一緒なら幽霊になるのだって怖くはない。カルシェリーネやこれから生まれるだろう私達の子供も一緒なら、あの暗く陰気な場所でも耐えられる、と思う。

微笑んで見つめる先でセルミアーネは驚き顔から、頰を赤らめ少し恥ずかしそうに微笑んだ。こらこら。照れるのはやめてよ。言ったこっちが恥ずかしくなるじゃないの。

「ま、まぁ、私はまだ当分死なない予定だし、その時になったら気分が変わっていないとも限らないけどね！」

その瞬間、セルミアーネは儀式正装の広い袖をバサッと振るうと、私のことをギュッと抱き寄せた。

「私は生涯、変わらず君を愛すると誓うよ。君も変わらないでいてくれると嬉しい」

うぐ……。どうなんだろう。セルミアーネのこういうところは皇帝陛下として適格なのか、不適格なのか。いつまでも妻が大好きなところは、夫としては最高なのは間違いないけど。

「わ、分かったから。さぁ、そろそろ行きましょう。まだまだ即位式は先が長いんだから」

セルミアーネは私の頬に軽くキスをすると、身を離し、フフッと笑った。

「そうだね。とりあえず離宮に戻って休憩しよう。カルシェリーネの顔も見ておかなくては」

私達は笑顔を見せ合うと、内宮に向かうために、皇帝専用の大きな馬車に乗り込んだのだった。

【エピローグ】

「もうすぐよね！」

はしたなくも馬車の窓にかじりつき、外を食い入るように眺めながら私は言った。ここ数日何度同じ言葉を叫んだか分からない。まるで子供のような私の様子にセルミアーネが苦笑する。

「そうだね」

とはいえ、まだ数時間はかかるはずだ、とつぶやくセルミアーネだが、私は聞いちゃいなかった。ソワソワとして落ち着かない。何しろ三十年ぶりの帰郷なのだ。

数ヶ月前、セルミアーネと私は退位して上皇、上皇妃となった。息子であるカルシェリーネとその妻に位を譲ったのだ。

私達が即位する前年に生まれたカルシェリーネももう二十七歳。五年前には妃との間に待望の男の子も生まれた。突然跡継ぎに押し上げられたセルミアーネと違って幼い頃から帝王教育をしっかり受け、成人してからは皇太子として経験も積んでいる。ついでに言えば促成栽培の皇太子妃だった私と違って妃のイルフォリアはしっかり皇太子妃教育を施されてもいる。これなら皇帝・皇妃になっても苦労はないだろう。ということで譲位することにしたのだった。

しかし譲位の話を持ちかけるとカルシェリーネは呆れ顔になった。

「どう考えても母上が好き放題やるための譲位だとしか思えませんが？」

さすがは息子である。よく分かっている。


皇妃として即位してから二十六年。私は頑張った。皇妃の仕事は無茶苦茶に忙しく、本当に大変だったのだ。セルミアーネと分担を決める中で直轄地の経営と外交はほとんど私が受け持つことになったし、社交関係はカルシェリーネが妃をもらうまでは私とエベルツハイ公爵夫人とで回していた。これは歴代の皇妃を見ても非常に多い業務量だと言っていい。セルミアーネにはその分、軍事関係や貴族間の調整、立法と司法関係に集中してもらった。

セルミアーネはまず名君と言ってよく、その治世の間に様々な施策を行った。街道を整備して山賊退治を徹底して治安を回復し、貴族達に働きかけて領地の境の通行税を段階的に廃止させ、流通を盛んにしたのが一番大きな功績だろうか。そのおかげで広大な帝国内は交易が盛んになり、商業が活性化した。

私も手伝ったが法主国の衛星国を懐柔し、何ヶ国かを併合して帝国化した。当然法主国は怒り、軍事的衝突に発展する場合もあったが、セルミアーネが軍を率いて敗れることはついになかった。法主国は未だに健在で相変わらず帝国との関係は悪いが、即位時に比べればその勢力はずいぶん後退したと言っていいだろう。

ほかにも下位貴族を政治に参加させて上位貴族と関わる機会を増やし、下位と上位の婚姻を進めやすくした。これは上位貴族の近親婚を薄めさせる目的があった。

これまで上位貴族は下位貴族と婚姻を結びたがらなかった。血が薄まると魔力も薄く弱くなってしまうためだ。

だが、竜との戦いで大規模魔法を使って戦った貴族の中に、魔力が大きく上昇した者が出て、魔力は限界までの使用を繰り返すことで、後天的に高められることが明らかになった。

後天的に魔力が増やせるなら、下位貴族との婚姻は極端に忌避すべきものではない。むしろ家の勢力を増やすために下位貴族を婚姻政策によって積極的に取り込もうという動きが出たのである。

魔力の奉納ができる貴族が増えれば、それだけ多くの貴族を土地に封じて、土地を肥やすことができる。なので貴族の不足で不毛の地にしておくしかなかった土地を豊かな地に変えることができた。

そんなこんなでセルミアーネの治世は順調に推移し、数々の問題は起こったにせよ、まずは平和で豊かな時代を築けたと思う。

私達が譲位を口にした時、反対意見は非常に多かった。カルシェリーネに不満がある訳ではないが、まだ五十代前半で後十五年は軽く生きると思われるセルミアーネの退位を多くの者が惜しんだのである。

「せめて皇子が成人し、立太子されてからでもよろしいのではありませんか?」

などと言われた。いやできれば皇子が妃を迎えるまで、という意見もあった。皇太子妃がいないと皇妃から社交の負担が抜けないからだ。イルフォルニアに負担がかかり過ぎると言うのである。

だが、セルミアーネは強く譲位を希望した。私達が即位した後、先の皇帝陛下、皇妃陛下は七年間ご健在だった。即位したばかりで安定しなかったセルミアーネの政権にとって、上皇ご夫妻の後援は非常に頼もしかった。セルミアーネはその時の思いから、カルシェリーネに同じ安心感を得てほしいのだ、と言った。

ただ、カルシェリーネが一発で看破したように、セルミアーネが譲位を言い出したのは何よりも私のためだった。

きっかけは私が去年病を得て、二ヶ月ほど寝込んだことである。

結婚以来風邪一つ引いたことがない私の病にセルミアーネは大変狼狽し、医者を何人も集めるわ神殿を挙げて祈らせるわで大変な騒ぎになってしまった。

病自体は生命に関わるようなものではなかったのだが、このことでセルミアーネは自分と私の寿命について真剣に考えるようになったらしい。

帝国貴族の平均寿命は、幼児の死を除けば六十歳くらいである。しかしながら当然個人差はあり、私の父母は七十を超えて生きたし、兄姉は六十を超えても皆健在だ。しかし三十歳前に亡くなったセルミアーネの兄君の例もある。人の寿命は神のみぞ知る。絶対はない。

セルミアーネが譲位の話を私に持ちかけてきた時、私は驚いた。セルミアーネは死ぬまで皇帝をやるつもりだろうと思っていたからだ。

カルシェリーネには教育も経験も十分である。ということは上皇のフォローは必要ないということでもある。カルシェリーネの妹、つまり私の娘達二人には婿を取らせて公爵家を興《おこ》させているから、政治基盤も盤石だろう。経験が浅く、皇帝としての政治的基盤も弱くて上皇の後見を必要としたセルミアーネと違うのだ。セルミアーネが上皇になる必要性は薄い。

しかしセルミアーネは言った。

「私達もいつまでも健康な訳ではない。元気なうちに退位しないと、やりたいことができなくなってしまう」

やりたいこと？　私が首を傾げるとセルミアーネはなんとも言えない、悔恨を感じさせるような表情を浮かべた。

「君を故郷に連れて帰る、という約束が果たせなくなる」

私は驚いた。ずいぶんと古い話が出てきたと思ったからだ。そんな話はすっかり忘れていた。

しかしセルミアーネは結婚した時にしたその遠い約束を未だに気にしていたようだった。

私のほうはもう、そんな話は気にしていなかった。

故郷の父ちゃん母ちゃんはもう二十年くらい前に亡くなっていて、その時は強烈に帰りたかったが、帰れない理由も十分に分かっていたから仕方のないことだと諦めた。

即位してからは本当に忙しく、お忍びでさえ半年に一回くらいしかできない有様で、その小規模な狩りにさえ護衛騎士が十人もつくのだ。とても好き勝手はできなかった。フラストレーションは溜まったが、それを業務の忙しさにぶつけて解消して紛らわせることを覚えたので、大きな問題は起こさなかった。何事にも慣れるものだ。

もっとも、今では私の筆頭侍女になってるアリエスに言わせれば「皇妃陛下が大人しくしているなんてお塩が甘くなるよりもあり得ません」とのことである。

ま、まぁ、騎士の大会には毎回欠かさず参加していたし、帝都近郊の山賊退治や害獣退治に参加してみたり、帝都防衛の演習と称してぼんやりしていた警備兵に不意打ちを仕掛ける役目を買って出たりしたので、まったく大人しくしていた、などと言う気はないけどね。ちゃんとセルミアーネの許可はもらってやったのよ？　本当よ？

「健康なうちに退位して、ある程度身軽な上皇になれば、いろんなところに行くことができるようになる。君の故郷。それに海が見てみたいと言っていただろう?」

セルミアーネの言葉に私は胸がむずがゆいような心持ちになった。この人は結婚以来、変わらず私のことを大事にしてくれる。私の言ったことを逐一覚えていて、私の希望をなんだって最大限叶えようとしてくれるのだ。

「それに少し遠くに行けば、少しは好き勝手に狩りができるだろう」

それはちょっと心惹《こころひ》かれるわね。まぁ、私ももういい歳なので、猿みたいに木々の間を飛び回るのはちょっと難しくなっちゃってるけどね。森の中を駆け回ることができるのも後数年だろう。そう考えるとまだ動けるうちに退位するのは悪い考えではない気がしてきた。

「それに」

セルミアーネは皺《しわ》が増えてきた目元を細めて微笑んだ。

「私も君と旅をしてみたい」

うん。それを聞いて私も退位を決断した。私のためだけではなく、セルミアーネの希望でもあるなら、協力するのは妃の務めだろう。

私はその日のうちにカルシェリーネを呼び出してセルミアーネと私の退位の意向を伝えて、カルシェリーネに呆れられたのだった。

さんざん揉《も》めたがセルミアーネと私は意向を通し、無事に退位してカルシェリーネの即位を見守った。

カルシェリーネはセルミアーネほど武勇は好まないが、頭がよく、私が教えたこともあって法主国語も完璧に話すことができた。貴族の間からの評価も高く、大神殿で歓呼の声に讃えられてカルシェリーネは皇帝カルシェリーネ一世となった。

皇妃となったイルフォルニアはイベルシニア侯爵家出身で、私にとっては甥《おい》の娘に当たる。つまり私の長姉であるエベルツハイ公爵夫人（今回のカルシェリーネの即位でエベルツハイ公爵家は侯爵に下がるが）の孫だ。このことからも分かるように、帝国貴族界はカルシェリーネの代でもエベルツハイ侯爵家とカリエンテ侯爵家の系統が主流となるだろう。この先は分からないが。


そうして上皇と上皇妃になった私達であったが、住む場所は帝宮の同じ離宮のままで変わらない（呼び方が内宮から離宮に戻っただけだ）し、カルシェリーネを後援するという名目上、まったく暇な訳ではない。私は社交に出るし、セルミアーネは上皇の執務室に出仕して業務を行わなければならない。

ただやはり、退位前に比べれば明らかに仕事は減った。特に私は業務をほぼ全てイルフォルニアに譲り渡し、社交を楽しんでいればよかったのでほとんど失業状態だった。

ここ二十年以上も目まぐるしく働いてきたのである。暇になるとどうにも退屈だった。

皇妃の時は内宮を出るだけでもものものしい護衛を引き連れなければならなかったが、上皇妃になると皇太子妃時代程度には身軽になった。

これなら帝宮内部であれば皇太子妃時代くらいには動き回れるんじゃない？　と考えた私は、護衛騎士を二人連れただけで帝宮内部の街にお忍びで行ったり森に狩りに出かけたりして、それを知ったカルシェリーネにしこたま怒られた。むぅ、お堅い息子だ。誰に似たのかしら。

そんなことを言われたって何もしなければ暇を持て余してしまう。結局私がカルシェリーネの目を盗んでお忍びを繰り返し、帝宮内部の各所で騒ぎを起こすに至り、呆れ果てたという風《ふ》情《ぜい》のカルシェリーネから旅行の許可が出たのだった。騒ぎを起こすなら自分の目の届かない範囲で起こしてくれ、と考えたらしい。

◇◇◇

そうして私達は準備を整え、カリエンテ侯爵領へと出発した。

私は結婚のために帝都へ旅した時のように騎乗で行くつもりだったのだが、カルシェリーネに怒られた。「大丈夫よ。馬には暇さえあれば乗ってたんだし」と言ったのだが、そういう問題ではないらしい。仕方なく旅行用の大きな馬車を仕立てた。

心配性のカルシェリーネは十人の騎士と三十人の騎兵を護衛につけた。セルミアーネの施策

によって街道は昔より快適かつ安全になっているのだから大袈裟だと思う。

だが、カルシェリーネの妃イルフォルニアは、自分がほとんど帝都城壁からさえ出たことがないこともあって、私達が旅に出ることをしきりに心配してくれた。この嫁は又姪だけあって容姿は私とよく似ているのだが、性格は正反対だった。そこがカルシェリーネのお気に召したらしい。

道中は快適で、快適過ぎてつまらないほどだった。日程は完璧に管理されていて、泊まるのは各地の領地の領主のお屋敷だ。上皇夫妻が来ると聞いて領主貴族は真っ青になって帝都から領地に飛び帰り、歓待の準備をしてくれたのだと聞いた。それではさすがに野宿がよかったとは言い出せない。

道中の警備も厳重で、途中で通過する森で狩りをしたいなどとても言い出せる雰囲気ではない。つまらない。むくれる私を見てセルミアーネは笑って、しかしちゃんと「カリエンテ侯爵領では多少は好き勝手してもいいとカルシェリーネから許可はもらっているから」と言ってくれた。

それなら少しは我慢しよう。

その結果、早く着かないかな？　まだ着かないかな？　もう着くかな？　もう着くわよね？と言い続けてセルミアーネを苦笑させることになったのである。

そうして帝都を発《た》って十日後、馬車はカリエンテ侯爵領に入った。懐かしい山の形に私はしばし言葉をなくし感じ入った。

カリエンテ侯爵領はこの時点で西の旧フォルエバー国ともう一つの国を吸収して大きく範囲を拡大していた。そのため、領都は旧フォルエバーとの境付近に新たに築かれている。しかし旧領都も新領都から続く街道沿いの街として相変わらず栄えていた。

私達は旧領都の旧侯爵屋敷に入った。さすがに私の甥にあたる現カリエンテ侯爵は来ていないが、家臣が大量に派遣されていて迎えの用意は完全に整っていた。

このお屋敷は子供の頃にお父様お母様が来る時には父ちゃん母ちゃんと一生懸命掃除をし、両親がいる間は私も泊まったので思い出深いお屋敷である。

お父様お母様は引退後にはこのお屋敷で生活したそうで、その際にお父様の発案で新領都を造ることにしたそうだ。新領都にも侯爵屋敷はあるが、伝統あるこのお屋敷も残すことにしたらしい。

セルミアーネと私は旅の疲れを一日癒し、次の日から行動を開始した。セルミアーネは護衛の騎士に命じて、すぐ脇につく護衛は四人だけに、ほかの護衛はなるべく遠くから見守るように命じた。

私が何より優先したのは父ちゃん母ちゃんのお墓参りだった。侯爵屋敷の城壁にくっついて作られていた父ちゃんの家は、跡形もなくなっていて少しショックだったが、仕方がないことではある。父ちゃん母ちゃんの墓は旧領都の神殿の共同墓地にあった。ごく簡素な墓だったが一応男爵の墓なのでそれなりに立派なものだ。以前から供養料を送っていたからしっかり手入れされて綺麗にされていた。

花と供物を捧げて、私達は跪いて祈った。二人が相次いで亡くなった時にも大神殿で魔力の奉納つきで死者を導く神に、二人のよき生まれ変わりを祈ったものだ。二人は今頃は違う人生を始めていることだろう。そういう意味では私はもう悲しくはなかった。

だが、セルミアーネは祈りつつしきりに父ちゃん母ちゃんに詫《わ》びていた。その表情には後悔がにじみ出ていた。何回か聞いたが、彼は父ちゃんと「私達の子供を連れて会いにくる」と約束したのだそうで、約束が守れなかったと以前からしきりに嘆いていたのだ。私は彼の腕を抱き、背中を叩いて慰めた。

神殿を出て、旧領都を歩いた。街の様子は変わったようでもあり、変わらないようでもある。元々が古い街なので街並みにはあまり変化はないが、そこここにフォルエバーふうの服を着た人が歩いていたり、それ以外の変わった服装の人々がいたりして、それに影響されているのか元々の住民の服装もどことなく変わっていた。

見知った顔はいない。あの頃はこの街の全員が顔見知りで、歩けば知り合いに声をかけられ、暇であればお茶なり酒なり食事なりに誘われ、周りを巻き込んで毎回大騒ぎになったものだ。

今は、田舎町に似合わない護衛の騎士を引き連れた身なりのいい中年夫婦を皆不審げに遠巻きに見ている。ちょっと寂しい。

その時、ある建物から一人の男性が出てきた。少し太ってはいるが体格のいい男性で、髪の毛は薄くなっていた。彼は私達を見て驚いたような様子を見せ、しかし関わりたくないというふうにすぐに顔を背けた。

——のだが、すぐに驚いたようにもう一回私のことを見ると、食い入るように凝視してきた。警戒した護衛が私と彼の間に入ろうとするのを私は止める。そう、私も彼に注目していたのだ。見覚えが、ある。

「……ペタ？」

「ら、ら、ラルか！」

私が大きく頷くと、ペタは信じられないというように目を擦り、そして何回も瞬《まばた》きした。

「おおお、ラル！　本当にラルか！」

ペタは叫ぶと猛然と駆け寄ってきた。護衛が慌てて取り押さえようとするが、私とセルミアーネはそれを制した。ペタは勢いよく駆け寄ると私にがっしりと抱き着いた。

「ラル！」

「ペタ！　久しぶり！」

ペタは泣きながら私を抱き締め、離れるとしげしげと私を見た。

「幻じゃなかろうな？　間違いなくラルなんだな？」

昔の子分の一人、ペタは涙を流しながら私のことをベタベタと触った。護衛達が青くなるが私は構わない。

「そうよ。ちょっと歳取ってるけどね。間違いなく私よ！」

「はー、確かにラルだ。歳はお互い様だぜ。だが相変わらず親分は格好いいな」

「あんたはちょっと禿《は》げたわね」

「うるせえ。孫もいるんだ。貫禄もつこうってもんだろうが」

私達は大声で笑い合った。

「こうしちゃいられねぇ！　皆にラルが帰ってきたって触れ回ってくる！　おおい！　ラルだ！　ラルが帰ってきたぞ！」

ペタは叫ぶと大声で私の帰還を叫びながら走り出した。

あ、ちょっと、と思った時には遅かった。ペタの声を聞いて、街のあちこちから中年以上の男女が飛び出してきたかと思うと私のことを見つけ、一目散に駆け寄り始めたのだ。

「ラル！　ラルじゃないの！」

「ベル！　久しぶり！」

「ラル！　いったいどこで何してたの！」

「トーラ！　元気だった？」

「ラル！　本当にラルなのか？」

「ボーイス！　あんた私がそれ以外の誰に見えるっていうの？」

昔の子分や友達が我も我もと押し寄せてきて、私はもみくちゃになった。

皆同世代で五十歳前後くらいだ。孫もいるような世代の彼らが子供のように顔を輝かせ、目を潤ませて私に抱き着くのを見て、周囲の彼らの息子や娘と思《おぼ》しき人々は唖然としている。

セルミアーネはニコニコと笑っているが、護衛の騎士達は呆然としている。人々の何人かはセルミアーネのことも覚えていて、セルミアーネにも懐かし気に声をかけていた。

どうやらこの街の誰一人としてセルミアーネが先ごろまで皇帝だったことは知らないし、私が皇妃だったことも知らないらしい。

あとで聞いた話だが、私が騎士であるセルミアーネの嫁になったのは皆知っていたが、騎士がなんなのか、どういう身分なのか誰もよく知らなかったようだ。騎士は貴族だというおぼろげな知識から、今回の帰郷で私達が護衛を引き連れているのも「さすがに貴族のところに嫁に行っただけはあるな」くらいに思われていたらしい。

まぁ、私も詳しい説明は避けた。私達が皇帝夫妻だったと教えても、ここの連中には理解が追いつくまい。

集まる皆と旧交を温めているうちに、いつの間にか周囲がさらに騒がしくなっていた。家々からテーブルや椅子が運び出され、飾りつけが始まる。これはあれだ。私は慌てて止めた。

「何をしているの！」

「何って、お祭りの準備だよ！　ラルが帰ってきたんだ！　盛大にお祝いしなきゃ！」

女友達が腕まくりして娘達に指示を出している。いい歳をしたおじさんになっている昔の子分達も各々の部下だか息子だかを使ってあっという間にお祭りの準備を整えてしまった。あれよあれよという間にテーブルには料理が並べられ、酒樽《さかだる》が運び込まれた。既に真っ赤な顔で歌い踊り始めている連中がいる。

ダメだこれは。もう止めようがない。田舎町には娯楽が少ない。何かというと宴会をやりたがる。葬式だって立派な宴会のネタになるぐらいで、そのネタが祝い事なら最高だ。

結局今回も、私の結婚の時の大お祭り騒ぎに匹敵するような騒ぎになってしまった。

ペタは人を出して領地中の町や村に私の帰還を触れ回ったらしく、時間が経てば経つほど人が増える有様。街にいた旧フォルエバーの住民からは旧フォルエバーにまで連絡が行ったらしく、馬を夜通し駆けさせて朝方に辿り着いた者達もいた。

街の中央広場に連れて行かれ壇上に上がらされて、既に酔っ払っているペタから「この領地で過去最強のガキ大将だったラル」と誇大な紹介を受けて乾杯の大歓声を浴びたあとは、もうお決まりの無茶苦茶コースだ。

飲めや歌えや踊れやの大宴会。誰も彼も私の名前を呼びながら飲み喰い、歌い踊る。当たり前だがさすがにもうこの街には私のことを知らない者のほうが多いはずだ。だが皆そんなことは気にしない。誰も彼もが私と乾杯し、一緒に踊りたがった。

セルミアーネの元にも大勢の者達が集まって乾杯をして共に歌い、踊り、笑っていた。誰も彼が皇帝だったなんて知らないのだ。セルミアーネはここではラルの夫であり、昔私を攫《さら》って行った憎い奴であり、今ではそれもいい思い出なのだった。

ちなみに、護衛の騎士達も巻き込まれて呑《の》み潰されてしまい、護衛の役には立たなくなっていた。ただ今はそのほうが都合がいい。

「ラル！　お帰り！」

「ラル！　元気だった？」

「ラル！　会いたかったぜ！」

そう声がかかる度に、長い皇妃生活の間に身体に溜まっていた淀《よど》みというか、強ばりのようなものが溶けて行く気がした。身についていた固まっていた貴族としての自分が剥がれ、本来の自分が表に出てくるような気がする。それがなんとも心地よかった。

朝まで大宴会をやらかしたあと、私はセルミアーネと領地のいろんなところを回った。とはいえカリエンテ侯爵領は私がいた頃の数倍になっていたから全ては行けなかったが。

是非にと乞われて旧フォルエバーまでも行った。大歓迎を受け、様々な贈り物をもらい、一晩泊めてもらった。新領都にも行き、当代の代官から歓迎を受けたりした。

旧領都に帰ってからはセルミアーネと森に入って狩りをした。森の様子は昔と何一つ変わらない。護衛の騎士を二人だけ連れて、一日中森を駆け回った。レッドベアーを一人で狩ってみせると護衛の騎士達は驚愕していたわね。

そんなこんなで私達はカリエンテ侯爵領に一月ほど滞在した。もっともっといたかったが立場的になかなかそうもいかない。私はペタ達に使いを出し、数日後に帝都に戻ることを告げた。

予想はしていたが、またお別れの大宴会が開かれた。今度は急にではなく準備万端だったので、前回参加できなかった者も含めて領地中から人が集まって大盛況になってしまった。

これだけ集まったらお酒や料理の用意も大変だろう。私は前回の宴会の後、こっそり帝都に使いを出し、お酒や食料品を届けさせておいた。

皆、私達との別れを惜しんでくれた。宴の翌日、侯爵邸を馬車で出ると、街の人々が馬車を取り囲んだ。

「またな！　ラル！」

「元気でね！　ラル！」

昔の仲間からその息子や娘まで目を潤ませて叫んで手を振る。私も馬車の窓から身を乗り出して叫んだ。

「みんな！　元気でね！　またね！」

皆は街の境まで馬車を追いかけて見送ってくれた。私も皆が見えなくなるまで手を振った。空気を読んだ護衛達は、私が皆との別れを終えるまで馬車から離れていてくれた。


私は馬車の席に座り直すとハンカチで涙を拭った。歳を取ると涙脆《もろ》くなって困るわね。昔の子分に涙を見せるなんてみっともないと思って我慢していたのに。

またね、とは言ったが、おそらくはもう来ることはできまい。カリエンテ侯爵領は帝都から遥かに遠いし、実家とはいえ上皇夫妻が何度も同じ貴族の領地に出向くのは政治的に問題があるだろう。

結婚の時はまたすぐに来るからと思っていたが、今回こそはもう二度と来れないことを覚悟しなければならなかった。

そうでなくても、平民の寿命は貴族よりも短い。十年後に再び来ることができても昔の仲間はほとんど生きてはいないだろう。私も今以上に動けなくなっているだろうし、今回のように故郷を楽しむことはもうできないだろう。

そういういろいろなことを考えると、涙が次々と溢れて止まらなくなってしまった。

私はしばらく俯《うつむ》いて涙を流した。向かいに座っているセルミアーネはその間何も言わなかった。あえて黙って私を見守ってくれた。

ようやく涙が収まった私はハンカチを横に座っているアリエスに渡した。アリエスは微笑みながら軽く化粧を直してくれた。

「ありがとう。セルミアーネ」

私は言った。何もかも彼のおかげだった。彼が手を尽くしてくれたから、まだ昔の仲間がほとんど生きていて、私が故郷を満喫できるこの時の帰郷が叶ったのだ。

セルミアーネはうん、と嬉しそうに頷いた。

「また来よう」

そう言ってくれた。私はその言葉にまた泣いてしまいそうになったけれど、その言葉に甘えるのは私の自尊心が許さなかった。私は彼の妻なのだ。妻は夫を甘えさせるものだ。今度は私が彼を甘えさせる番なのだ。

「いいわよ、もう。次はあなたの行きたいところに行きましょう。南の海を見てみたいって言ってたじゃない」

セルミアーネは戦役で北の海に出向いたことはあるのだが、荒涼としていて寒々しくてあまりいい思い出ではなかったようなのだ。伝え聞く南の海の様子に興味を持っていたことを私は知っている。

私の言葉にセルミアーネは少し目を見開いたが、すぐに昔からまるで変わらない優しい微笑みを浮かべた。

「そうか。じゃあ、今度は私の好みに付き合ってもらおうかな？　奥さん？」

私はセルミアーネの手を取って、とびっきりの笑顔を浮かべる。

「喜んで。いくらでも付き合ってあげるわ！」

私達は声を出して笑い合った。それから私達は帝都までの道中、お互いに帝国の行ってみたいところを挙げて、次の旅の計画を話し合ったのだった。

その結果、気分が盛り上がってしまった私は帝宮に帰り着くなりカルシェリーネに「すぐに次の旅に出発するからね！」と叫んで、頭を抱えさせる結果になったのである。

書き下ろし番外編

とある年の御前試合

私は毎年騎士の御前試合を楽しみにしていた。なぜなら、一年に一度、公明正大・正々堂々思い切り戦っていい日だったからだ。

皇妃である私が公衆の面前で思い切り戦っていい機会などほかにある訳がない。そう言ったら筆頭侍女のアリエスが「いや、本当は騎士の御前試合なんですから皇妃陛下が出ちゃダメなんですからね」と突っ込んできた。いいのよ。皇帝陛下のお墨つきなんだから。

即位以来十七年。私は妊娠中を除き毎年欠かさず御前試合に出場していた。そのための練習だと言えば職務と社交の合間に屋内で身体を動かす許可もセルミアーネから下りたしね。

毎年一生懸命訓練してその日に備えた。どうしてもセルミアーネに勝ちたかったからだ。

なんとなれば、毎年毎年必ずセルミアーネと戦って負けていたからである。セルミアーネ以外には負けていないのだが、セルミアーネにはどうしても勝てないのだ。

またセルミアーネもあんなに強い癖に策を弄するところがあって、皇帝陛下仕様の鎧を着た影武者を用意して、自分は普通の鎧を着て私を油断させるとか、鎖鎌とか長槍とか私が見たこともない武器を使って幻惑してくるとか、いろんな作戦を使ってくるのだ。

その結果、私はいつも負けた。悔しい。無茶苦茶に悔しく、セルミアーネに勝つまでは出続ける！　と叫んで毎年毎年お忍びでの参加を続けていたのである。

その年の御前試合は間近に迫っていた。三日後だ。私はなんとか時間を作り、内宮のホールで鎧姿で短槍を振っていた。何度か他の武器も使ったが、やっぱり私にはこの短槍が合うわね。毎年この時期に合わせて身体を引き締め筋肉をつけていることもあり、動きにキレが戻ってきたわ。これなら戦える。待っていなさいよミア！　今年こそ私が勝つんだからね！

そう気合を入れていると後ろから声がかかった。

「いい加減にしたらどうですか。母上」

私が振り向くと、私の息子で皇太子のカルシェリーネが、ホールの入り口で呆れ顔で立っていた。

薄茶色の艶のある髪はセルミアーネに似ていて、茶色い瞳は私に似ている。背は十七歳にしてセルミアーネと同じくらい高くなっていて、二人並ぶと身体の厚み以外では見分けがつかないほどだ。

最愛の息子の登場に私は思わず顔を緩めて息子に駆け寄る。

「まぁ、どうしたの？　リーネ。母に何か用ですか？　なんでも言ってごらんなさい！」

私の格好は全身鎧。兜まで被っている。母親の異様な姿にカルシェリーネは身をのけぞらせていた。

「リーネはやめて下さい、母上。それよりその格好です。母上もいい歳なのですから、騎士と戦う無茶はもうお止めくださいと言いに来たのです」

私は兜を脱いで侍女に渡すとむう、とむくれた。

「リーネはリーネなのですからいいではありませんか。それにこれは母の年に一度の楽しみなのです。リーネだって子供の頃は母の活躍を見て喜んでいたではありませんか」

「それはそうですが……」

「それより、リーネがせっかく来てくれたのだからお茶にしましょう！　フィナとフィーネも呼んできて！」

私が言うと侍女がサッと動き出した。カルシェリーネは結婚準備中で、しばらく前に自分の離宮を構えて引っ越して行ってしまっていたのだ。私は寂しくてものすごく嘆いたのだが、結婚したら独立して家を構えるのは当たり前だ。仕方がない。


サロンに場所を移し（その前に着替えはした）、ソファーに座って久しぶりのカルシェリーネとの団らんに私が顔をデレデレに緩めていると、入り口から女性の声がした。

「お兄様、お母様に甘えに来たの？」「来たの？」

「婚約者よりやっぱりお母様が好き？」「好きなの？」

カルシェリーネがムスッとした顔で言った。

「うるさいぞ。フィナ、フィーネ！」

「やーい。図星だ」「ずぼしー」

キャッキャと笑いながら部屋に入って来たのはカルシェリーネの妹。つまり私の娘。サレスフィーナとフレンフィーネである。この年十四歳。

実はこの二人は双子で、銀色の髪と水色の瞳も私に似た顔立ちも、女性にしては少し高い背丈もほとんど瓜二《うりふた》つだった。あまりに見分けにくいのでサレスフィーナにはいつも赤系の服、フレンフィーネには青系の服を着せているのだが、お互いに交換して入れ替わっては周囲を惑わせる始末である。

二人は席には着かずにカルシェリーネのところに弾むような足取りで近寄ると、彼の背中に取りすがって甘え始める。二人も兄がいなくなってしまって寂しかったのだろう。

「お兄様寂しかった？」「かった？」

「別に寂しくない。子供じゃあるまいし」

「お兄様子供じゃん」「子供じゃん」

「うるさいぞ。もう子供じゃない！　結婚だってするんだから」

「そうすればお母様じゃなくイルフォルニアに甘えるからいいの？」「いいの？」

イルフォルニアはカルシェリーネの婚約者だ。

「イルフォルニア、お母様によく似てるし？」「似てる」

確かに、イルフォルニアは私の甥の娘で、銀色の髪と金色の瞳を持つ、親戚で私と一番似ているると評される娘だ。現在十四歳で、おそらく結婚は来年になるだろうが、婚約者のうちからカルシェリーネの離宮に頻繁に通うと思われる。

むむむ。私の代わりにイルフォルニアに甘えるとな？

「婚約者に甘えるから母はもういらないというのですか！　ひどいではありませんか！　帰って来て母に甘えなさい！」

「母上まで何を言い出すのですか！　私はもう甘えるような歳ではありません！」

それはそれで寂しいな。ついこの間まで「かあさま、かあさま」とよちよち甘えていたのに。

「お兄様の嘘つきー。離宮の侍女長になったクローディアが『毎日泣いてる』って言ってたもの」「泣いてるー」

「な！　く、クローディアが!?」

「なんて嘘よー」「うそー！」

さすがにカルシェリーネが切れた。

「この！　待て！　フィナ！　フィーネ！」

「きゃー！」「お兄様怒ったー！」

キャッキャと逃げ回るフィナとフィーネを追い掛け回すカルシェリーネという、見慣れていたのに最近は見られなくなっていた光景に、私はこっそりホロリと涙を零《こぼ》した。

さて、いよいよ御前試合の当日。私は飾りのない騎士の鎧に身を包んで参加登録をした。

まぁ、もう私の正体はバレバレなんだけどね。周囲の者達が苦笑している。でも、手加減なんかすると私が逆に怒るのも知れ渡っているから、どの騎士も本気で私に向かって来てくれる。

私と戦いたがる騎士は多いらしく、毎年抽選になると騎士団長が言っていた。ただし、負けるとペナルティに特殊訓練メニューを課される恐ろしい相手でもあるらしい。

私のほうが強いのだから仕方がないじゃない、と言ったのだが、それが問題なのだと渋面を作られた。護るべき対象より弱くてどうするのかとのこと。ごもっともだ。

騎士が強いのは大歓迎だ。何しろ一年に今日一日しか戦えないのだ。できる限り強い相手と思い切り戦いたい。


試合が始まり私はワクワクしながら出番を待つ。そして「チェリム・キックス」と偽名で呼ばれると勇躍して試合場に出て行った。途端に大歓声が起こる。見物に来ている上位貴族とその夫人達が立ち上がって拍手をくれるのだ。

もう完全にバレているし、偽名じゃないくてもいいのでは？　とある年聞いてみたのだが、セルミアーネも騎士団長もアリエスも絶対ダメだと譲らなかった。

最初の相手はがっしりとした騎士で、多分あいつかな、と正体が想像できた。騎士は毎日私の護衛に来てくれているから全員顔見知りだ。ただ、この騎士と戦うのは初めてよね。手斧《ておの》を持っていて、反対の手には盾を持っている。おそらく力自慢で接近戦狙いと見て取る。

試合開始の合図とともに私に騎士が突っ込んで来る。私は身を低くして待ち受けた。

相手は盾を翳して突っ込んで来る。ぶち当てて態勢を崩して次の攻撃に繋げるつもりだろう。

私は密かに膝を曲げて態勢を整えた。そして騎士が衝突する瞬間、盾に手を軽く突いて身体を跳ね上げた。騎士の盾の上で倒立するような格好でそのまま回転して騎士の後ろにフワッと舞い降りる。

騎士は跳ね飛ばしたはずの私の感触がなく、おまけに姿を見失って戸惑っている。キョロキョロしているその背後から、私は槍の石突で思い切り後頭部を突いた。

「修行が足りん！　出直しなさい！」

騎士は前向きに倒れた。私の勝利だ。大歓声が上がる。


この後、私は二勝した。最近は騎士も強くなり、苦戦とは言わないけど熱戦となった。うんうん。戦いは気持ちいいわね。

例年通りなら次は最終試合。さぁ、セルミアーネとの対決だ。なぜならセルミアーネが私を倒さなければ私は表彰されてしまい、兜を脱がなきゃいけないからね。一応堅持しているお忍びの体裁が守れなくなる。

年によっては最終試合ではなく一回戦で出て来ることもあったが、普通はやはり最終試合にセルミアーネは出てくる。私にたくさん試合をさせるための思いやりだろう。優しい夫だ。

試合場に出て行くと、案の定、大きな男が待っていた。そここに飾りのついた皇帝専用の鎧。皇妃にも専用鎧はあるけど、私はお忍びなので着る訳にはいかない。片手剣と盾は騎士の標準装備だ。

今年こそ勝つわよ！　私は気合を入れて試合開始の合図を待った。

セルミアーネは怪力だし、スピードもあるし、目もいいし、技も冴《さ》えている。およそ欠点がない。しかしながら勝機はある。私のほうが身が軽いのだ。なので私がトリッキーな動きで翻弄するとセルミアーネがついて来れなくなって善戦できた年があった。最終的には攻撃力でゴリ押しされて負けちゃったけど。

彼に勝つならあの作戦を発展させ、攻撃も強化するしかない。私は今年一年その作戦を練ってきた。

試合開始の合図があると私はいきなり右横に走った。セルミアーネは即座に身体を回してついて来るが私は動きを止めない。そのまま一周すると急制動を掛けて反対向きにまた走る。それを繰り返し、セルミアーネが慣れたかな、というタイミングで真横ではなく斜めに突っ込む。セルミアーネとの距離が急激に縮まる。セルミアーネは慌てたように剣を翳す。

甘いわ！　私はそこで急制動をかけ、さらに横っ飛びでセルミアーネの背中に回り込んだ。

セルミアーネは一瞬私を見失ったようだ。

よし！　勝った！　私は短槍を翳し、地面を蹴って低い姿勢で一気に突っ込んだ。

次の瞬間、セルミアーネが消えた。は？　私は中途半端に槍を突き出した姿勢のまま固まる。と、背後でガシャンと音がした。着地音のような……。

あ、しまった！　と思った時にはもう遅かった。私は背後から組みつかれ仰向けに投げられた。きゃー！

なんとか受け身は取ったがその時にはセルミアーネが伸し掛かり、片手剣を突きつけていた。勝負ありだ。私は降参のジェスチャーをした。

なんてことだ。また勝てなかった……。私はがっくりと肩を落とした。勝ったと思ったのに。あの時セルミアーネは突っ込んで来る私を飛び上がって躱したのだ。私が低い姿勢で突っ込んだにせよ、人間を飛び越えるなど私のお株を奪うような軽業だ。セルミアーネにあんな真似ができるとは思わなかった。油断した。くくくく。

私が歯ぎしりして見守る前では表彰式が行われていた。最前列中央にはセルミアーネ。そこで彼が兜を取り、前に出で皆に訓示を与え、表彰をするのが例年のパターンだ。

……なのだが。様子がおかしい。整列する騎士の前に、一人の大きな人物が進み出た。紅茶色の髪。もう四十になるのにまだまだ麗しい顔立ち。……私が彼を見間違えるはずがない。え、せ、セルミアーネ？　セルミアーネが二人いる？

華麗なコートにマントを羽織ったセルミアーネの前には私に勝った皇帝鎧のセルミアーネ。ど、どういうこと？　あの鎧のほうはセルミアーネじゃなかったの？　で、でもあの強さはどう考えてもセルミアーネでしょ。

私が目を白黒させていると、皇帝鎧のほうが兜を脱いだ。少し色が薄めの紅茶色の髪。ほ、ほら、セルミアーネ……じゃない？

そう。それはなんとカルシェリーネ！　わ、私の息子だ。私が息子を見間違えるはずがない。私が兜の下で口を開けすぎて顎が外れそうになっているとも知らず、セルミアーネはカルシェリーネの肩を叩いて嬉しそうに笑った。

「見事だったぞカルシェリーネ。あの母に勝てるならもう誰にも負けまい」

「まだ父上に勝ったことがありませんよ」

カルシェリーネは爽やかに苦笑している。観客席も騒然だ。ただ、騎士たちはおそらく毎日の訓練でカルシェリーネの強さは知っていたのだろう、驚いていない。

子供の頃に私が格闘を教えた時のカルシェリーネは、あまり好まない様子だったけど、確かに筋はよかった。それに何しろ私とセルミアーネの息子だ。弱い訳がない。

皇太子には騎士団での訓練の時間があり、セルミアーネがカルシェリーネを鍛えているとも聞いてはいた。しかし、なんと私に勝つほど強くなっているとは……。

皇太子が強いのは歓迎されることだ、観客席の上位貴族達からは「帝国万歳！」「これで帝国も安泰だ！」との声も飛んでいた。私はものすごく、ものすごーく複雑な気分で拍手を受けるカルシェリーネとセルミアーネを見守るしかなかった。


「お母様負けたー」「負けたー」

私が内宮に帰ると、フィナとフィーネが駆け寄ってきて囃し立てた。二人ともどこかで試合を見ていたのだろう。

「お兄様のほうが強いー！」「強いー！」

お兄様が大好きな二人は嬉しそうだ。うん。私も息子が大好きだ。大好きだからその強さは嬉しい。嬉しいのだが……。

くくくっ！　釈然としない。セルミアーネ向けの作戦だったから負けたのよ！　カルシェリーネと戦うつもりなら違う作戦を考えたわ！　そう！　今度は打倒カルシェリーネ向けの作戦を考えるわよ！

「次は私が勝つわよ！　来年はカルシェリーネに勝って母の威厳を見せつけるんだからね！」

「無理だと思うわよー」「むりー」

キャキャキャと笑うフィナとフィーネを無視して私は気勢を上げた。

……のだったが、この年以降、セルミアーネとカルシェリーネのどちらかが同じ格好で出て来て幻惑してくるため作戦が絞り切れず、私は退位の年に御前試合からも引退するまで負け続けることになるのだった。とほほ……。

あとがき

皆様初めまして。宮前葵です。この度は拙作を手に取って頂き、まことにありがとうございます。

いや〜、世の中、こんな事があるんですね。というのが、今の私の感想です。

二〇二二年の正月には、この世のどこの誰も。もちろん私もこの作品の本が出るなんて思っていませんでしたよ。

というか、書いてもいませんよ。この作品を投稿サイトに最初にＵＰしたのが三月ですからね。

二〇二一年冬、夏場にアウトドアな趣味を満喫した私は冬になってさすがに疲れたので、動かないでもできる趣味として「小説でも書いてみるか」と思ったのです。小説は、昔もホームページで一応書いてはいたのですが、ここ何年も書いていませんでした。

大長編は書き終わらないだろうし（この時は冬の趣味にするつもりで、冬の間に書き終えるつもりだった）そんなに長くないものを、と書き始め投稿サイトにＵＰしてみました。

するとその一作目がそこそこ好評で、それに気をよくした私は二作目を書いたのでした。ただその二作目のヒロインは受け身で、自分から動かないタイプだったのです。それを書くのが結構大変で、疲れた私は「次のヒロインは自分から動く元気な娘にしよう」と考えました。

そこで書き始めたのが、この作品『貧乏騎士に嫁入りしたはずが!?』です。

以前に考えて没にしていた「庶民育ちの公爵令嬢が皇太子妃になる」というネタに、「超元気なヒロイン」を組み合わせて書き始めたところ、狙い通り書くのは楽だし、楽しいし、さらに人気も上々で、喜んで書いていたのですが、もうすぐ完結というところでアクシデントが起こります。

最終話まであと一話。というところで、私が病気で倒れて寝込んでしまったのです。

大人になってから初めて一か月も寝込みました。いやもう、眠ることもできずに蹲って耐えるような状況で、体重が十キロ減りましたよ（今は戻ってしまった）。

その間、もちろん執筆は停止です。それどころではありません。それまで大体毎日更新を続けていたのに。おかげでＰＶ数は悲しいくらい下がり、私は寝込みながら投稿サイトを見て嘆き悲しみました。

で、ようやく病も癒え、もうほとんど見る人もいなくなってしまったけど、終わらせないわけにはいかないよね、という事で最終話とエピローグを書き、完結させたのです。

すると、その日からなんでだか分かりませんがＰＶが爆上がり。

は……？　と思っている間に投稿サイトのランキングを恐ろしい勢いで駆け上がり、遂には一位を極めたのです。

正直に言いまして、何が起こっているのか分かりませんでしたね。そして書籍化オファー。今でも狐に化かされたような気分がしております。こうして本ができた今でも、いささか信じ難い思いです。

こんなあんまり流行に沿っているとも思えないこの作品を支持して下さった皆様には感謝の言葉もございません。

この作品のヒロイン、ラルフシーヌには我慢ばかりさせてちょっと申し訳ないと思っております。彼女的には庶民として好き勝手にやるほうが楽しいと思っていたでしょうからね。

でも、彼女の能力は皇妃になったほうが存分に発揮できると思うんですよね。庶民では持て余してしまいますよ。それにセルミアーネ以外の人が夫になったら、ついて行けなくて逃げ出してしまうでしょうね。

これからも彼女はあの勢いで周囲を巻き込んで騒動を引き起こして行くことでしょう。その活躍にご期待下さい。

関係各位にお礼を。まず何より、小説投稿サイトでこの作品を応援して下さった皆様に最大限の感謝をしたいと思います。皆様のおかげで夢が叶いました。ありがとうございました。

そして、美麗なイラストで作品を飾って下さった、ののまろさんにも感謝を。注文の多い作者の意向を辛抱強く聞いて頂きまして、感謝するやら申し訳ないやら。ありがとうございました。

右も左も分からない新人作家の私を導いて下さった、担当編集者の堺様。ありがとうございました。色々細かく説明して下さって本当に助かりました。

最後に、この本を買って最後まで読んで下さった読者様に大感謝を！　ありがとうございました。

これからも書き続けようと思いますので、皆様、応援よろしくお願いいたします。

二〇二三年二月吉日

宮前葵

この本を読んでのご意見・ご感想・ファンレターをお待ちしております。
＜宛先＞〒104-8357　東京都中央区京橋3-5-7
（株）主婦と生活社　PASH!ブックス編集部
「宮前葵先生」係
※本書は「小説家になろう」（https://syosetu.com）に掲載されていたものを、改稿のうえ書籍化したものです。
※この作品はフィクションであり、実在の人物・団体・法律・事件などとは一切関係ありません。

PASH!ブックス

貧乏騎士に嫁入りしたはずが!?　2
～野人令嬢は皇妃になっても竜を狩りたい～
2023年3月13日　1刷発行

著　者	宮前葵
イラスト	ののまろ
編集人	春名 衛
発行人	倉次辰男
発行所	株式会社主婦と生活社 〒104-8357　東京都中央区京橋3-5-7 03-3563-5315（編集） 03-3563-5121（販売） 03-3563-5125（生産） ホームページ　https://www.shufu.co.jp
製版所	株式会社明昌堂
印刷所	大日本印刷株式会社
製本所	株式会社若林製本工場
デザイン	ナルティス（稲葉玲美）
編集	堺香織

©Aoi Miyamae　Printed in JAPAN　ISBN978-4-391-15934-9